外科医エリーゼ

Yuin

イラスト mini　訳 鈴木沙織

◆
◆
◆

CONTENTS

SURGEON ELISE

Yuin presents
illustration by mini
translation by Saori Suzuki

CHARACTER
SURGEON ELISE
リンデン・ド・ロマノフ
ロマノフ王家王位継承者である
皇太子。第二皇子。
政務、剣術、魔法と
なんでもこなす秀才肌。
寡黙で、エリーゼに対しても
クールに対応するため、
なかなか本心が見えづらい。
ロン
リンデンが変身した姿。
エリーゼは
その正体を知らない。
エリーゼ・ド・クロレンス
一度目の人生で悪女皇后として処刑される。
死後、高本葵に生まれ変わると改心し、
外科医になり多くの人を救う。
そして三度目の人生で再び
『エリーゼ』に転生すると、
同じ悲劇を繰り返すまいと大奮闘。
心優しく真面目で、意志の強い少女。

ミハイル・ド・ロマノフ

ロレージ一の色男と言われる第三皇子。
リンデンとは異母兄弟で、政敵でもある。
西大陸最強の気功騎士で、
別名《剣帝》と呼ばれている。

ミンチェスト・ド・ロマノフ

稀代の名君と呼ばれたブリチア帝国の皇帝。
エリーゼを気に入り、
リンデンの婚約者にするべく
賭けを持ちかける。

ユリエン・ド・チャイルド

皇太子に想いを寄せる、エリーゼの恋敵。
家同士が対立していることもあり、
一度目の人生では、最悪の関係性であった。

グレアム・ド・ファロン

ファロン男爵家の嫡男で
テレサ病院の最年少教授を務める天才医師。
エリーゼの師となる。

レン・ド・クロレンス

クロレンス侯爵家の長兄。
皇室近衛銃騎士団の副団長を務める。
リンデンの親友。

エル・ド・クロレンス

帝国一の名門クロレンス侯爵家の当主で宰相。
エリーゼの父。
厳しくもエリーゼに深い愛情を注ぐ。

ルイ・ニコラス

フレスガード共和国の総統の一人息子。
《砂漠のサソリ》と呼ばれる共和国の名将。

クリス・ド・クロレンス

クロレンス侯爵家の次兄。
アカデミーを首席で卒業するなど優秀。
つねにエリーゼの味方。

ILLUSTRATION
mini

――緊急事態発生！　緊急事態発生！

機長の震える声が機内に響いた。

――ご搭乗の皆さま、当機はただいま原因不明の機体異常により航路を大幅に外れております！

ボンッ！

その言葉と同時に、突然、飛行機の片側から爆音が聞こえた。何かが破裂したのだ。巨大なコンコルド旅客機が一瞬にして大混乱に陥った。

「キャアアッ！」

「助けて！　うわぁっ！」

――ご搭乗の皆さま、主力エンジンが停止いたしました。ただちに緊急脱出のご準備をお願いいたします。もう一度申し上げます。ただちに……。

乗客は皆、顔面蒼白だ。緊急脱出だなんて何を考えているのか？　今、飛行機は太平洋のど真ん中、高度一万メートルの上空だ。こんなところで緊急脱出なんかしたら、確実に死んでしまう。

「ヤダッ！　助けて！　こんなとこで死にたくない！」

「ママ！　うわぁん！」

誰（だれ）もが死の恐怖（きょうふ）に怯（おび）えて泣（な）き叫（さけ）んでいる。そんな中、ビジネスクラスにいた一人の女性が、拳（こぶし）を握（にぎ）りしめていた。

（緊急脱出ですって？　こんなとこで脱出したって助かるわけないじゃない！）

彼女（かのじょ）は身体（からだ）を震わせた。

（嫌（いや）よ！　またこんな死に方するなんて！　私はまだ幸せになってない。これからようやく幸せになれるって思ってたのに！）

彼女の名前は、高本葵（たかもとあおい）。職業、外科医（げかい）。最年少で国内一の大学医学部の教授に就任した天才だ。

（必死で努力したのに！　やっと前世の過（あやま）ちを償（つぐな）えると思ったのに！）

天才外科医
超人（ちょうじん）外科医
神の手（ゴッドハンド）
バケモノ

そんな数多（あまた）の異名も儚（はかな）いものだ。もはや死ぬ運命にあるのだから。

（今度こそ幸せな人生を送れると思ったのに）

涙が出てきた。二度目のあっけない死。二つの人生が走馬灯のようによぎった。

一度目の人生は、ここではない別の世界だった。

エリーゼ・ド・クロレンス。

貴族の令嬢として生まれ、皇后の座にまで昇りつめたものの、欲と嫉妬に駆られて悪行の限りを尽くし、処刑された。

(あのときは、どうしてあんな生き方をしたんだろう?)

思い出すのも嫌な黒歴史だ。もう会えないけれど、当時、傷つけてしまった人たちには申し訳ない気持ちでいっぱいだった——特に家族には。自分のせいで命を失った愛する人々。もう一度だけでも会えたなら……。もちろん、そんなのはありえもしない、つまらぬ願いだ。前世の過ちは、心のしこりとしてずっと残ったまま。

そして、二度目の人生。

高本葵。

孤児として生まれ育ち、死に物ぐるいで努力してきた。恵まれた環境ではなかったが、医学部に首席入学、首席卒業、外科の最優秀研修医に選ばれ、ついには最年少教授に就任した。前世の過ちを、人の命を助ける仕事で償おうと、寝る間も惜しんで努力した。やっと夢を叶えて、これからようやく幸せをつかもうとしていた。なのに、ここでもまた死ぬなんて——。

そのときだった。

ドカンッ!

ふたたび轟音がとどろき、飛行機が大きく傾く。

「……！」

焦げ臭いにおいが立ちこめる。葵は死を直感した。緊急脱出すら不可能な状況で、迫り来る恐怖にぎゅっと目を閉じた。

「ああっ……！」

こんなときにどうしてだろう？　一度目の人生〝エリーゼ〟として生きていたときの家族の顔が浮かんだ。厳格な父。私を邪険にしつつも心の奥では気にかけてくれていた一番上の兄。出来の悪い妹をいつも可愛がってくれた優しい二番目の兄。大切だったのに、あの頃はその大切さに気づきもしなかった。みんなに会いたい。自らの過ちで家族を傷つけてしまったせいだろうか？　三十年という月日が過ぎても、家族への想いは強くなるばかりだった。

（もう一度会えたなら……一目だけでも）

その瞬間。

ピカッ！

轟音とともに目の前が閃光に包まれた。それが、彼女〝高本葵〟としての最後の記憶だった。そうして二度目の人生は終わった。

第一章　逆戻り

ぼんやりとした白黒の断頭台。

血だらけの女が縛りつけられている。高貴な身分であることがわかる豪奢なドレスは、数多の苦難の果てに汚れて久しい。いきりたった群衆の怒号が飛び交った。

「殺せ！　殺せ！」

「この醜い悪女め！」

ガツッ！

どこからか飛んできた石が女の頭に当たった。

つぅーっ。

真っ赤な鮮血が顔を流れ落ちたが、同情する者は誰もいない。皆、憤り、女を罵るだけだった。

「――最後に言いたいことはあるか？」

断頭台の前で皇帝が訊いた。かつて彼女の夫であった彼のまなざしは冷たく、侮蔑を浮かべている。

皇帝が冷ややかに言った。

「侯爵は……そなたの父親と兄たちは皆、死んだぞ。そなた一人の過ちのせいでな」

「……！」

「最後までそなたを心配していた。命だけは助けてやってくれと」

それを聞いた女の瞳に悔恨と苦痛が滲んだ。しかし、手遅れにすぎなかった。

「地獄で詫びるんだな」

皇帝が冷たく言い放つと、残酷な刃が女の首に落とされた。


場面が切り替わった。

白黒の手術室。患者を前に医者たちは、緊迫した面もちだ。

「脾臓破裂！　血圧低下！」

「輸血は⁉」

「すでに開始してます！　ですが、ひどい出血です」

彼らの瞳が揺らいだ。患者の容態は最悪だった。助けられるのかと不安がよぎる。

そのとき――。

スーッ。

手術室のドアが開き、一人の女が入ってきた。

「患者の状態は？」

小柄というより華奢で、血を見たら卒倒してしまいそうな女だ。この冷たい手術室にはとうてい似つかわしくないように思えた。ところが彼女を見た医者たちの顔つきが変わった。

「教授!」

まるで救世主が現れたかのように。

女が落ち着いた声で訊いた。

「手術の準備はできてますね? 血圧は?」

「60台です」

深刻なショック状態。しかし女は少しも動じることなく、うなずいた。手術用の手袋をはめると、がっしりとした体軀の男性医師に顔を向けた。

「田中先生」

「は、はい!」

「何をそんなに緊張してるんです?」

「いや、その……患者の状態が……」

その言葉に女が笑顔を見せた。心を落ち着かせるような優しい笑みだった。

「先生、私たちがまずすべき処置はなんですか?」

「……」

「答えて」

「腹部を切開し、脾臓の出血部位を確認して止血します。それから脾損傷の重症度を把握し、摘出するかどうかを判断します」

女は、たいしたことないと言うようにうなずいた。

「そうです。正確ね。そのように処置します」

「……」

「よく聞いてください。今から私たちはこの患者を助けます。予断を許さない状況(じょうきょう)ですが、私たちなら必ず救えると信じています。皆さんも、そう思うでしょう?」

「……はい」

動揺(どうよう)していた医者たちは、女の冷静な言葉に平静さを取り戻し始めた。そうだ。助けられる。やわなようでいて誰よりも強いこの彼女(ひと)となら、どんな患者だって。

「——メス」

その言葉とともに、女の顔つきが変わった。か弱い女性から、生死を分かつ戦いに挑(いど)む鉄血の外(げ)科医(かい)に。

「始めます」

メスが腹壁(ふくへき)を開いた。動脈からあふれ出た血が女の白い顔を汚し、戦いが始まった。


「……!」

私は、ハッと目を覚ました。

「また、夢……」

そうつぶやきながら頭を振(ふ)った。二つの前世――帝国(ていこく)の悪女エリーゼと外科医(げかい)、高本葵(たかもとあおい)――の夢だった。

「それにしても、なんで？」

自分の身体(からだ)を見下ろした。

「たしかに死んだはずなんだけど……」

なのに、生きている。しかも、よく身に覚えのある身体で。ふぅーっと息を吐(は)き、信じられないというように鏡をのぞき込んだ。

白金髪(プラチナブロンド)に人形のような美しい顔――一度目の前世の自分(エリーゼ・ド・クロレンス)だ。

（いったい、どうなってるわけ？）

ため息をついた。たしかに〝外科医の高本葵〟は死んだ。原因不明の飛行機事故で。ところが気がつくと一度目の人生に戻っていた。それも十六歳(さい)の若い頃(ころ)に。

（――考えても無駄(むだ)ね）

私(エリーゼ)は頭を振った。

（まあ、とりあえず生きてるし……）

ここで目覚めてから、はや十日。起きた直後はかなり混乱したが、今はだいぶ落ち着いている。なぜこんなことが起こったのかはわからないが、現実を受け入れることにした。

そのときだった。

「お嬢様、失礼いたします」

「あ、はい。どうぞ」

侍女服を着た幼い少女が料理を持って入ってきた。

「お食事でございます」

「そう、ありがとう」

侍女は慎重に食事をテーブルに置くと、エリーゼの様子をうかがった。

「あの……お嬢様」

「うん？」

「どこかご体調がすぐれないのですか？」

「なんともないけど、どうして？」

エリーゼは怪訝な顔をした。

「いえ、その……いつもと少し違うような気がしたもので。元気がないといいますか……」

エリーゼは首をひねってしばらく考えたが、侍女の言葉で気がついた。

（ああ、そうか。前世の私って――）

一度目の人生、エリーゼ・ド・クロレンスは、愛くるしい人形のような容姿とは裏腹に、傍若無人で生意気だった。事あるごとに癇癪を起こしては、側にある物を投げつけていた。そんな手に負えない性格のせいで、ケガをした使用人は一人や二人ではなかった。

（とはいえ、今はまだおとなしいほうよね。わがままなだけで、大罪を犯したわけでもないし。でも、それがだんだん――）

　自分の犯した悪行の数々を思い出し、奥歯を嚙みしめた。帝国一の名門、クロレンス侯爵家は、まさに自分のせいで取り潰しになるのだ。そのうえ大切な家族を死なせてしまったことが、二度目の人生でもずっと心に残っていた。

（今度は絶対に、そんなことさせない）

　ふたたびエリーゼの身体に戻った今、これからはエリーゼとして生きていかなければならない。前世の外科医としての記憶が色濃く、ここでどう生きていけばいいのか、まだわからない。でも一つ確かなことがある。以前のような、後悔にまみれた人生は絶対にお断りだ。

「マリ」

「は、はい！」

　エリーゼの優しい声音に、幼い侍女は驚いた様子で返事をしながら思った。

（なんだろう？　また何か難癖つけられて引っ叩かれるのかな……）

　この若き主人の意地の悪さを、身をもって知っている侍女の瞳に、一瞬にして恐怖が押し寄せる。

「私の罰って、今日までよね？」

「え……あ、はい」

　エリーゼは今、自身の部屋で謹慎させられている。何やらしでかして父のエル・ド・クロレンス侯爵を怒らせたらしい。

（謹慎中でよかった）

おかげで会いに来る者はいなかった。もし混乱している姿を誰かに見られていたら、きっと正気を疑われただろう。

「あの、お嬢様。旦那様が昼食はともに、とおっしゃっていました」

「お父様が？」

「はい。家族での食事には同席するようにと」

「……！」

エリーゼは息を呑んだ。家族での食事ということは――。

「みんな集まるの？　お父様も、お継母様も、お兄様たちも？」

「はい、そのようにうかがっております。レン様は銃騎士団のお仕事が忙しくて、いらっしゃらないようですが、他の皆さまは特段のご予定はないとのことなので、いらっしゃると思います」

ドクン。

鼓動が響いた。ついに前世の家族に会うのだ。長い、長い二つの人生と死を経ての再会――。

昼食の時間はすぐにやって来た。ドレスをまとったエリーゼは、食堂の扉の前に突っ立っていた。

（入らないと……）

扉を開けずに長いことぐずぐずしていた。すでに食事は始まっており、家族も集まっている。

（どんな顔で会えばいいの？）

三十年ぶりに会う家族だ。どんな顔をして会えばいいのかわからなかった。

（会いたかったけれど……）

二度目の人生でも前世の家族を忘れたことはなかった。忘れるどころか、自分の犯した罪のせいでずっと心にわだかまりを抱(いだ)き、恋(こい)しさを募(つの)らせていた。

（でも……）

今の自分は〝侯爵令嬢(れいじょう)エリーゼ〟というより〝外科医の高本葵〟だ。家族とどう接すればいいのか、不安が拭(ぬぐ)えなかった。だが、すぐに覚悟(かくご)を決めた。

（何を悩(なや)んでいるの。会いたかったんでしょう？　三十年間ずっと――）

キイィッ。

食堂の扉を開けると、談笑(だんしょう)していた家族が話をやめて振(ふ)り向(む)いた。その顔を見た瞬間(しゅんかん)、時間(とき)が止まった気がした。

（……！）

口元を覆(おお)った手が震(ふる)えた。どんな顔をして会えばいいのかなんて、端(はな)から悩む必要などなかったのだ。口には出さずとも娘(エリーゼ)を愛し、娘の犯した罪のせいで汚名(おめい)を着せられて死んだ父。出来の悪い妹(エリーゼ)をいつもかばって味方し、そのせいで出征(しゅっせい)させられ、戦死した次兄(じけい)。どんなに嫌(きら)われても、継娘(エリーゼ)を実の娘のように心配し、病に冒(おか)されてこの世を去った継母(はは)。みんな生きて、エリーゼを見つめている。その現実に胸が詰(つ)まった。

「エリーゼ？　どうしたんだ？」

父が怪訝な顔で尋ねると、エリーゼの瞳から一筋の涙がこぼれた。

「ふ、う……」

慌てて目元を拭ったけれど、涙がとめどなくあふれてくる。

「リゼ!?　どうしたんだ？」

いつも可愛がってくれた兄のクリスが驚いて駆け寄ってきた。

「そんなに罰が堪えたのかい？　だから言ったじゃないですか。いくらなんでも十日間も部屋で謹慎させるなんてやり過ぎですよ。父上、もう泣くな、俺の可愛いエリーゼ。こっちにおいで」

クリスがエリーゼを抱きしめた。その温かな胸に、三十年ぶりに感じる懐かしさが込み上げ、涙が止まらなかった。

（お兄様、ごめんなさい。本当に、本当に……。もう絶対にあんなことは繰り返させないから）

クセフ半島に出征した兄の戦死を屋敷で告げられたときのことを思い出した。あんなつらい思いは二度としたくない。

クリスがエリーゼの肩を優しく叩いた。

「大丈夫だよ、リゼ。さあ、泣きやんで。もうすぐ婚約する淑女がそんなに泣くもんじゃない」

父と継母も近づいてきた。

「あなた、やり過ぎですよと言ったでしょう？　いくらエリーゼが悪かったからって……」

「ううむ……す、すまん。少し厳しすぎたようだ。私が悪かった。もう泣くな」

いつも厳しく真面目な父が、おろおろしながら謝った。しかし、そうした会話はエリーゼの耳には届いていなかった。

（生きてる……。みんな生きてる。夢じゃない！）

　エリーゼがクリスの胸から離れた。

「……もう大丈夫です」

　エリーゼは家族の顔を見回し、泣きながら微笑んだ。人生をやり直す決意と苦悩が表れた、儚げな笑顔だった。

「お父様、お継母様、お兄様」

「どうした、エリーゼ？」

　エリーゼは、前世で三十年もの長い間、胸にしまっていた想いを口にする。

「みんな、大好きです」

　そして目を閉じた。一筋の涙がまた頬を伝う。

「それと……ごめんなさい、本当に」

　一度目の人生へと逆戻りした彼女は、その言葉を口にして、ようやく泣きやむことができた。

　父が咳払いをして言った。

「すまなかった。お前がこれほどつらい思いをするとは思っていなかったのだ」

　家族は皆、エリーゼが泣いているのは罰のせいだと思っている。エリーゼは首を振った。

「いいえ。私が悪いのです」

　そう言いながらも、自分が何をして罰を受けていたのかは思い出せていない。

(どうせまたしょうもない悪さでもしたんだわ。高価な物を投げつけたとか、使用人をいじめたとか)

自分のことながら、前世のエリーゼは相当に高飛車で性悪だった。見目麗しくとも、こんな根性曲がりではどうしようもない。

(でも、今のところは大事に至るような面倒は起こしてないから、まだマシよね?)

現在は帝国暦二八三年。エリーゼは十六歳で、幸い、大きな過ちを犯す前だ。

(まだ人の道を踏み外してはいないんだから、全部、変えられる)

絶対に同じ轍は踏まない。家族を大切にして幸せに生きるのだ。エリーゼはそう心に誓った。

そんなエリーゼを見つめる家族はきょとんとしている。

いつもとまるで違うしおらしい謙虚な態度、穏やかな言葉づかい。それに、とても十六歳とは思えない落ち着き。知らない人が見れば、別人としか思わないだろう。

(なんだ？　急に人が変わったみたいに……やはり謹慎はやり過ぎだったか？)

クロレンス侯爵は、年若い娘に厳しすぎる罰を与えてしまったのではないかと不安になった。

(ついこの前までは罰を与えたところで傷つくどころか反省の色すら見せなかったのに……)

穏やかな顔で座っているエリーゼは、一見すると改心したようにも見えるが、クロレンス侯爵にはいささか信じがたかった。

(まあ、すぐに戻るだろう……)

侯爵は苦い顔をした。あんなふうにいつも慎ましく人と接してくれたらいいが、これが長く続くはずもない。自分の娘とはいえ、その美しい容姿に似合わず、とんだ跳(は)ねっ返(かえ)りなのだ。いくら叱(しか)っても諭(さと)しても、まるで言うことを聞かない。

（私が死ぬ前に、あの子(エリーゼ)が立派な大人(レディ)になる姿を見ることができるだろうか？）

もどかしさが胸に広がった。このとき侯爵は想像もしていなかった。その願いがあっという間に叶(かな)うということを。娘はもう、今までのエリーゼではなかったのだから。

「マリ、あとは私がやるから」

「い、いえ、私が……」

「いいのよ。自分でやるほうが気楽なの。それに、あなたはまだ仕事が山ほどあるでしょう？　早く行って片づけなさい」

侍女のマリは、目の前に立っている少女が本当にエリーゼなのか訝(いぶか)しんだ。

（ひょっとして別人？）

でも、この人形みたいに綺麗(きれい)な顔は、エリーゼ本人に他ならない。

「ああ、それと、さっきはケーキをありがとう」

「……！」

マリはまたしても驚いた。エリーゼは自尊心(プライド)が高く、決して感謝などしない人だったからだ。

（本当にエリーゼお嬢様？）

マリは、近頃のエリーゼの変わり様を思い浮かべた。まるで他人が乗り移ったかのように、ある日突然、がらりと性格が変わったのだ。

（しかも、私たち使用人に謝ったりもして……）

家族との食事を終えたあと、エリーゼは信じられないことをした。それまできつく当たっていた使用人たちのもとへ行き、直接詫びたのだ。皆びっくりして謝罪を受け入れたが、エリーゼが本当に心を入れ替えたと信じる者はいない。一時の気まぐれで、すぐにまた意地悪されるに違いないと思っていた。人間というのはそんな容易く変われるものではないのだ。

しかし、それ以来、エリーゼはまったくの別人になっている。

（全然わがままを言わないし、使用人たちのことも気遣ってくれて——）

マリはエリーゼの顔を見つめた。

（昨日なんか、ハンスのお母さんが病気だと知って治療費まであげてたし……）

それだけではない。先輩侍女のメリーが妊娠したという知らせを聞いて、贈り物を渡していたし、体調を崩したユニには薬をあげていた。そんなエリーゼの優しさに触れた人々が、どれほど感動したかは言うまでもない。

（突然、天使がお嬢様の中に舞い降りてきたの？）

まだ幼いマリは、そんなことを考えていた。たしかに、美しいエリーゼが優しく微笑む姿は天使そのものだ。

（もし天使がお嬢様に乗り移ったのなら、天使様、そのままずっとお嬢様の中にいてください！）

マリは願った。とても優しい今のエリーゼが大好きだった。これなら一生、側でお仕えしたいと思うくらいに。

⚜

（――あ、時間ね）

紙に何かを書き記していたエリーゼは、時計を見て席を立った。この身体に戻ってからすでに一カ月。ある程度、暮らしに慣れてきて最近始めたのが親孝行だった。

「お父様、エリーゼです」

扉をノックし、父の執務室へと入る。

「ああ、どうした？」

「お仕事でお疲れでしょう？　お茶を淹れてきました」

「おお、そうか」

親孝行といってもたいしたことではない。父にお茶を淹れたり、ときには菓子を作ったり、継母が寂しくないよう話し相手になったり、たわいもないことだ。それでも心からの気持ちを込めた。

（前世では孤児だったから、親孝行したくてもできなかったっけ……）

生まれ変わって孤児になり、初めて親の大切さに気づいたが遅かった。だから高本葵として生きている間、こうした場面にどれほど憧(あこが)れたことか。

「お父様、どうかなさいましたか？」

エリーゼは、面食らっている父を不思議そうに見つめた。

「い、いや……エリーゼがこんなふうにお茶を淹れてくれるとは……」

「……？」

「――嬉(うれ)しいものだな。娘の淹れてくれたお茶を飲む日が来るなんて……」

クロレンス侯爵は咳払いした。娘が手ずから淹れたお茶にだいぶ感激したようだ。そんな父の姿にエリーゼは胸が熱くなった。こんなお茶の一杯(ぱい)や二杯(はい)で――。

(これからはたくさん淹れてあげるからね。ううん、もっと喜んでもらえる親孝行をするから)

「お茶は、お口に合いましたか？」

「ああ、とてもおいしいよ。皇宮(こうぐう)で飲むお茶でもこんな深い味わいがしたことはない。いったいどうやって淹れたんだい？」

決してお世辞ではなかった。娘(エリーゼ)の淹れたお茶は、皇宮の専門侍女が淹れたものに引けを取らないどころか、凌(しの)いですらいるように思えた。

「手の空いたときに学んだんです」

そう言いながらエリーゼは思った。

(――まあ、嘘(うそ)ではないし)

一度目の人生。皇后になったあと、お茶好きの夫の気を引こうと茶事(ちゃじ)を学んだのだった。夫には振り向いてもらえなかったが、皇宮で学んだだけに、その腕前は玄人はだしといえるまでに上達した。外科医のときにはその腕をふるうことはなかったが、幸い、実力は落ちていないようだ。

「では、そろそろ失礼します。あまりご無理なさらないでくださいね、お父様」

「おお……もう少しいたらどうだ？」

クロレンス侯爵がやや残念そうに言った。

「いえいえ、私がいたらお仕事の邪魔になってしまうでしょう？　それではまた夕食のときに」

エリーゼは音を立てないように扉を閉め、自分の部屋に戻っていった。クロレンス侯爵は、エリーゼが去ったあとの扉を長いこと見つめていた。そして感慨深げに思った。

（あのエリーゼがこんなにも変わるとは。私の身体まで気遣うなんて……）

そもそも自分の娘というのは目に入れても痛くないほど可愛いものだ。こんな親孝行をされて、嬉しくないはずがない。侯爵はこの幸せが消えぬよう、娘の淹れたお茶を大事そうに、ちびちびと飲むのだった。

部屋に戻ったエリーゼは、ふたたび紙にペンを滑らせる。

（これからの十年――）

書いているのは、まさにこれから起こる出来事だった。断頭台で処刑されるまで約十年。

（それまでに今後の重要な出来事には備えておかなくちゃ）

三十年もの歳月が過ぎていたため、記憶はおぼろげだ。それでも、主要な出来事はだいたい覚えていたので、とりあえず思いつくままに書き出した。

第二次クセフ遠征―クロレンス侯爵家次男クリス、戦死。

文字にすると胸が痛んだ。今回は必ず阻止する。

病状の悪化により継母、死亡。

トレスタン家の謀反。クロレンス家の取り潰し―クロレンス侯爵、処刑。皇后を匿った罪でクロレンス侯爵家嫡男レン、処刑。

抉られるような胸の痛みに耐えながら、黙々と書き連ねた。今度は変えてみせる。私が、絶対に。

家族以外のことも書き出した。

第一次クセフ遠征軍―原因不明の伝染病により全滅。推計死亡者数四万七千人。

ウェールのハーバー公爵夫人、窒息死。

現皇帝、持病の悪化により死亡。

帝都ロレージでの二度目の疫病大流行。帝都内の推計死亡者数十万人。

クセフ戦争後、東方起源の天然痘の流行。南部三都市の封鎖。死亡者数七万人。

エリーゼは深く息を吐いた。

（時代が時代なだけに、病気に関することが多いわね。公的医療や先進医療がまだ確立してないから——）

書き出した内容を見直した。


帝都ロレージでの二度目の疫病大流行。帝都内の推計死亡者数十万人。


本当に凄まじかった。備えていたにもかかわらず、この規模だ。今から約二十年前、初めて疫病が大流行したとき、帝都ロレージでは十五万人を超える死者が出た。

（どうにかして被害を減らせないかな？）

エリーゼは悩んだ。身体はエリーゼに戻ったとはいえ、心には〝高本葵〟がいる。人の死を見過ごせない鉄血の外科医が。

（問題は疫病だけじゃない。前世だったらそんなに深刻じゃない病気でも、この世界では多くの人が亡くなってしまう——）

エリーゼはさらに考えた。

（私の医学知識を上手く使えば、死者数を減らせるんじゃない？）

頭の中には前世での医学知識が詰まっている。それも天才と称されるほどの膨大な量が。事故に遭ったあの飛行機に乗ったのも、研究の功績が認められて賞をもらい受けに世界医学学会に出席するためだった。

（私は外科医ってだけで、公的医療とか医学史とかには詳しくないけど、それでも役には立てるはず）

それこそが、自分を一度目の人生へと逆戻りさせた天の意思なのかもしれないと思った。

（あとでお父様と話さなくっちゃ）

父のクロレンス侯爵はこの国の宰相だ。民のためになることなら、きっと真剣に耳を傾けてくれる。

（取り急ぎやることがだいたい片づいたら、医者として生きよう）

外科医だった頃の自分を思い浮かべた。ひんやりとしたメスの感触。死と交わる命への希求。その緊張感が懐かしかった。エリーゼの身体に戻っては来たけれど、外科医としての心は失っていない。今世でも、人の命を救うやりがいを感じながら生きたいと思った。

（他には――）

記憶をたどりながら書き続けた。たわいもないこともあれば、深刻なこともあった。ふと、その手が止まる。

（――なんてこと。こんな大事なことを今頃思い出すなんて！）

ごくりと唾を飲み込んだ。

皇太子との婚約発表。帝国歴二八三年。生誕祭。

帝国歴二八三年――今年だ。

（生誕祭は七月……ってことは、あと二カ月しかないじゃない！）

顔から血の気が引いた。

一度目の人生では生誕祭の祝宴で皇太子との婚約が発表され、帝国中の人々に祝福された。そこから、悲劇は始まったのだ。

その日の夕食。

久しぶりに家族全員が集まった。

「エリーゼ、食欲がないの？」

「い、いいえ。お継母様」

クロレンス侯爵夫人は、継娘の〝おかあさま〟という言葉に微笑んだ。これまで一度も〝母〟と呼ばれたことがなかったからだ。クロレンス侯爵の後添いとなるも、子どもを授かることはなく、エリーゼを実の娘のように思っていたが、避けられてばかりで寂しさを感じていた。しかしそんな関係も近頃では大きく変わっていた。

（あの日、初めて母と呼ばれてどれほど嬉しかったか……）

ただ言葉で〝母〟と呼ばれただけではなかった。継娘の態度は、実の母親に対するように親しみ深く恭しかった。侯爵夫人はその変化に驚きつつも、嬉しくて天に感謝した。

（それにしても、今日はずいぶんとエリーゼの顔色が冴えないわね）

ここ最近のエリーゼはいつも朗らかだったのに、今日に限って元気がない。表情は暗く、何か思い悩んでいるように見えた。

（大好きな苺ケーキにもほとんど手をつけていないし――）

「エリーゼ、何か心配事でもあるの？」

「い、いえ」

エリーゼは否定したが、悩んでいるのは明らかだった。皆がエリーゼを案じた。

「どうかしたのか？」

「そうだよ、リゼ。何か困ってるなら話してごらん。兄様がなんとかしてやるから」

クロレンス侯爵とクリスが優しく尋ねた。久しぶりに屋敷に戻ってきた長兄レンだけが無言でエリーゼを見ている。

「その……」

エリーゼがためらっていると、レンが小さくため息をついた。

「生誕祭のことなんです、お父様」

「ああ……！」

クロレンス侯爵がうなずいた。娘の悩み事に思い当たったのだ。

「何かと思えば……そのことは心配しなくていい」

険しかったクロレンス侯爵の顔がほころんだ。

「すでに陛下と話はついている。すべてお前の望みどおりだ」

エリーゼは心の中で叫んだ。

（まずい！）

侯爵が続けた。

「生誕祭のパーティーで陛下がお前と殿下の婚約を正式に発表してくださる」

エリーゼは目の前が真っ暗になった。ところがその瞬間、冷ややかな声がその場を貫いた。

「父上、私はその婚約には反対です」

血も涙もなさそうな冷徹な表情。しかし、誰もが見惚れるほどに端整な顔立ちの美丈夫。クロレンス侯爵家嫡男レン・ド・クロレンスだ。

「レン、どういうことだ？　皇太子殿下とエリーゼの婚約に反対というのは？」

「率直にうかがいますが、父上はこの娘が皇太子殿下に釣り合うとお考えですか？　いえ、帝国すべての臣民の母となる皇后にふさわしいとお思いなのですか？」

「お前……！　それはどういう意味だ!?」

妹に対する思いやりの欠片もない、棘のある言葉に、クロレンス侯爵は語気を強めた。

「陛下の決定に口を挟むなど、おこがましいとは存じますが、自分勝手なエリーゼがはたして皇后としてふさわしいのか、確信がもてないからこそ申し上げているのです」

　食卓が突如として冷たい静寂に包まれた。

（まったく、兄さんは……。一カ月ぶりに帰ってきたと思ったら、またこれだ……）

　クリスは内心ため息をついた。

（何かにつけてエリーゼを目の敵にして、イライラしちゃって）

　皇室近衛銃騎士団の副団長を務めるレンは、わがまま放題のエリーゼにいつも腹を立てていた。

（あーあ、またひと悶着ありそうだな。エリーゼの性格じゃ、こんなこと言われて絶対に黙ってないだろうし）

　ところが、エリーゼを見てクリスは驚いた。

（あれれ？）

　エリーゼはまったく気分を害していないどころか、妙に満足げな顔をしている。

（なんだ？　見間違いか？）

　しかし、その表情どおり、エリーゼは怒るどころか喜んでいた。

（レン兄様の毒舌は相変わらずね。昔はそれが大嫌いだったけど）

　前世で皇后になったあと、エリーゼが過ちを犯すたびに兄は遠慮なく直言した。当時はそれが嫌でたまらなかったが、今ならわかる。兄がどんな思いでそうしていたのか。

（レン兄様の言ってることは全部正しい。私は皇后にはふさわしくない）

　エリーゼは当時のことを思い出した。悲劇を招いたのも、自分が皇后になったせいなのだ。

（この婚約は、なんとしてでも阻止しなきゃ）

家族全員にとって悲劇を生んだその結婚は、皇太子にとっても悲劇でしかなかった。

（よくよく考えたら、殿下も被害者よね。私は自業自得だけど、殿下は願ってもないのに不幸な時間を過ごさなきゃならなかったんだから）

エリーゼはため息をついた。

（何がなんでも婚約を止めなきゃ。そうすれば皇室とは関わりのない医者としての人生を歩めるわ）

考え込んでいたエリーゼは、レンに睨みつけられても何も言わなかった。その日の食事は気まずい雰囲気の中でうやむやに終わった。

「私、少し考えたいことがあるのでお先に失礼しますね」

そうしてエリーゼは部屋に戻った。

クリスが兄を横目で睨めつけた。

「兄さん、久しぶりに帰ってきたのに、リゼに対してあんまりじゃないか」

「私は自分の考えを話したまでだ」

「最近のリゼはとってもいい子なんだぞ！」

「いい子？　あいつが？」

レンは鼻で笑った。

クリスはムッとして声を荒らげた。

「ちゃんとリゼのことを見もしないで、なんだよ！　近頃どれだけリゼが――」

「この十五年間ずっと、あいつを見てきた。それが、突然いい子になったたって？　太陽が西から昇るというなら信じる気にもなるがな」

「兄さん！」

クリスが声を張りあげ、言葉を続けようとしたが、レンがすげなく制止した。

「無駄な話は終わりだ。私はそろそろ騎士団に戻る」

クリスはため息をついた。この頑固一徹の兄は、エリーゼの変わり様をその目で見ない限り、絶対に信じないだろう。

(でも、見たところで信じるか？　なんでも疑ってかかるから……)

「それにしても、このところずっと忙しいね。次はいつ帰ってくるのさ？」

「さあな。当分は難しいだろう」

「銃騎士団は、今度のクセフ戦争には派遣されないんだろ？」

レンがうなずいた。

「クセフ戦争は、いったん、第二軍団に任される。だが、もしフレスガード共和国が参戦することになれば、皇室騎士団である我々銃騎士団にもお呼びがかかるだろう」

「ってことは、出征する可能性がゼロってわけじゃないんだ？」

「ああ。共和国も制海権を諦めないだろうからな」

まだ外は肌寒さが残っていたため、レンは薄手の外套を羽織った。

「クリス、頼んだぞ」

「何を？」

「全部だ。しっかり家族の面倒を見て、父上の顔に泥を塗るんじゃないぞ」

その言葉にクリスは口を尖らせた。

「余計なお世話だね。兄さんこそ、銃弾は自分から避けちゃくれないんだから、ケガしないように気をつけなよ」

レンはふっと笑った。

「じゃあ、またな」


その頃エリーゼはベッドにうつ伏せになり、悩んでいた。

（どうしよう？　生誕祭までもう二カ月もない）

エリーゼは皇太子の顔を思い浮かべた。皇太子との結婚は大きな間違いだった。結婚さえしなければ、一度目の人生であんな悲惨な最期は迎えなかっただろう。

（殿下のためにも、私自身のためにも、この結婚は止めなきゃ）

ただ、それには問題があった。何せ皇太子との婚約は、エリーゼ自身が強く望んだことだったからだ。一年前——十五歳のときにエリーゼは皇太子に恋をした。一時の気の迷いというには、あまりの熱の上げようで、欲しいものはなんでも手に入れなければ気が済まない性格のエリーゼは、皇太子との結婚を父親に強くせがんだのだ。

（なんで聞き入れられちゃったかな……）

それもこれも、父・クロレンス侯爵は帝国の名宰相であり、現皇帝の気の置けない友人でもあったからだ。皇帝は最も信頼する臣下であるクロレンス侯爵の愛娘と皇太子との縁談を喜び、悲劇の歯車が動き出したのだった。

（はあ……どうしよう？　今さら心変わりしたなんて言えないし……。しかも皇太子との婚約をなかったことにしたいなんて皇室の体面にも関わるわよね。ああ、どうしたら……）

ひとしきり悩んだが、いくら考えてもいっこうにいい案が思いつかなかった。皇帝の決定などどうしたら覆せるというのか。考えあぐねていると、侍女が入ってきた。

「お嬢様、紅茶をお持ちしました」

マリが温かい紅茶を差し出した。

「ああ、いつもありがとう、マリ」

「……」

マリはすぐに部屋を出ようとはせず、なぜかもじもじしている。

「――マリ、どうかした？」

「あの、お嬢様……」

マリはしばらくためらってから口を開いた。

「何があったのかは存じませんが……あまり思いつめないでください。きっと上手くいきますから」

マリは顔を赤らめ、うつむいた。

「昨日からずいぶんお顔色が冴えないようなので……。出すぎたことを申し上げて、申し訳ありません」

マリの言葉にしばらく呆けたような顔をしていたエリーゼは、静かに笑った。

「マリ、ちょっとこっちに来て」

「はい……？」

マリが近寄ると、エリーゼは感心したようにマリの頭を撫でた。

「ありがとう。うちのマリも成長したわね」

（うちのマリ）

そう言われてマリは胸が熱くなった。今まで屋敷の誰にもそんなふうに言われたことはなかったのに。お嬢様は人が変わってからというもの、なんだかおかしい。まだ十六歳なのに、どうしてか歳の離れた優しい姉のように思える。

（どうかずっとこのままでいてください）

そう願いながらマリが部屋を去ると、エリーゼは紅茶を飲んでつぶやいた。

「ええい、悩んでたってしかたないわ」

エリーゼの目が据わった。

「――方法はただ一つ」

ティーカップを置き、はっきりと声に出して言った。

「当たって砕けろ。皇帝陛下に直訴する。それしかないわ」

今のエリーゼの中身は〝高本葵〟だ。見た目は可憐でも真の随まで〝外科医〟の高本葵。前世の葵は下手な小細工など弄したことはない。問題に直面したら、いつも真っ向勝負で解決してきた。

快刀乱麻

切れ味のいい刀で、もつれた糸を断ち切る。外科医時代に一番好きな問題解決方法だった。

（厳罰を受けるかもしれないけど）

自分で婚約を望んでおいて撤回したいだなんて、いくら皇帝が親友の娘を可愛がっていても、きっと怒り心頭に発するに違いない。

（だけど、どうしようもない。私が罰を受ければ済むこと。この縁談はなかったことにしなくちゃ）

決然とした面もちで、エリーゼは計画を練り始めた。もつれた糸をスパッと切るにも、首尾よくやるには念入りな計画が欠かせない。皇帝をなるべく刺激せずに話を聞いてもらう方法を考えねば。

皇帝陛下に謁見する機会は思ったよりも早く訪れた。皇帝がクロレンス侯爵とエリーゼを皇宮に招いたのだ。

（皇太子妃になる前にもう一度品定めしておこうってわけね？）

現皇帝に会うのはこれが初めてではなかった。父は皇帝と旧知の間柄のため、幼い頃からエリーゼも時折会う機会があり、皇帝はエリーゼを姪のように可愛がってくれていたのだ。


「お嬢様、仕立て師のエビアン様に注文するドレスは、どのようになさいますか？」

「いいわ。今あるドレスを着るから」

「えぇっ？　よろしいのですか？」

「うん、たくさんあるでしょ？」

「ですが――」

エリーゼは首を横に振った。

（無駄な贅沢だわ）

以前のエリーゼは、舞踏会や皇宮に行くたびに、新しいドレスを一流の仕立て師に作らせていた。最高級の特注品なのは当然で、一度しか袖を通さずに捨てたドレスを集めて売ったら、とんでもない額になるはずだ。

（見栄なんか張っても意味ないわ）

高本葵のときは、着飾ることなどほとんどなかった。そんな時間も必要もなかったし、何より一度目の人生で贅沢の限りを尽くして、その虚しさを痛感していたからだ。

（大事なのは中身よ）

そう考えながら、エリーゼはドレスルームへと向かった。

相当な数のドレスを捨てているはずなのに、部屋には華やかなドレスがびっしりと並んでいた。

「どのドレスになさいますか、お嬢様？　こちらなんかどうでしょう？」

マリは赤いドレスを出した。色鮮やかで、白い肌のエリーゼが着れば、まさしく薔薇のような美しさだろう。

「うーん、もう少し落ち着いた感じのはない？」

「こちらは？」

「それも派手すぎるのよね……」

マリがエリーゼの好みに合うよういろいろと薦めたが、エリーゼは首を横に振るばかりだった。

室内を見回してエリーゼは悩んだ。

(どれもこれも派手すぎて着るものがない……)

前世で外科医の仕事着に慣れ親しんでいたせいか、今では華美な服は性に合わなかった。

(手術着に白衣ってのが一番落ち着くんだけど、さすがにそんな格好で陛下に拝謁するわけにはいかないし……。もっと控えめな服はないわけ？　とはいえ、地味すぎてもだめだけど。こう、落ち着きがありながらも上品な――)

適当な服では不敬に当たる。何時間もかかってどうにか納得のいくドレスを見つけ出すことができた。

「これにする」

「本当にそれになさるんですか？　大丈夫ですか？」

「ええ、これが気に入ったの」

エリーゼは白色のシンプルなドレスを見つけて、うなずいた。

「お嬢様はとてもお綺麗だから、もっと華やかなドレスがお似合いなのに……」

マリは不服そうだったが、エリーゼはただ笑うだけだった。

「そういえば、マリ」

「はい？」

「前に執事（しつじ）に頼んでおいた件（アレ）、どうなった？」

「もうすぐお屋敷に届くはずです」

「そう、ありがとう。遅（おく）れないように念のためもう一度確認しておいてくれる？」

「かしこまりました」

エリーゼは、いつのまにか黄昏（たそがれ）が迫（せま）る窓の外を眺（なが）めた。

（あと三日……）

今後の人生は、この皇帝との謁見にかかっていると言っても過言ではなかった。

（絶対上手くやってみせる）

エリーゼは覚悟を決めた。

第二章　不公平な賭け

ついに運命の日。

エリーゼはドレスを着て、身なりを整えた。派手すぎる装いを避け、落ち着いた服を選んだが、だからといって手を抜いたわけではない。こういうとき女性の装いは、剣にも盾にもなる。大切な話をしなければならないだけに、準備は怠らない。

「これはこうしてくれる？」

「いつもよりお化粧が少し控えめですが、よろしいのですか？」

「ええ、こっちのほうがいいわ」

昔のエリーゼは、どんなときも派手な服に濃い化粧を好んだ。だが、今の彼女は違う。

（見栄を張るとか、そもそも私には向いてない。どんなに素敵な服でも、似合うかどうかは別問題だし）

前の世界で高度な化粧術を見てきた。さほど興味はなかったが、どんなメイクが自分に似合うかくらいは心得ている。

「このブローチとそのネックレス、あとは真珠のイヤリングでお願い」

「はい、お嬢様（じょうさま）！」

化粧を終えたエリーゼは、鏡を見た。

「よし。悪くない」

「わあ、お嬢様、とってもお綺麗（きれい）です」

隣（となり）にいたマリが褒（ほ）めそやした。

「変じゃない？」

「全然！　いつもより控えめなのに、とてもお美しいです。気品があって、むしろこちらのほうがよくお似合いだと思います」

エリーゼは小さく微笑（ほほえ）んだ。

「ありがとう」

支度（したく）を終え、この日のために用意しておいた土産（みやげ）を携（たずさ）えて外に出た。先に待っていた父が出迎（でむか）えてくれる。

「支度は済んだ――」

娘（エリーゼ）の姿を見て、クロレンス侯爵（こうしゃく）は目を瞠（みは）った。

「……エリーゼ？」

「はい、お父様。どうされました？」

エリーゼは青い目を瞬（またた）いた。見送りに出て来た継母（はは）と兄（クリス）も、目を丸くしてエリーゼを見つめている。

「どうしたんです？」

しかし、皆、言葉を詰まらせたままだ。

「エリーゼ……」

あまりに美しかった。

もともと綺麗ではあったが、今日はまるで女神のようだ。決して豪華に着飾っているわけではない。さりげなくも慎ましく、丁寧に施された化粧に真珠のネックレス、手細工のブローチ、落ち着いた色味のドレス――それだけだ。だが、そんな中にも品のある装いは、エリーゼの美しさをいっそう際立たせていた。昔の派手な服装は彼女の魅力を半減させていたのだと気づかされた。今の気品あふれる姿は、人形のような顔立ちだけでなく、全身の魅力までをも倍増させていた。

エリーゼはこてんと首を傾げる。

「どこかおかしいですか？」

「い、いや」

「では参りましょう、お父様」

エリーゼが近づいて父の手を取った。

侯爵は一瞬びくりとして、うなずいた。

「あ、ああ。行こう」

そうして二人は馬車に乗り、皇宮へと向かうのだった。

パカラッパカラッ。

クロレンス侯爵とエリーゼを乗せた馬車が皇宮に入った。ブリチア帝国は、ブリチア島と西大陸本土の他、五つの大洋、六つの大陸に影響力を及ぼす、この世界最強の大国だった。〝太陽の沈まぬ国〟と呼ばれ、それだけに皇宮は大きく、絢爛豪華だ。

エリーゼは後悔の滲む瞳で皇宮を眺めた。

(――久しぶりね)

一度目の人生では、百願の宮に幽閉されるまで六年の月日をここで過ごした。もちろん、いい思い出ではなかったが。

(あのときはここが世界のすべてだと思っていたのに――)

苦々しい気持ちで皇宮内を見渡した。ふと、やるせなさが押し寄せる。

(陛下との話し合いが上手くいけばいいけど)

心を落ち着かせるために目を閉じた。そんなエリーゼを見て、クロレンス侯爵が声をかける。

「エリーゼ、どこか具合でも悪いのかい?」

「いいえ、お父様」

「もし体調がすぐれなければ、我慢せずに言いなさい」

心配する父にエリーゼは微笑んだ。

「お父様」

「なんだい？」

「もし私が何かしでかしたら、どうなさいますか？」

「なんだ、急に……？」

「ですから、もし私が、何か問題でも起こしてしまったら……」

クロレンス侯爵は眉間に皺を寄せた。

「なんだ？　また何かしたのか？」

近頃は慎ましやかになったとはいえ、少し前までエリーゼは毎日のように問題を起こしてばかりの娘だった。

侯爵はきっぱりと言う。

「いけないことをしたのなら、きちんと罰を受けるんだ」

「ええ、そのとおりですね」

「ああ。もし隠していることがあるなら、今、話しなさい。正直に言えば許してやろう」

「ただ、訊いてみただけです。叱られるようなことはしてません」

（――今はまだ、ね）

エリーゼは心の中でため息をついた。

（もうすぐやらかすことになるけど……。お父様、ごめんなさい）

それなりに準備はしてきたが、皇帝がどんな反応をするか不安だった。

(陛下の怒りを買っても、それでも言わなくちゃ。この人生では、皇太子殿下との縁も今日で終わりにするのだから)

もう一度そう心に誓ったエリーゼは、空を見上げた。ふと外科医として生きていた以前の暮らしが思い出された。

冷たい手術室の空気。

揺れるバイタル。

赤い血。

息が詰まるような生死の分かれ目。

大変だったけれど、手術室にいるときだけは幸せだった。緊迫した中での、あの緊張感、患者の命を救えたときの幸せな気持ちが懐かしい。

(これが終わったら——)

この国で医者として生きていく。素直に話して、処罰を受けたあとは。

「陛下は今、薔薇園にいらっしゃいます」
皇宮の侍従長がクロレンス侯爵とエリーゼを出迎えた。

薔薇園は、皇宮内でも美しいことで有名だった。二人は、色とりどりの薔薇が見頃を迎えて咲き誇る庭園に入った。少し歩くと、小さな池の脇に大理石で造られた雅な休息所が現れた。そこでは一人の中年男性が書類を読んでいる。

「……！」

エリーゼは深く息を吸い込んだ。

慈愛に満ちた面もちに、すべてを見通すような深いまなざし。ブリチア帝国第十一代皇帝で、帝国の産業化を率いる稀代の名君、ミンチェスト・ド・ロマノフだった。

クロレンス侯爵とエリーゼが近くまで歩み寄ると、皇帝は書類を置いて視線を向けた。

侯爵とエリーゼは、恭しく挨拶をする。

「皇帝陛下、この度はお招きいただきましてありがとうございます」

「ああ、よく来た、エル。エリーゼも久しぶりだな。息災にしておったか？」

「はい、ご機嫌麗しゅうございます、陛下」

「そんなところに立っていないで、座りなさい。――お前たちは客人に茶をお出しして」

皇帝が穏やかな声で言った。

エリーゼは軽く会釈をし、庭園の椅子に慎ましく腰をかけた。

「久しぶりに会いたくなってな。半年ぶりくらいか？　会えて嬉しいぞ」

「畏れ多いお言葉、ありがとう存じます、陛下」

「特に変わりはないか？」

「はい、陛下。おかげさまで」

皇帝は静かに笑った。

その優しい笑みを見て、エリーゼは急に胸が詰まる思いがした。

（お変わりなくてよかった）

前世では未熟な私に対しても、陛下はいつも変わらず優しく接してくれた。

（気の休まらない皇宮で、陛下の温かさにどれほど救われたか……）

だからこそ、陛下の持病が悪化して急逝したときには、とてもつらかった。

（立派な皇后になってほしいと託されたのに、ちっとも叶えてさしあげられなかった。そのうえ今日は身勝手なお願いをするつもりだし。怒るだろうな……）

エリーゼはやりきれない表情を浮かべた。

（それにしても最近お身体は大丈夫なのかしら？　今も持病を患っていらっしゃるはずだけど——）

エリーゼは、父と談笑する皇帝の顔色をうかがった。穏やかに笑ってはいるが、目元には濃い疲労の色が見てとれた。もちろん、疲れた様子などはおくびにも出さないが、医者の目からすると、体調は芳しくなさそうだ。

（いったいなんの病気だろう？　当時、皇宮侍医は血の巡りがよくないと言っていただけで、正確な診断は下せなかったけど……）

エリーゼの顔つきが険しくなった。

（正確な診断さえ下せれば、あんなことはきっと防げる）

皇帝が突如、昏睡状態に陥ったときのことを思い出した。当時はまだ皇太子の政治基盤が安定しておらず、その隙を狙った第三皇子との継承権争いで、国は極度の混乱を来した。皇帝の命を奪った病を治療できれば、混乱は防げるはずだ。

（あのとき、昏睡状態になった陛下の身体からはケトン臭がしてた。それと深くて速い呼吸。あれは絶対、酸血症による昏睡状態よね。日頃の倦怠感に酸血症を引き起こす病気は――）

エリーゼは〝外科医の高本葵〟として原因を探った。

（きっと私も知っている病気のはず。なんだろう？）

答えがぼんやりとしていて、つかめそうでつかめない。

そのときだった。ひとしきり侯爵と話し終えた皇帝が、にっこりと笑ってエリーゼに向き直った。

「今日のエリーゼは、なんだか妙だな。雰囲気が少し変わったようだ。しとやかになったというか……」

エリーゼの顔が少し赤らんだ。以前の彼女はこうしてじっとしてはいられなかった。皇帝は、お転婆な姪っ子を見ているようで可愛いもんだと許してくれたけれど。

クロレンス侯爵が笑いながらうなずく。

「そうなんです、陛下。近頃エリーゼは急に大人びて、だいぶ変わりました」

「お、お父様」

「この前なんか――」

そうして侯爵は厳めしい顔に似合わず、親バカ丸出しで最近の娘の変わり様を誇らしげに語った。家族に優しく接するようになったこと、下の者たちのことを思いやって世話を焼いていることなど。

「――それで最近、屋敷内ではエリーゼへの称賛が後を絶ちません」

「ほほぅ、そうか」

皇帝がエリーゼを見つめた。幼い頃から見てきただけに、皇帝もエリーゼの普段のお騒がせぶりをよく知っていた。大人になればだんだんと落ち着くだろうと思ってはいたが、こんなにも突然、変わるとは。

「いつも茶を淹れてくれると？」

「はい、そうなんです。本当に深い味わいで、もうびっくりしてしまいます」

「そうか？　それは気になるな。エリーゼ、私もその茶を飲む栄誉にあずかれるかな？」

冗談めかしたその言葉に、エリーゼは恐縮した。

「お、畏れ多いお言葉にございます。なにぶん未熟でございますので、わたくしの淹れたお茶が陛下のお口に合いますかどうか……」

「何を申すか。そなたの淹れてくれた茶なら、味わいも格別だろう。心配せず存分に腕を披露したまえ」

そう言われてしかたなくエリーゼは席を立ち、お辞儀をした。

「それでは、最善を尽くさせていただきます。もし至らぬ点がございましても、なにとぞご容赦くださいませ」

そしてエリーゼは侍従のもとへと行き、尋ねた。

「今から申し上げるものを用意していただけますか？」

「かしこまりました」

「まずは東方の国の黒茶と白茶を用意してください。水は、今日汲んだ湧き水を使って――」

同じ茶葉でも配合や水の状態、お湯の温度によって、淹れたお茶の味は千差万別だ。

（陛下の好みのお茶は――）

記憶をたどり、皇帝が好んでいた方法でお茶を淹れる。前世では義父である彼に時折お茶を淹れてあげていたので、好みは心得ていた。

「――お待たせいたしました」

エリーゼが恭しくお茶を差し出すと、皇帝は香りを嗅いで驚いた表情を浮かべた。

「とても芳醇な香りだ。昔、東方の国の大臣が手ずから淹れてくれた茶を飲んだことがあるが、そのときのものに似ている」

「もったいないお言葉にございます」

ひとしきり香りを楽しんだ皇帝は、口をつけてさらに感嘆した。

「素晴らしい。いつの間に茶の淹れ方を学んだのだ？　こりゃ、皇宮の侍従たちにもそなたを見習うように言わんとな」

皇帝が感心したようにエリーゼを見つめた。

東方の大国からお茶が伝来し、茶事は貴族の優雅な嗜みとなった。どんなお茶をいかにおいしく淹れるかが、その家格をも表すほどとなり、帝国の貴婦人たちはこぞって茶事を学んだ。そのため、教養の豊かな貴婦人ほど素晴らしいお茶を淹れるのだが、エリーゼは帝国のどの貴婦人にも劣らぬ腕前だった。

「一人でこっそり学んだそうです。私も毎日エリーゼが淹れてくれたお茶を飲んでおりますが、そのたびに頭がすっきりして疲れが飛んでいくような気がします」

クロレンス侯爵がまた誇らしげに語った。

「ああ、本当にそなたの言うとおり頭がすっきりして疲れが飛んでいく。見事だ。こんな茶を毎日飲めるとは、うらやましい限りだよ、エル」

何度も褒められ、エリーゼは戸惑いながら謙遜した。

「とんでもない、褒めすぎにございます」

「そんなことはない。ところで、エリーゼ」

ご満悦の様子の皇帝が訊いた。

「これから皇宮で暮らすようになったら、私にも時々、茶を淹れてくれるかね？」

エリーゼの表情が固まった。皇帝は、皇太子とエリーゼとの結婚をほのめかしているのだ。

「それは――」

「なんにせよ、素晴らしい茶を淹れてくれたそなたに褒美をとらせないとな。何か欲しいものはあるか？　遠慮なく申せ。どのみちもうすぐ家族になるのだ。なんでも聞いてやろう」

まるで家族を見るような愛情のこもったまなざし。

エリーゼはごくりと唾を飲み込んだ。

(取り返しがつかなくなる前に話さなきゃ)

大きく息を吸い込み、口を開いた。

「陛下、畏れながら申し上げたいことがございます」

「なんだ？　申してみよ」

「実は――」

しかし、そのときだった。冷たい声がエリーゼの心臓を貫いた。

「遅れて申し訳ありません、父上」

その声を聞いた瞬間、エリーゼの顔がこわばった。

(まさか……この声は……)

感情の起伏をまったく感じられない、魂の奥底まで突き刺すような冷たい響き。決して忘れられないその声に、エリーゼの手が震えた。

「おお、来たか」

皇帝が顔を向けて〝その男〟を見た。

「息子よ」

前世でのエリーゼの夫であり、度重なるすれ違いのあげく、破局を迎えた相手。エリーゼに断頭台の刃を落とした男。皇太子が感情のないまなざしでエリーゼを見やった。

皇族特有の超常能力を授かった金色の瞳。その透き通るようなまなざしは、凍てつくような冷たい光を湛えていた。神の手によって形作られたかのような顔立ちは、自然とため息がでるほどに美しさと冷徹さを兼ね備えていた。しびれるほどに冷たい、でも美しい男。その人こそまさに、ブリチア帝国の現皇太子であり、その後、稀代の名君と呼ばれるリンデン・ド・ロマノフだった。

「皇太子殿下、ご機嫌麗しゅうございます。エリーゼ・ド・クロレンスにございます」

予期せぬ再会にエリーゼは戸惑ったが、動揺を隠して挨拶をした。皇太子はただ無表情で見つめるだけだ。

(昔はあのまなざしが大好きだったのに)

断頭台で処刑されるその瞬間まで、エリーゼは彼を心から愛していた。

(あの冷たい目つきも、端整な顔も、そっけない話し方も)

すべてを愛していた。

(でも、まるっきり片思いだったわね)

不幸にも皇太子はエリーゼを愛していなかった。冷遇されるほど、エリーゼの心は頑なになっていった。

(――そもそも結ばれるべきじゃなかった)

前の人生では傲慢無礼なエリーゼだったが、だからといって最初から罪や悪行の数々を犯すほど悪い人間だったわけではない。

エリーゼがあんな最期を迎えた理由はただ一つ――皇太子への妄執だった。報われない愛と度重なる冷遇で徐々に心が歪み、贅沢や欲に溺れるようになっていった。

執着へと変わっていった愛は、越えてはならない一線を越え、あげくの果てにエリーゼは家族を失い、断頭台へと送られた。

（全部私のせい。バカだったわ、本当に）

エリーゼは凄惨な記憶を思い起こし、深く息を吐いた。

そう、本当に愚かだった。バカみたいに執着して——。平静を取り戻し、皇太子に視線を向けた。

（でも、前みたいにときめきはしないわね）

思えば三十年もの歳月を経ていた。皇太子への想いは、たしかに家族を想うそれとは違ったし、当時いくら燃えるような愛情を抱いていたとしても、もはや一握りの灰すら残らない長い年月が流れていた。ましてやあんな別れ方をした相手だ。思いがけない再会に緊張しただけで、それ以上の感情はない。

皇帝が皇太子に言った。

「遅かったな」

「クセフ遠征の予算案について、財政府との会議が長引きました」

皇帝がうなずいた。

「そうか。重要な問題だ。もはやクセフ半島での戦争は避けられない。必ずや勝利しなければならん。宰相、共和国の動向はどうだ？」

「共和国の主力軍が黒の大陸にとどまっているため、まだ目に見えた動きはありません。しかし、黒の大陸での終戦は間近であり、我々がクセフ半島を掌握すれば、制海権を手にすることになるため、共和国はどんな手を使ってでも介入してくるでしょう」

三人は、遠からず始まる戦争について話し合った。

「遠征軍はロマノフ領の第二軍団にするつもりだ。不足はないか？」

「第二軍団だけでも五万を超える大兵力ですので、共和国の介入がなければ十分でしょう。それ以上の兵力を動員すれば、財政を圧迫しかねません」

エリーゼは無言で彼らの話を聞いていた。

（――やっぱり戦争が始まるのね）

一度目の人生では国際情勢に疎かった。関心がなかったのだ。だが、この第一次クセフ遠征の結果は知っていた。

（遠征は失敗する。それも悲惨なまでに）

エリーゼは拳を握りしめた。この第一次遠征で第二軍団が全滅し、第二次遠征で兄のクリスが出征し、戦死するのだ。

そのときだった。皇帝がエリーゼに笑顔で話しかけた。

「エリーゼの前で、つまらぬ話ばかりしてしまったな」

「い、いえ」

「どうだ？　そなたは、今回の遠征について何か意見はあるか？」

「わたくしなどがそんな……」

「ただ聞いてみたいだけさ。気負わずに、何か思うことがあれば申してみよ」

エリーゼの緊張を和らげるような優しい声音だった。

本気でエリーゼに助言を求めているわけではない。ただ、姪のようなエリーゼがもうすぐ本当の家族になるということもあり、どんな見識を備えているのか興味があったにすぎなかった。

エリーゼはためらう。

(言ってもいいのかな？)

それでなくてもエリーゼは戦況を分けた要因について、いくつか知っていた。

(なんだこいつはって、怪しまれるかしら？)

しかも自分は急に性格まで変わっている。国際情勢にまったく関心のなかった人間が、突然、先見の明があるようなことを言ったら、訝しく思われるかもしれない。

(でも、言えば犠牲者を減らせるかもしれないし――)

当時、第一次遠征が失敗に終わり、戦争が長引いたために、多くの戦死者が出た。最終的には帝国側が勝利したが、そのときの痛手は計り知れない。

(そうよ、少しくらい変に思われたからって何？　戦争を防げるに越したことはないけど、それはもう無理だし。なら、できるだけ犠牲者を出さないようにすべきじゃない？)

医者としてのエリーゼは、命を犠牲にする戦争が大嫌いだった。戦争を止められないまでも、死者の数をできる限り減らしたかった。

「それでは不肖ながらも、わたくしの考えを申し上げます」

「ああ、申してみよ」

皇帝は、可愛い娘が話すのを見るようにうなずいた。

「この戦争は二つの点で、注意しなければなりません」

「ほお、二つ？」

具体的な言葉に皇帝が興味深そうな表情を浮かべた。

「それはなんだね？」

「一つ目は、大陸東部のモンセル王国です」

「ふむ？」

皇帝は怪訝（けげん）そうな顔をした。

「モンセル王国？　フレスガード共和国ではなく？」

「はい、モンセル王国の参戦を考慮（こうりょ）しなければなりません」

エリーゼの言葉にクロレンス侯爵が教え諭（さと）すように答えた。

「エリーゼ、モンセル王国はクセフ半島とは関係ない。それなりに距離（きょり）は近いが、今クセフ半島で起きている民族紛争（ふんそう）とも関わりはなく、内陸の国だから制海権とも無関係だ。私たちが憂慮（ゆうりょ）すべきは、フレスガード共和国だよ」

エリーゼはうなずいた。

「はい、そのとおりです、お父様。地政学的に見れば、モンセル王国はクセフ半島の戦争には介入する理由がありません」

「ではなぜ彼らの参戦を考慮しなければならないのだね？」

「モンセル王国の現君主がイグリント伯爵だからです」

「イグリント伯爵だからだと？」

クロレンス侯爵の顔が、一瞬、固まった。それは皇帝も同じだった。帝国を率いる二人だ。エリーゼの言葉に隠された意図を理解したのだった。

「エリーゼ、もしやそれは——」

「はい、イグリント伯爵は、現在国王として認められておらず、政権基盤が不安定です。王位の正当性を得るためには、宗主国であるフレスガード共和国の承認を得なければなりません」

「……！」

「モンセル王国はフレスガード共和国の前身であるフレスガード帝国から独立した国です」

皇帝と侯爵の顔は真剣だった。無表情の皇太子もエリーゼを見つめた。

「フレスガード共和国は現在、軍を動かすのが厳しい状況。イグリント伯爵の正当性を認める代わりに我が軍の背後を突くよう求めかねません」

庭園に静寂が流れた。若い娘の意見だといって無視できる内容ではなかった。否定できない可能性を秘めた話だった。

「ふむ……モンセル王国とは。考えもしなかった。たしかに、その可能性はある」

「はい。共和国は決してこの機を逃さないでしょう。クセフ半島と近いモンセル王国を動かす可能性は十分にあります」

二人は感心したようにエリーゼを見た。帝国を運営する自分たちすら見逃していたことを、どうしてこのうら若き少女が思いついたのか？

そのとき、冷ややかな声が聞こえた。

「モンセル王国が半島に派遣できる兵力は約二万。君はその程度の兵力が我々帝国軍の脅威になるとでも思っているのか？」

皇太子だった。三十年ぶりに交わす皇太子との会話に、エリーゼはなんとも言えない気持ちになったが、淡々と答える。

「まともに戦えば、我々帝国軍は決して負けることはないでしょう。ブリチア帝国軍は、西大陸、いえ、世界最強ですから。共和国軍とプロシエン公国軍を除けば、真っ向から我々帝国軍と戦える兵力はありません」

「よくわかっているじゃないか。ではなぜ？」

「でもそれは、まともに戦った場合の話です」

皇太子が眉をひそめた。

エリーゼは皇太子が口を開く前に、二つの言葉を放った。

「ドモッシュ川。そしてウバキ山脈」

「……！」

「モンセル王国軍が、もし動くとなれば、クセフ半島ではなくウバキ山脈へと進撃するはずです。ドモッシュ川を渡ればウバキ山脈にはすぐに向かえますから」

「エリーゼ、それはつまり――」

「はい。ウバキ山脈は、帝国で我々のいる西大陸本土のロマノフ領からクセフ半島へと向かう唯一のルートです。そのウバキ山脈を押さえられたら、半島に入った我々帝国軍は、補給が絶たれて孤立してしまいます」

そうなれば結果は一つだった。

遠征軍の全滅。

「ほお……」

庭園にふたたび沈黙が下りた。先ほどとは比べものにならないくらい重たい沈黙だった。帝国の大物たちですら見落としていた点を指摘したエリーゼを、皆が驚きのまなざしで見つめた。

険しい面もちで、クロレンス侯爵は考える。

(たしかに可能性はある。それに、もしそうなれば遠征軍は終わりだ。なぜ今までそのことに気づかなかったのか……)

皇帝と皇太子も、同じことを考えていた。あまりにも恐ろしい、しかし十分に起こりうる未来。

しばらくの沈黙のあと、皇帝が口を開いた。

「宰相」

「はい、陛下」

「明日すぐに軍務大臣とともにこの内容を協議するように」

「はい、そのようにいたします」

「モンセル王国が実際に参戦するかどうかはわからんが、エリーゼが話した内容については、必ず備えておかねばならん。皇太子（リンデン）よ、お前は諜報（ちょうほう）局にモンセル王国の動向を抜かりなく調べるよう伝えなさい」

「かしこまりました、陛下」

皇帝は急いで必要な対策を命じた。そして静かにお茶を飲んでいるエリーゼを驚愕（きょうがく）と感嘆の入り交じったまなざしで見つめる。

(実にたいしたものだ。どうしてこんなことを……？)

美しく若い娘としか思っていなかったのに、まさかこんなことを考えていたとは、信じられない思いだった。それこそ国際情勢を見通し、クセフ半島に関わる各国の関係を把握（はあく）しているだけでなく、それ以上のことを見抜（みぬ）ける凄腕（すごうで）の軍師でもなければ思いつかないのではないだろうか？

(私はこの娘（エリーゼ）のことを完全に見誤っていたのか？　素晴らしい子だな)

「エル」

「はい、陛下」

「いつの間にこのような立派な教育を娘に授けたのだ？」

「それは――」

クロレンス侯爵は気まずそうに笑った。

驚いたのは侯爵自身も同じだった。近頃の娘（エリーゼ）はずいぶんと変わり、本もたくさん読んでいるようだが、これほどまでの見識を養っているとは。

「エリーゼ」

「はい、陛下」

「先ほど、二つの点に注意せねばならんと申していたな？　ではもう一つの点というのはなんだね？」

「――風土病です」

「風土病？」

　エリーゼは恭しくうなずいた。こちらのほうがモンセル王国の参戦よりもずっと重要だった。

（遠征軍は結局のところ伝染病で全滅するんだから）

　エリーゼは前世の出来事を思い浮かべた。モンセル王国軍によって半島に孤立させられた遠征軍は、補給が絶たれ孤軍奮闘したものの、伝染病の大流行により自滅してしまった。

（なんの伝染病かはわからないけど、備えれば被害を抑えられるはず）

「クセフ半島は帝国とは環境も気温も異なります。しかも戦争が始まるのは、特に高温多湿の時期。伝染病の蔓延に留意しなければならないと考えます」

　皇帝がうなずいた。

「ああ、そのとおりだ。クセフ半島は帝国民には不慣れな環境だ。たしかに伝染病が広がりかねない。では、どのように備えるべきだと考える？」

「まずは医薬品の十分な補給が必要です。それと何よりも大切なのは、衛生面に気を配ることです」

「衛生面？」

皇帝は怪訝な表情を浮かべた。

エリーゼはその表情を見てハッとした。

（今はまだ衛生環境の重要性が十分に認識されていないんだ――）

もちろん、この時代の帝国にも衛生環境の重要性を知っている者はいる。患者を治療する医者たちだ。しかし、まだ衛生は一般的な概念ではなかった。

「はい、さようでございます。多くの病は、非衛生的な環境によって伝染すると言われています。ですから、軍においても衛生環境に少しでも気を配れば、伝染病の蔓延は防げるはずです」

皇帝はまたしても感嘆した表情を浮かべた。

「そうか。たいしたものだ。そうしたことはどこで学んだのだね？」

その問いに対し、エリーゼは、さほど説得力のない言い訳しか思いつかなかった。

「最近、医学に関心があり、書物を読んだのです。浅学でお恥ずかしい限りですが……」

「うむ、知識は浅くなさそうだが……」

エリーゼは気まずそうに視線を避けた。でしゃばり過ぎたかもしれないとも思ったが、人の命には代えられない。戦争を回避できないのなら、犠牲を最小限に食い止めるほかない。

（これで少しでも被害を減らせるなら……）

「今日そなたが話したことは、しっかりと検討することにしよう。もしこのおかげで戦況が有利になったなら、そなたにはブリチア武功勲章を授けよう」

皇帝が言った。

「……！」

エリーゼは驚く。

ブリチア武功勲章！

皇室十字勲章とも称され、帝国最高の権威ある勲章だ。叙勲と同時に騎士爵も与えられる。つまり、ブリチア武功勲章を受けるということは帝国貴族として最高の栄誉だった。

「愚見にすぎません。そんな大それたことは、どうかお考え直しください」

「そなたの意見を愚かだと切り捨ててしまったら、皇帝として皆に顔向けできん。それに決して大それたことではないぞ。もしそなたの言うとおりに備えることで惨事を免れたなら、勲章だけでは足りんだろう」

エリーゼはなんと答えてよいかわからない。

さらに皇帝がしびれを切らしたように訊いた。

「ところでエリーゼ」

「はい？」

「そなたが携えているものはなんだ？　私のために持ってきたのではないのか？」

「あ……！」

それは執事に頼んでおいた、皇帝への贈り物だった。渡すタイミングを見計らっていたものの、なかなか話が終わらず渡しそびれていたのだ。

「東方の国から取り寄せた、よい香りのするろうそくでございます」

「香りのするろうそく？」

「はい。東方の国の人々が好んで使っているそうで、深く澄んだ香りが身体の疲れを癒やし、気力を高めてくれる効果があるらしく、陛下にお贈りしようと思っておりました」

皇帝は大いに喜んだ。原因不明の持病のせいで、このところ疲労が続き、気力が落ちていたのだ。ろうそくの香りを軽く嗅ぐと、満足そうにうなずいた。

「少し嗅いだだけでも頭が冴えわたるようだ。素晴らしい。どうしてこうも私にぴったりのものがわかるのだ？」

「お喜びいただけて光栄にございます」

「実はこのところ活力が衰えていたのだよ。ありがとう。大事に使わせてもらおう」

その言葉にエリーゼは皇帝の目を見つめた。深く刻まれた疲労の色。ふと、一つの病名が頭をよぎった。

（もしかして——）

「陛下、ひょっとして最近、いくら寝ても疲れが取れないのではありませんか？」

「ああ、そうだ」

「水をたくさんお飲みになるのでは？」

「ふむ、そう言われてみれば、そうかもしれん」

「水を飲んでも、喉の渇きが癒えないのでは？」

「おお、たしかにそうだ。いくら水を飲んでもずっと喉が渇いている感じがするな」

「それでは、尿意を感じて夜中に目が覚めてしまうことは？」

「そういうときもあるな」

どうしてそんなことがわかるのだと言うように、皇帝が驚きの表情を浮かべた。エリーゼは心の中でパチンと指を鳴らした。皇帝が急逝する前の状況を思い出したのだ。酸血症で血液のpHが正常値以下に低下し呼吸が深く速くなっていたのを覚えている。

（そうよ、やっぱりあれだわ！）

エリーゼの頭に一つの病名が浮かんだ。

（ずっと治療を受けられずにいたから、あのとき昏睡状態を引き起こしたのね！）

そう思いながらも、やるせなさを感じた。

（病気に気づかずろくな治療もできずに、ブリチア帝国の皇帝が命を失うなんて……）

治療さえすれば生き長えられることもできる病気だ。

糖尿病――これこそ皇帝の持病に違いなかった。

（治療を受けられないまま血糖値が上昇し続けて、それが千を超えて酸血症になったんだ）

糖尿病性昏睡の一つ、医学用語では〝糖尿病性ケトアシドーシス〟という。救急治療を必要とする重篤な症状だ。前世の医学なら救急治療で助けられるが、今のブリチア帝国の医学水準では難しいだろう。

（糖尿病の完治は無理でも、管理さえすれば昏睡状態は避けられるはず。でもどう話せば……？）

エリーゼは逡巡した。前世だったら糖尿病の検査を受けるよう助言すればいいが、ここではそうはいかない。

（この世界にも糖尿病の概念はあるけど、広く知られてはいないし、そもそも医者でもない私の話を信じてくれるかな？）

それが一番の問題だった。専門家でもない小娘（エリーゼ）の話を信じてくれるか、という点だ。

すると、皇帝が不思議そうに訊いてくる。

「——ところで、なぜそんなことを訊くのだ、エリーゼ？」

「それは——」

「気負わずともよい」

エリーゼは慎重（しんちょう）に口を開いた。

（どう思われるかわからないけど）

しかし、皇帝の病状が悪化するのを見過ごすわけにはいかない。糖尿病なら、食事療法（りょうほう）だけでも効果が期待できるかもしれないのだから。

「わたくしが最近読んだ本に、陛下の症状と似たような病が書かれていたのです」

「ふむ、医学書を読んだと？」

皇帝は驚きを隠せなかった。医学書は普通（ふつう）の書物とは違う。そもそもが専門的なため、知識がなければ、読んだところで内容を理解できるはずもないのに、エリーゼがそれを読んだと言うのだから。

「はい、陛下」

「そうか、その書物にはなんという病だと書いてあったのだ？」

「――正確な名前は覚えておりません。ただ、血液中の糖の量が増えすぎると、陛下の症状と同じような症状が現れると記されておりました」

「糖？　砂糖のようなもののことか？」

「はい。わたくしたちの身体に欠かせない成分ではありますが、さまざまな理由により血液中での量が増えすぎると、陛下と似た症状が現れると書いてございました」

「ふむ……」

皇帝は顎をさすった。エリーゼの言葉を鵜呑みにはしていなさそうだ。ここでは糖尿病自体、広く知られている病気ではないし、何より皇帝の持病は皇宮侍医ですら見当をつけられずにいるのだ。そんな難しい病を医学の素人が容易く診断できるはずもない。

それでも根拠のなさそうなことではないと考えた皇帝は答えた。

「一度ベンと話してみよう」

「はい、ありがとうございます、陛下」

エリーゼは頭を下げて礼を言った。

ベンは、他でもない皇宮侍医だった。

（ベン様は優秀なお医者様だし、このくらいのヒントがあればきっと糖尿病に思い至るはず）

この時代ではまだ珍しい病なため、ベンは皇帝の症状を糖尿病と関連づけられなかったのだろう。

それでも、当代きっての名医で、帝国医学界の泰斗である彼が糖尿病をまったく知らないということはないはずだ。きっと正しい診断を下せるに違いない。

(診断を受けて、しっかりと治療を受ければ、昏睡みたいな最悪の状況は防げるわ)

そうエリーゼは判断した。しかし、このことで自分にどれほど注目が集まるかまでは、頭が回らなかった。

「いやはや、今日はそなたにずいぶんと驚かされた。一般の者には理解すら難しい医学書まで読んでいるとは。ほんとうに立派なものだ」

「とんでもないことでございます」

「いいや、今日のエリーゼは、まことに素晴らしい。私はとても満足しておるぞ」

皇帝は嬉しそうに目を細めてエリーゼを見つめた。

「今日、私がなぜそなたを呼び出したかわかるか？」

「……いえ」

「そなたを皇太子妃(ひ)として迎えるにあたって、もう一度会って確かめたかったのだ。そなたを皇太子妃に決めたものの、憂慮する部分がなくはなかったからね。だが、それも杞憂(きゆう)にすぎなかったようだ。これなら皇太子妃として申し分ないだろう。そう思わんかね、エル？」

エリーゼの顔が青ざめた。

(まずい！)

まったく意図していないことだった。婚約(こんやく)の解消に来たというのに、逆に皇帝陛下に百点満点をもらってしまったようだ。

かたや父は、そんな娘の気持ちも知らず、嬉しそうに笑っている。

「お褒めにあずかりありがとうございます、陛下」

「お、お父様……」

エリーゼは困った顔で皇帝の顔色をうかがった。すでに皇太子妃として迎えたかのように愛情深くエリーゼを見つめている。

(殿下は？)

今度は横目で皇太子の顔をうかがう。相変わらず無表情のままだ。前世と同じその表情のない顔を見た瞬間、エリーゼは心を決めた。これ以上先延ばしにしてはいけない。自分と家族のために。

そしてこの皇太子のためにも。

(すごくお怒りになるだろうけど……)

エリーゼは口を開いた。

「陛下、実は折り入ってお話がございます」

「なんだね？　なんでも申してみよ」

皇帝の口調は変わらず優しかった。エリーゼは唾を飲み込んだ。

「大変畏れ多いお願いではございますが――」

患者の腹部をメスで切るような気持ちで、単刀直入に言った。

「わたくしと皇太子殿下との婚約を、今一度考え直していただきたく存じます」

その言葉に庭園が静寂に包まれた。皆がエリーゼを見つめている。

「――エリーゼ、それはいったいどういう意味だ？」

クロレンス侯爵が尋ねた。驚きすぎて混乱しているような声だった。予想だにしない話で、理解が追いついていないようだ。

「ああ、私もよくわからんぞ。皇太子との婚約を考え直してほしいというのは？」

「言葉のとおりでございます。わたくしと皇太子殿下の婚約をなかったことにしていただきたいのです」

思いもよらない言葉に、庭園にいた誰(だれ)しもが固まった。

「エ、エリーゼ！　お前は急に何をわけのわからぬことを！」

クロレンス侯爵の震えた声には驚きと怒りが滲んでいた。

そうなるのもしかたない。自分であんなにせがんでおきながら、今になって婚約を取り消したいだなんて。結婚は子どもの遊びじゃない。皇太子相手に、悪ふざけにもほどがある。

「まあまあ、エル。私が訊こう。エリーゼ、自分が何を申しているのかわかっておるのか？」

皇帝が尋ねた。依然(いぜん)として優しい声音ではあったが、エリーゼは大罪を告白するように、その場にひざまずいて頭を下げた。

「存じております。まことに申し訳ございません、陛下。皇室の威厳(いげん)に傷をつけるなど、どのような罰でも甘(あま)んじて受ける所存です」

「ははは」

皇帝が乾(かわ)いた声で笑った。

「なぜだね？　皇太子との婚約を望んでいたのは、そなたではないのか？　心変わりでもしたのか？」

エリーゼは首を振った。たしかに皇太子への気持ちが変わったというのもある。しかし、それだけでこんなことを言っているのでは決してなかった。

「わたくしが皇太子妃にはふさわしくないからです」

「は？」

エリーゼはさらに頭を低くして言葉を続けた。

「いろいろと考えたのです。わたくしのように愚かでふつつかな娘が、いずれこの帝国の母となる皇太子妃として、はたして本当にふさわしいのか、悩みに悩んだ末、やはり〝違う〟という結論に至りました」

「ほお……」

「もちろん、皇太子妃になることは、わたくしにとってはこのうえなく光栄なことであり、幸せにございます。ですが、皇太子妃は、後々、帝国のファーストレディとなる尊貴な存在。わたくしのような若輩者が皇太子妃になるなど、似合わぬばかりか、偉大な帝国の尊厳に対する冒瀆となりましょう。何よりも、愚かなわたくしが皇太子妃、ひいては皇后となれば、責務を果たせぬどころか帝国の憂いとなるのは明白でございます」

ひと息に話したエリーゼは、深く息をついた。

本心だった。ふさわしくもないのに自分が皇太子妃になったせいで、多くの悲劇を生んでしまったのだから。皇太子妃は自分のような人間ではなく、もっと似つかわしく尊い女性でなくてはならない。

(私は手術でもしながら平凡に暮らすほうが合ってる)

エリーゼはぬかずきながら思った。

「身のほどをわきまえもせずに、そもそも望むべきではないことを夢見てしまいました。どうか浅はかなわたくしを罰してください。皇太子妃としての資格もないのに過分な望みを抱いた罪、そしてそのために皇室と陛下の威厳を毀損した罪、どのような罰でも謹んでお受けいたします」

エリーゼの髪が地面に垂れた。

(これでよし。終わった……)

ここまで言えば、皇帝も婚約を取りやめるだろう。

(相当お怒りになっているだろうけど)

エリーゼは皇帝の怒号が飛ぶのを待った。どれほどの怒りをぶつけられるか不安だったが、逃げるつもりはなかった。どんな処罰を言い渡されても、すべて自分のせいだ。

重い沈黙が広がった。エリーゼは、罪人が赦しを請うように、ひれ伏したまま皇帝の言葉を待ち、クロレンス侯爵は青ざめた顔で皇帝の様子をうかがっている。

一方でこの婚約のもう一人の当事者である皇太子は、黙ったままだった。ただただ冷淡だっただけの昔とは違い、やや奇異なまなざしでエリーゼを見ている。

どのくらいの時間が経っただろうか？

皇帝が口を開いた。

「エリーゼ」

「はい、陛下」

「顔を上げなさい」

エリーゼはゆっくりと顔を上げた。そして皇帝を見上げて驚いた。にっこりと笑っているではないか。まるで立派に成長した娘を見る父親のように、感心した面もちで。

「陛……下？」

「ああ。そなたの言葉は間違(まちが)っていない。私がそなたを大切に思ってはいても、心の片隅(かたすみ)で迷っていた理由が、そうしたことだったからだ。そなたがはたして皇太子妃としての責務を全(まっと)うできるか、そうした憂慮を私もしていた」

皇帝は意外にも、まったく怒っていなかった。むしろ満ち足りた顔つきだ。

エリーゼはふたたび頭を下げた。

「おっしゃるとおりです。わたくしは、皇太子妃になるにはあまりにも未熟です」

エリーゼは皇帝が自分と同じ考えでいることを嬉しく思った。しかしそれは勘違(かんちが)いだった。

「だが、今日、そなたの姿を見て、その心配はなくなった」

「……え？」

「今のそなたを見ていると、とても立派な皇太子妃になるように思うぞ」

「……！」

皇帝が満足そうに続けた。

「今日のそなたにはとても驚かされた。あれほどまでに想っていた皇太子への気持ちを抑えて己の不足さを省みるとは、容易いことではない。実に感心なことよ」

エリーゼは青ざめた。何やら話が妙な方向に進んでしまっている。

「そ、そうではございません。わたくしは本当に皇太子妃になるには未熟極まりないのです。身勝手で、傲慢で――」

エリーゼは自身の欠点を思いつく限りに挙げた。

しかし皇帝がさえぎった。

「もうよい。そなたの話は十分に承知した」

「陛下……」

「そなたは今年で何歳になる？」

「……十六にございます」

皇帝は庭園を見渡した。彩り豊かな薔薇が綺麗に咲き誇っている。

「十六か、実に美しく若々しい。この薔薇のようにな」

皇帝は開きかけた薔薇のつぼみを見つめた。つぼみの中は濃い赤色を帯びており、花開けばさぞや美しいことだろう。

「そなたの不安はわかる。いざ皇太子妃になると決まり、その責任の重さに引け目を感じておるのだろう？　だが、瑕疵のない人間などいない。大切なことは、これからどう生きるかだ。そなたが今日のような気持ちを忘れずにいれば、これから立派な皇太子妃、ひいては皇后になるだろうと私は信じている」

違う！　そうじゃないのに！　エリーゼはもどかしさに胸が潰れそうだった。なんの冗談か、皇帝はエリーゼへの慈愛に満ちている。

（どうしよう!?　今日、絶対に婚約を解消しなくちゃならないのに）

今日を逃せば、次はいつ陛下に会えるかわからない。それにこのまま婚約が発表されれば、今度こそ取り返しがつかない。

（なんて言えばいいの？　殿下が嫌いになったとでも言う？）

エリーゼは唇を噛んだ。どうにかしてこの難局を乗り切らねばと、頭をフル回転させた。そのときだった。この婚約を取りやめさせる、もう一つの理由が浮かんだ。

「陛下、わたくしが婚約を取りやめたいと申し上げるのには、もう一つ理由がございます」

「それはなんだね？」

エリーゼは少しためらった。どんな反応をされるか不安になったが、思い切って言葉を発する。

「実は、わたくしには夢がございます」

「夢？」

「医者になりたいのです」

またしても沈黙が訪れた。いったい今日何度目の沈黙だろう？　今までの沈黙が驚きと感嘆のせいだったならば、今回は戸惑いのせいだ。

「……エリーゼ、お前が、い、医者に？」

父がたどたどしく尋ねた。悪い冗談ではないのかというような声だった。だが、エリーゼはうなずいた。

「はい、お父様。わたくしは医者になりたいと考えています」

「急になんの冗談を……」

クロレンス侯爵は、娘の度重なるおかしな言動に頭痛がした。このところおとなしくなったと思っていたら、陛下の前でこんなとんでもない無礼を働くとは！

「エリーゼ、その言葉はまことか？　医者になりたいと言うのは？」

「はい。本心にございます」

「私がいくらそなたを大切に思っていようと、嘘は許さんぞ」

皇帝がエリーゼの瞳をまっすぐに見つめた。心の奥底を見抜く鋭い視線。エリーゼは揺るぎのない瞳でその視線を受け止めた。

（ちょっと唐突すぎちゃったけど、私は本当に医者として生きていきたいのだもの）

医者としての己が頭に浮かんだ。

血のついたメス。

波打つ動脈。

生死の境をさまよう命を救う幸せ。

ドクン、ドクン。

　外科医としての一瞬一瞬を思い浮かべると胸が高鳴る。華奢(きゃしゃ)で可憐(かれん)なエリーゼの身体に戻(もど)っても、外科医として生きたい気持ちには抗(あらが)えない。あの緊張感、死に際(しにぎわ)の命を救ったときのあの感覚とやりがいをこの人生でもまた感じたかった。

「ははっ、医者とはまた唐突だな」

　エリーゼが本気だということを悟(さと)った皇帝は、乾いた笑いを漏(も)らした。

「エル、そなたは自分の娘(エリーゼ)がこのような夢を抱いていると知っておったのか？」

「……まったく存じておりませんでした」

「医者か。たしかに意味のある重要な職だ。しかし、エリーゼ、そなたは医者とはどのようなものか心得ているのか？」

「はい、存じております」

　エリーゼはうなずいた。彼女以上に医者という職業についてよく知る人物がこの国に存在するだろうか？

「そなたが思うよりもずっとつらく、大変な職だぞ」

「はい。承知のうえです。ですが、それだけにやりがいのある仕事だと考えております」

　皇帝は小さくため息をついた。

「これは戯言(たわごと)ではないようだな。それで医者になりたくて医学書を読んでいたというのか？」

　皇帝は、先ほどの会話でエリーゼに医学の知識があったことを思い出した。

「侯爵家の箱入り娘(はこいりむすめ)が本当に医者になれると思うのか？」

「畏れながら、帝国法に女性が医者になってはならないとの条文はないと承知しております。また、ラオン子爵家のご令嬢が医者になった実例もございます」

「それはそうだが……。ではは っきり訊こう。そなたは、自分が医者になれると思っているのか？」

「……！」

エリーゼは皇帝の問いの真意に気づいた。

医者というのは、法律家、行政家に加えて、帝国最高の専門職だ。つまり、帝国の医者は二度目の人生と同じように、相応の待遇を受ける代わりに、熾烈な競争を勝ち抜かなければならない。

百年ほど前から先進医学の概念が取り入れられ、大陸全土で保健を重要なものとして位置づけ、衛生環境が大きく変わった今、帝国でも医者を厚遇するようになったのだ。そのため、貴族の中から医者になる者が多く、ブルジョア階級以上でないと医者にはなれなかった。

(私の覚悟を訊いてるのね)

皇帝が言葉を続けた。

「この国で医者として認められるには、医学研究院の試験に受からねばならん。いくらそなたが高位の貴族であろうと、特別待遇は許されんぞ」

それをお前が本当に為しえるのかということだった。しかし、エリーゼは迷うことなくうなずいた。

「はい、成し遂げてみせます」

皇帝はしばらく黙ったまま指でテーブルを叩いていた。考え込んでいるときの癖だ。

「それは困ったな。私は今日のそなたを見て、ぜひ皇太子妃にしたいと思っておったのだが。それが医者になりたいとは……かといって戯言でもないようだし……うーむ」

エリーゼは黙ったまま、ただひれ伏していた。

「なぜ突然、医者になりたいと思ったのだ？」

そう問われて、エリーゼは遠い過去を思い浮かべた。前世で医者を志した理由は単純明快だ。

「人の命を救う仕事がしたいのです」

一度目の人生で周りの人間を傷つけてばかりいた。だから二度目の人生では人助けがしたくて、人の命を救う医者になろうと決めたのだ。医者になってからは、仕事に没頭した。中毒といえるほどに。

「はは、人の命を救いたいと……」

皇帝はエリーゼの答えに言葉を失ったようだった。

「……まことに申し訳ございません、陛下」

「何が申し訳ないのだ。価値のある尊い職だ。はは」

皇帝は空笑いばかりしていた。これが他の貴族の令嬢ならば、きっと感心していただろう。よりによって皇太子の結婚相手にと考えていたエリーゼがこんなことを言うとは。

しまいに皇帝は、次のように言った。

「――エリーゼ」

「はい、陛下」

「もし私が皇太子との婚約を命じたなら、嫌でも従わねばならぬことは承知しておるな？」

「……承知しております」

「だが、そなたの望まぬことを無理強いしたくはない。なぜかわかるか？」

エリーゼはその答えを思い浮かべたが、言葉を返せなかった。

「私がそなたを本当の姪のように大切に思っているからだ。だからこそ家族として迎えようと決め、嫌がることの無理強いもしたくはないのだ」

温かみのこもったその言葉と声に、エリーゼは胸が詰まった。前世でもそうだった。陛下は、出来の悪い自分をいつも変わらぬ愛で包んでくれた。まるで姪、いや、実の娘に対するように。

「それならば、こうしよう」

「……？」

「賭けをするのはどうだ？」

（――賭け？）

「そなたには少し不利かもしれんがな」

エリーゼの怪訝な表情に皇帝がにっこりと笑い、意外なことを口にした。だがそれは、〝少し〟どころではない大いに不利な条件だった。

「時間をやるから証明してみよ。医者としての自身の価値を。正確に言えば、皇太子妃、ひいては皇后になることよりも、医者として価値のあることを成し遂げれば、私は黙ってそなたの願いを聞き入れよう」

エリーゼは目を剝いて皇帝を見つめた。ミンチェストは不敵な笑みを浮かべる。

「だが、もしそれができなければ、そのときは私の望むとおりにするのだ。どうかね？」

「期限は、いつ、まででしょうか？」

「そなたが成人するまで。それ以上は待てん」

エリーゼは皇帝の思惑を悟った。成人、それはつまり、来年の成人の儀まで——あと六カ月ほどしかない。

(半年以内に医者としての価値を証明しろ、か)

不可能な条件。不公平すぎるほどの賭けだった。

(私が端から諦めるか、賭けに負けて皇太子妃になるのを見越しているのね)

これでは賭けというより、医学を少し経験して気持ちの整理をつけたら諦めろと言っているようなものだ。しかも皇帝は医者としての価値と言った。可能性を表す資質ではなく。政治家の皇帝らしく、表情からはその真意を測りかねたが、医者としての価値を認められるには、まず医者にならなければならない。半年以内に医者になって、成果を挙げろだなんて。

普通なら、この賭けを受け入れた時点でエリーゼの負けは確定している。いや、あまりにも公正さに欠いていて賭けとも言えない。職業体験だけさせて、エリーゼを必ず皇太子妃として迎え入れようという、皇帝の強い意志が感じられた。

「やはり難しいか？」

だが、この不利な賭けにもエリーゼはあっさりと答えた。

「至らぬ点はありますが、最善を尽くします。陛下のご高配に感謝申し上げます」

そのためらいのない返答に、皇帝は少し目を見開いた。

医者になるまでの過程もよく知らずに、賭けに応じたのだろうと考えた。今この帝国で医者になる道はただ一つ。病院に見習いとして入り、厳しい実践を通じて仕事を学び、教授たちに実力を認められたうえで国家の公認試験に受かること。

どれ一つ取っても容易いことではない。しかも医術は書物で見るような高尚なものとは違う。目にするのもつらく苦しい、あらゆる病と向き合わなければならないのだ。蝶よ花よと育てられた令嬢がその厳しさに耐えられるのだろうか？

（男でさえきつい道だ。すぐに諦めるだろう）

皇帝は、美しいエリーゼの顔を見つめた。水仕事すらしたことのなさそうな令嬢に血など扱えるわけがあるまい。それにこの険しい道を耐え抜けるとはとうてい思えない。六カ月という期限を設けたものの、さほど待つ必要もないだろう。

（それでも人の命を救いたいとは、まったく奇特な娘だ）

皇帝は、エリーゼに怒りを抱くどころか感心していた。将来、帝国の母となる皇太子妃は、そうした心意気のある娘でなければならない。

（皇太子との結婚のことがなければ、応援してやりたいが……）

すでに結婚相手として決めてしまっている。エリーゼが病院での仕事を経験して気持ちの整理をつけるのを見守ることにした。そう長くはかかるまい。

（温室育ちの貴族令嬢に耐えられるほど容易い道ではないからな）

こうして皇帝とエリーゼとの賭けが始まった。傍から見ればエリーゼには一ミリの勝機もない賭けだった。傍から見れば、の話ではあるが。

婚約についての長話が終わると、たわいもない話へと戻った。婚約の件で精神的にだいぶ疲弊していたエリーゼはおとなしく座ったまま、訊かれたことにだけ答えて時間を過ごした。屋敷に帰る時間が近づくと、皇帝が思い出したように言った。

「なんと、そなたたちも久しぶりの再会だというのに、老いぼれたちが気もきかせず、話につきあわせてしまったな」

「え？」

一瞬なんのことかわからなかったエリーゼは目を丸くした。すぐに自分と皇太子のことを言っているのだと気づき、慌てて首を振った。

「い、いえ、陛下。大丈――」

しかし、皇帝が皇太子に言った。

「息子よ、エリーゼと庭園内を散歩してきなさい。それに私はエルと別に話があるから」

エリーゼは困ったが、皇太子はうなずいた。

「はい、承知しました」

そうしてエリーゼは、しかたなく皇太子と二人きりの時間を過ごすこととなったのである。

「こちらへ」

「はい、殿下」

皇太子の無愛想なエスコートを受け、エリーゼは心の中でため息をついた。

(……気まずい)

前世でエリーゼは彼を愛していた。それも熱烈に。世界の何にも代えがたいほど激烈に。

彫像のような容姿も無愛想な性格も、髪の毛一本まで愛していないところはなかったし、そのすべてを欲した。彼しか見えていなかった。

(全部、昔のことね)

エリーゼは皇太子の横顔を盗み見た。前世では一緒にいるだけで胸が張り裂けそうなくらいドキドキしたのに……。今では不思議なまでに落ち着いている。まるで離婚したあとの元夫を見ているような気分だった。

(そりゃ三十年も経てばね……。いい別れ方でもなかったし)

エリーゼは最期の瞬間を思い出す。あのとき彼は、侮蔑の目で私を見下ろしていた。すぐに断頭台の刃が落ちてきて――。別の人生を経た今でも、頭から離れないあのおぞましい瞬間に、エリーゼはうなじを撫でる。

ふいに皇太子が口を開いた。

「何を考えている?」

「い、いえ、何も……」

皇太子にじろりと見られて、エリーゼはぎこちない笑顔を見せた。

(気まずい。もうだいぶ時間も過ぎたし、早く帰りたい……)

皇太子に処刑されたとはいえ、恨(うら)みはない。何もかも自分のせいなのだから。

(むしろこの人も被害者よね。望んでもない結婚をさせられて、不幸な時間(とき)を過ごしたんだから)

そのせいだろうか？　彼の顔を見ていたら、なんだか複雑な気持ちになった。きまり悪さと申し訳なさが胸に広がる。

(どうせもう個人的に会うこともほとんどないだろうし)

エリーゼは皇帝との賭けを思い出した。半年以内に医者としての価値を証明しろという条件。

(陛下は私がどうせ諦めると思って、こんな条件を出したんだろうけど……)

ううん、諦めない。絶対に。

それどころか逆に――。

(私が勝ってみせる。何がなんでも)

エリーゼは心に固く誓った。もちろん勝つのは簡単ではない。ここは二度目の世界とは違うのだから。病弱な貴族令嬢の身体では、不利なのは明らかだ。

(でも関係ない)

自分の知識と実力を信じている。どんな困難が待ち受けようとも、必ず突破(とっぱ)してみせる。

そのとき、皇太子がふたたびこちらを向いた。

「――エリーゼ」

「はい？」

「私に何か言いたいことでもあるのか？」

「い、いえ」

エリーゼは慌てて否定した。考えながらじろじろ見すぎてしまったようだ。

「言いたいことがあるなら言えばよい」

かたい声で皇太子が言った。

「いえ、ただ、昔のことを思い出していたもので……」

「昔のこと？」

「はい」

エリーゼはそれしか答えなかった。

皇太子は少し眉をひそめると、ぷいっと前を向いた。なぜか見慣れたその無愛想な姿に、エリーゼはつと言いたくなった。ときどき彼を思い出すたびに伝えたかった――その言葉を。

(言っても平気かな？)

ためらったものの、長くは悩まなかった。どうせ今日が過ぎれば、こうして個人的に向かい合うこともないだろうから。

「で……殿下」

「なんだ？」

「ひと言だけ申し上げてもよろしいでしょうか？」

「かまわん」

エリーゼは立ち止まり、しばらく皇太子を見つめると、頭を下げた。

「申し訳ございませんでした」

「……？」

「心よりお詫(わ)び申し上げます」

二度目の人生を生きながら、たまに、本当にたまに、彼(リンデン)を思い出した。あれほどまでに愛したのに、結局処刑されて、思い出すたびに数え切れない感情が入り乱れたけれど、そのうち一番大きかったのが、〝申し訳ない〟という思いだった。

（私のせいで不幸にしちゃったから――）

皇太子を愛した自分は幸せにはなれなかったが、それは皇太子も同じだろう。好きでもない女と一緒に暮らして何が楽しいというのか。

（本当に愛する女性(ひと)と結婚していたら、殿下も違ったんじゃないかしら？）

だから一度くらいは心から謝(あやま)りたかった。

「何に対する詫びだ？」

「今までのことすべてです」

皇太子はわけがわからないという顔つきだ。

エリーゼは急いで付け足した。

「幼い頃から今まで、殿下をたくさん煩(わずら)わせてしまいましたから。子どもみたいなわたくしのわがままのせいで、望まない婚約までさせられそうになって……」

〝婚約〟という言葉に皇太子が顔をしかめた。

「本当に申し訳ありませんでした」

ところが皇太子がエリーゼの瞳をまっすぐに見つめた。

「誰が言った？」

「え？」

「望まない婚約だと誰が言ったのだ？」

エリーゼはきょとんとした。え、どういう意味？

「……殿下はわたくしのこと、お嫌いでしょう？」

「……」

「とにかく、この婚約はわたくしが責任もって、殿下にはご迷惑（めいわく）のかからないようにいたします。殿下のお気持ちを考えもせず、身勝手に振る舞（ふるま）ってしまったこと、改めてお詫び申し上げます」

皇太子は何も答えず、背を向けた。そしてひと言も発さずに歩き続けた。なぜか気を悪くしたようだが、エリーゼはまったく気づかなかった。

皇太子のあとを追いながらエリーゼは考える。

（私じゃなかったら……もっと素敵な女性と結婚して幸せに過ごせたはず）

皇太子の背を見つめながら、彼の幸せを願った。

（今は前世とは違う。今度こそお互（たが）い別々に幸せになりましょう）

同じ空の下だけれど、これからは互いに重ならない人生を歩むのだろう。皇太子の歩む道に私はいないだろうし、私の横に皇太子はいない。

(どうかお幸せに。私が心から愛した殿下……)

その頃、皇帝とクロレンス侯爵は二人で話し込んでいた。侍従がやって来て新しいお茶を置いた。

「チャイルド侯爵が妙な動きをしております」

チャイルド侯爵は皇帝と対立する貴族派の長だった。

「どんな？」

「第三皇子殿下と頻繁に会合をしております」

「国の役にも立たんくせに……」

皇帝が舌打ちし、クロレンス侯爵が続けた。

「いったん動向を確認しておきます」

「ああ、だが、あまり深入りはするな。そうでなくとも、やつらはクロレンス家を目障りに思っているのだからな」

クロレンス侯爵が笑みを浮かべた。

「ご心配には及びません。我がクロレンス家は、それほど軟弱ではございませんから」

クロレンス侯爵は親皇帝派の長だった。いくら貴族派といえども、おいそれと手出しはできない。

「陛下」

「ああ、なんだ？」

「先ほどのエリーゼの件につきましては、まことに申し訳ございません。すべてわたくしの落ち度にございます。わたくしから厳しく言い聞かせておきましょう」

しかし皇帝は首を振った。

「その必要はない。素晴らしいではないか？　お嬢様育ちだったあの娘があんな立派な考えをもっているとは。それに私は驚いたぞ。テレサが懐かしいな」

「……！」

クロレンス侯爵は大きく目を見張った。

「あの子の母であるテレサもそうだったろう？」

皇帝は遠い目をして記憶をたぐり寄せた。

「そう言われれば、そうでしたね」

クロレンス侯爵は悲しげに答えた。

テレサ――クロレンス侯爵の前夫人でありエリーゼの生みの母だ。かつて若い頃、皇帝と侯爵は同じように彼女に恋していた。皇帝がエリーゼを可愛がるのも、昔愛したテレサを懐かしく思っていたからだった。

「とりあえず賭けをしたのだから、エリーゼには病院で働く機会をやろう。数日苦労すれば、諦めがつくだろう」

皇帝はエリーゼが一週間ももたないだろうと予想していた。あんな大変な仕事に耐えられるわけがない。

「それでは、見習いとして入る病院はどこに？　皇室十字病院ですか？」

侯爵の問いに皇帝は頭を振った。

「皇室十字病院は皇族と最高位の貴族だけがかかることのできる帝国一の医療機関だ。いくらクロレンス家の令嬢とはいえ、資格もなしに見習いとして入れるわけにはいかん」

「では、どこに……？」と侯爵が訊いた。

「何を悩んでおる？　クロレンス家にも病院があるだろう？」

侯爵の顔が固まった。皇帝の言うとおり、クロレンス家も病院を一つ運営していた。それも大きな――。

「テレサ病院。そこで見習いとして働かせなさい」

テレサ病院！

クロレンス侯爵が人知れず建てた、帝国最大規模の医療機関だ。

「で、ですが、そこは……」

「どうした？　そこなら素晴らしい教育を受けさせられるだろう？」

皇帝がにやりと笑って答えた。侯爵は口をつぐむ。たしかに、幅広く患者を受け入れているテレサ病院はうってつけといえるだろう。ただ、問題があった。

クロレンス侯爵は内心でため息をついた。

（テレサ病院は貧民のための病院なのだが……）

クロレンス侯爵が非公式に支援して建てたテレサ病院は、貧民のための施設だ。それだけに、日頃の健康管理が行き届かず重症化してからやって来る患者も多く、仕事は大変だった。これまで苦労知らずのエリーゼは、一週間、いや、半日ももたないだろう。

（それが狙いなのだな）

クロレンス侯爵は皇帝の魂胆に気づいた。

「エリーゼにとって、よき経験となろう」

皇帝が笑みを浮かべた。どこかいたずらっ子のような笑顔だった。

そうして、エリーゼの、病院での実習教育が突如として決まった。

「エリーゼが医者になりたい？」

その話を聞いた家族たちの反応は芳しくなかった。

「家の中だけでは飽き足らず、病院にまで迷惑をかけるつもりか？　いい加減にしろ」

一番上の兄のレンは、そう言って顔をしかめ、

「えーと……リゼ、医者になりたいなら、一緒にお医者さんごっこでもする？　俺が患者役やってあげるから」

二番目の兄のクリスは、そう言って優しくたしなめ、

「……」

継母は言葉を失った。エリーゼが医者になりたいということを真剣に受け止める者はおらず、皆、ただ当惑するばかりだ。

(まあ、すぐに気が変わるだろう)

誰もが一時の気まぐれだと考えていた。しかしエリーゼはどう思われようとさほど気にしなかった。いや、正確には、嬉しすぎてどうでもよかった。

やっと病院で働ける！　そうエリーゼは思った。

前世で初めて病院の実習を受けたときのことを思い出した。白衣をまとい、どれほど心躍ったか。医者の道を選んだのは、最初の人生での罪滅ぼしのためだった。しかし、手術室で初めて人の命を救ったとき、それは運命に変わった。いや、〝中毒〟といったほうがいいかもしれない。画家が絵画にのめり込むように、作曲家が音楽に魅せられるように、彼女は患者の命を救ったときの高揚感に心奪われ、手術と患者の治療に没頭した。

エリーゼは早速クリスに頼みごとをする。

「クリス兄様」

「うん？」

「明日、お仕事に行くとき、私をブリチア図書館に連れて行ってくださいませんか？」

クリスは帝国行政府の官僚で、彼の働く行政府のすぐ隣には帝国最大のブリチア図書館があった。

「もちろんさ。ただ、このところ忙しくてね。帰りは遅くなるから一緒に帰れそうもないよ」

「かまいません。私も遅くまでいるつもりなので、お仕事が終わってから一緒に帰りましょう」

そうしてエリーゼは図書館で医学の勉強を開始した。

（病院で働くまではあと一週間くらいあるから、なるべくたくさん医学書を読んでおかなくちゃ）

もちろん医学知識を得るためではない。頭の中には帝国の水準とは比べものにならない最先端の医学知識が詰まっている。理由は一つ、帝国の医学水準を把握するためだ。

（今の医学レベルをある程度知っておかないと、それに合わせた治療ができないものね）

エリーゼの知識はすべて前世での医学に即したものだ。

（前の世界と帝国じゃ、使える薬も器具も技術もまったく違う。現時点では解明されていない病気もあるし）

図書館の片隅でエリーゼは山積みにした本を読み漁った。一時も集中を切らさず、食事も取らずに朝から勉強した。

（思ったより進んでいたのね。薬もそれなりに揃ってるみたいだし）

ようやく汽車が走り始めた大陸の発展度合いを考えると、驚くべきことだった。

（特に薬の種類にはびっくりね。抗生剤もあるし、鎮静剤もあるなんて！）

前の世界で抗生剤が初めてできたのは一九二九年だ。この世界ですでに抗生剤が広く使われているというのは驚きだった。

それだけではない。

（レントゲン検査もできるし分子遺伝学を除けば、簡単な生化学検査もできるのね。手術用の麻酔

薬も開発されてる）
エリーゼは、思った以上の医学レベルに感嘆した。帝国の医学がこれほどの進歩を遂げたのは、ひとえにある人物のおかげだった。

大錬金術師フレミング！


奇人と称される錬金術師のフレミングは、稀代の天才だった。

（錬金術師なんて言われているけど、実際は科学者か化学者ってとこね）

高度な錬金術、正確な化学知識をもとに、その一生を医薬品の開発に捧げたフレミングは、帝国医学史に革命を起こすほどの薬を数多く開発した。

（ひょっとしてフレミングも私みたいに転生者だったりして？）

そんなことが頭をよぎるほど、彼の功績は偉大だった。

（前の世界だったらノーベル医学賞を二十回はもらってるわね）

残念なのは、帝国の医者たちがフレミングの功績を活用し切れていないことだ。薬はあるのに、それをどこに使えばいいのかあまり理解していないようだった。

（これは不整脈の治療に使えるのに、考えてもないみたい。この薬もそうだし、あれは浮腫を取るのに効果的で、こっちは炎症を抑えるのに使えるのに――）

フレミングの開発した薬の効能と用途については、まだまだ発展途上らしい。

（まあ、病気に対する理解が低いからしかたないか）

病についての確かな知識がなければ、適切な薬を用いることができないのは当然だ。

エリーゼは大きなノートとペンを出し、どの疾患にどの薬を使えばいいかをまとめ始めた。

（この心臓疾患にはあれで、あの発熱性疾患にはこの薬。あの病気にはこれ――）

そうして一時間、二時間、三時間、半日が過ぎた。太陽が真上に昇り、徐々に傾き夕闇が深まっていったが、エリーゼは時間が過ぎるのも忘れて没頭していた。

ブリチア帝国行政府。

「なにぃ？　エリーゼが？」

宰相であるクロレンス侯爵の次男で高位官僚のクリスはびっくりして聞き返した。

「まだ図書館にいるって？」

「はい」

図書館の司書が困った様子で答えた。

「今朝いらっしゃってから、微動だにせず本をお読みになられておいでです。一度もお食事もなさらずに……。わたくしどもが呼んでも、いっこうに席を立たれる気配がなく……」

「いったい今、何時だと思ってるんだ？」

クリスは時計を見て呆れた。すでに夜の十二時近い。

(食事も取ってないだって？　エリーゼが？　嘘だろ？)

性格が変わって以来、食事は必ずしっかり取っていたエリーゼが、ご飯も食べずにこんな遅くまで勉強だと？　クリスは急いで隣の図書館へと向かった。広くがらんとした館内の片隅に見慣れた顔が見えてくる。

人形のように愛くるしく、小さくて抱きしめたら壊れてしまいそうな華奢な身体。紛れもなく妹だった。

「リゼ！」

クリスが呼んだが、よほど集中しているのか、まったく反応がない。肩をつかんで揺らし、クリスはもう一度大声で呼んだ。

「エリーゼ！」

「きゃあっ！」

突然のことにエリーゼが悲鳴をあげた。

「お、お兄様？　ど、どうされたのですか？」

あまりの驚きに、目には涙をためている。

「どうしたもこうしたも、今何時かわかってるのか？」

「あ……もうこんな……」

エリーゼは時計を見て驚いた表情を浮かべた。クリスはやれやれというように首を振った。

「いったい……」

エリーゼの前に積まれた山のような書物に目をやる。


『医学・薬学各論』

『生理学』

『ガウトン解剖学（かいぼうがく）』

『グラハム疾病（しっぺい）総論』


（こんな本を読んでいるのか？　本当に？）

見るからに難しそうな医学専門書ばかりだ。ロマンス小説ですらたいして読みもしない妹が、こんな本を読んでいるとは信じがたかった。

「――リゼ」

「はい？」

「これ全部……読んでわかるのか？」

「あ……」

なぜそんなことを訊かれたのか悟（さと）ったエリーゼは、ばつの悪い表情を浮かべた。あまり変に思われないように遠回しに答えた。

「難しいので、さっと目を通しただけです」

（さっと目を通しただけだと？）

クリスは首を傾げ、エリーゼが書いていたノートにちらりと目を向けた。

（さっと目を通したレベルのメモじゃないぞ？）

医学知識がないため、詳しい内容はわからなかったが、それがただのメモ書きではないことは見てとれた。

（誰か別のやつが書いたのか？）

だが、ぐにゃぐにゃとミミズの這ったような汚い文字はエリーゼのものに違いなかった。その美貌に反して、字の汚さは小さい頃から変わっていないのだ。

（前からこっそり医学を勉強してたのか？　そんなはずはないと思うが……それとも、俺の妹は天才？）

クリスは面食らっていた。もともとクロレンス家は優秀なことで有名だった。クリス自身もアカデミー文学部を首席で卒業していたし、父は帝国の名宰相で、兄は銃騎士団の副団長であり帝国で首位を争う〝気功騎士団〟の一人だ。そう考えると、エリーゼにも隠れた才能があったのかもしれないが、いくらなんでも昔と違いすぎないか？

「どうしてそんなにじっと見つめるんです？」

「いや、リゼ」

クリスは戸惑いを隠しながら冗談めいた口調で言った。

「相変わらず字が汚いな。誰かが見たら、とんでもなくアホな娘が書いたと思うんじゃないか？」

「お、お兄様ったら！」

エリーゼは顔を赤くする。一度目の人生も、二度目の人生も、そして今度も、変わらず字が下手なのだ。

「とにかくリゼ、もう遅いから帰るぞ」

「え……」

ところがエリーゼから思わぬ言葉が返ってきた。

「あの……お兄様。もう少しだけ勉強してはいけませんか？」

「もう少し？　夜中の十二時だぞ？」

「それはそうなんですが、二十四時間利用できる図書館ですし……まだ読みたい本も残っているので……」

エリーゼはぐずぐずして動こうとしなかった。まるで「まだ遊びたい」と駄々をこねる子どものように。

「――だめだ」

「ええっ？」

「もう遅い。帰るんだ」

「お兄様、どうしても？　ねえ、どうしてもだめですか？　ね？　お願いですぅ～」

エリーゼはクリスの腕にすがり、愛嬌たっぷりに懇願した。

（か、可愛い……）

久しぶりに見る、妹の無垢な姿にクリスは心が折れそうになったが、首を振った。

「だめだ。食事も取ってないなんて、身体に悪いだろ」

「大丈夫なのに……」

エリーゼは不満そうに頬を膨らませた。その姿も愛らしく、クリスはエリーゼの頭をくしゃくしゃっと撫でた。

「だめなものはだめだ。明日また来ればいいだろう？」


そうしてエリーゼは勉強にいそしむ日々を過ごした。朝早く図書館に行き、夜中まで本を読みふけり、帰ってからも借りた書物で勉強を続けた。寝る間も惜しんで集中する姿に、家族は驚いた。

「リゼ、少しは休んだらどうだ？　そんなんじゃ身体を壊してしまうよ」

皆心配したが、エリーゼは聞く耳をもたなかった。

「平気です」

（病院に行く前までに必要な知識を整理しておかないと）

エリーゼ自身、疲れていないわけではなかったが、患者の命に関わる仕事だ。一切の手抜かりがあってはならない。

（それにこういう一夜漬けの勉強は前世でうんざりするほどしたから慣れてるし――）

医学部時代は、毎日が試験との闘いだった。徹夜など当たり前で、ひどいときには三日間で二時間しか眠らずに勉強していたこともあった。このくらいなんてことない。しかしそんなことは家族に理解できるはずもない。

「おほん、エリーゼ。少し無理をしすぎているのではないか？」

クロレンス侯爵が咳払いをしてエリーゼのもとにやって来た。

「私は平気です、お父様」

「どこが平気なのだ、身体も弱いのに」

持病があるわけではなかったが、華奢なエリーゼは幼い頃からすぐ熱を出した。

クロレンス侯爵は複雑な瞳でエリーゼを見つめる。

「エリーゼ」

「はい、お父様」

「本当にお前にできるのか？」

父が心配そうに尋ねた。もはや父も、娘が医者になりたいというのは気まぐれではなく本心からだということをわかっていた。本気でなければ、こんなに懸命に努力するはずがない。

（医者か……。意義のある立派な職だ。だが——）

医者になるのは容易な道ではない。丈夫な男でさえその厳しさに挫折するというのに、エリーゼのような箱入り娘に耐えられるのか？　そのうえ女であるというだけで受ける差別も多いだろう。

（しかも皇室十字病院ではなく、テレサ病院とは）

正直なところ、クロレンス侯爵は娘をテレサ病院で働かせたくなかった。クロレンス家の支援で運営されているとはいえ、きつい環境で苦労するのは目に見えている。

「しっかり勤めてみせます、お父様。精一杯やりますので心配なさらないでください」

侯爵は大きくため息をついた。

「エリーゼ、もしかして皇太子殿下との婚約を避けようとして、無理しているのか？　もしそうなら、そう言いなさい。お前が本当に殿下との結婚を望んでいないのであれば、今回のこととは関係なく、私が陛下にきちんと話をするから」

エリーゼはハッとして父を見つめた。父の心配そうな瞳が見つめ返す。

「お父様……」

父の心痛と愛情にエリーゼの胸が痛んだ。

「そうではありません。私は本当にこの仕事がしたいのです」

娘の意志の固さを改めて確認したクロレンス侯爵は、寂しそうな笑みを浮かべて思った。

(こうなった以上、陛下のお考えどおり、エリーゼが早く諦めてくれるのを願うしかないな)

娘を愛してはいるが、本当に医者になれるとは思えなかった。決して娘の実力を軽視しているわけではない。ただ現実的に考えただけだ。娘に苦労などさせたくはない。

「とりあえず病院には二日後に行くと伝えてある」

「私が頼んだとおりにしてくださいましたか？」

「ああ、だがそんな必要があるのか？」

「はい。私がクロレンス家の娘だということは隠しておきたいのです」

エリーゼの頼みとは、自身の素性を隠してほしいということだった。

「なぜそこまでするのだ？　余計やりにくくなって大変だろうに」

「侯爵の娘だとわかったら、遠慮されてきちんとした教育を受けられませんから」

大学の附属病院で教授として働いていたときのことを思い出した。いわゆる〝お偉方〟の令嬢が実習生として入ったら顔色をうかがわれてばかりで学ぶどころではない。

（しかもお父様は、ただの〝お偉方〟ではないし）

皇帝の信頼を受ける宰相というだけでなく、名実ともに帝国のナンバー2。そのうえ名門中の名門、クロレンス侯爵家の当主であり、テレサ病院の所有者だ。

（前世で考えたら、大企業の会長で国の大物なうえに病院の理事長ってことじゃない）

そんな人物の娘だと知れたら、病院の医者たちにどんな目で見られるか。気安く話しかけてもくれないだろう。

「ケイト子爵の推薦で入ると言ってある」

ケイト子爵はクロレンス侯爵家の家臣だった。

「はい、ありがとうございます」

「エリーゼ、もう一度言うが、決して無理するでないぞ」

父の思いやりあふれた言葉にエリーゼは感謝の笑みを浮かべた。

それから二日後、エリーゼが初めて病院に行く日がやって来た。

帝国暦二八三年五月二十八日。

のちにこの世界の医学史に刻まれる歴史的な日だった。

テレサ病院は、四階建ての直方体をした建物で、病床数が三百を超える帝国最大規模の医療機関だった。規模としては大きいが、多くの貧民を受け入れているため、さまざまな面で劣悪な環境でもあった。

病院の最上階、片隅にある教授室。

(――くそっ)

二十代半ばの若い男が心の中で悪態をついていた。

(このグレアムに十六歳のガキのお守りをしろだと？)

男の名はグレアム・ド・ファロン。没落したファロン男爵家嫡男で、テレサ病院の教授を最年少で務める天才医師だ。

グレアムが苛立っている理由は一つ。先日、病院長から下された命令のせいだった。

(ケイト子爵ご推薦の令嬢の面倒を見ろ？　何が令嬢だよ。病院を舞踏会かなんかだと思ってんのか？)

グレアムは腹立たしそうに髪をかきあげた。

(ただでさえ自分の研究で忙しいってのに、余計な仕事を増やしやがって)

没落貴族の家に生まれたグレアムは、人生のすべてを医学にかけていた。医学の基礎を築いたグラハム伯爵を超える医学者になることを目指してはいたが、現実はなかなか思うようにはいかなかった。

（それもこれも俺には後ろ盾がないせいだ）

いくら能力があっても、それだけでは足りないのだ。地位も仕事も、条件のいいやつはみんな後ろ盾の強いやつに奪われて、自分にはゴミみたいなおこぼれしか回ってこない。

（——もうすぐ時間だな）

グレアムは時計を見た。午前十時に来るらしいが、時刻は九時五十七分。

（一分でも遅れてみろ。即刻、追い出してやる）

穴のあくほど時計を見つめていた。新たな〝弟子〟が遅れて来ることを願いながら。

しかしその願いも虚しく、時計の針がちょうど十時を指したとき、扉をノックする音が聞こえた。

まるですぐ外で懐中時計を見ながら待っていたかのような正確さだった。

コンコン。

ノックの音にグレアムは苛立ちの滲んだ声で応えた。

「入れ」

キイィ。

低い音とともに少女が入ってきた。

「……！」

グレアムは瞠目した。予想とはまったく違う印象の少女だった。

「初めまして。ローゼと申します」

小柄で華奢な娘だった。しかも人形かと思うほどの美貌だ。地味な服を着ていたが、社交場を彩る多くの宝石の中でも群を抜いて輝きを放つだろう。彼女が入って来ただけでも、部屋の空気が一変したような気がする。

「君が……ケイト子爵の推薦で入ったローゼ？」

「はい。ファロン教授でいらっしゃいますか？」

落ち着きのある心地よい声音。グレアムはすぐに気を取り直して、少女の麗しさに呑まれまいとした。

「ああ、グレアム・ド・ファロンだ。君が医者になりたいと？」

「はい。なにとぞご指導ご鞭撻のほどよろしくお願い申し上げます。未熟ではございますが、精一杯頑張ります」

グレアムは顔をしかめた。

（顔立ちのよさは認めるが、典型的な貴族のお嬢様じゃないか）

こういう類いの令嬢ならよく知っている。見るからになんの苦労も知らないやつらだ。傷一つない、綺麗な白い手。めかしこんでパーティーに行けば、多くの男に言い寄られるだろう。

男の庇護欲をくすぐるようなそのか細い身体で、医者になるだと？

グレアムは心の中で舌打ちした。

(チッ、まったくふざけてる)

怒りがこみ上げた。

(命を扱う仕事をバカにしてるのか?)

血の滲むような努力の果てに医者になったグレアムは、人の命を救う医者としての仕事に大きな誇りをもっていた。そんな自分とは違い、温室育ちの令嬢が興味本位で病院にやって来たかと思うと、苛立ちを抑えられなかった。

「アカデミーを卒業できる歳じゃないが、アカデミーには通ったのか?」

「アカデミーには行っていません」

「ではこれまで何を学んできた? まさか何もせず勢いで来たわけじゃないだろうな?」

通常はアカデミーで基礎を固め、それから有力者の推薦を受けて病院に見習いとして入るのが一般的だ。

「独学で学びました」

「独学? はっ!」

グレアムは呆れて声をあげた。どれだけ医術をバカにしているのか。十六歳の小娘が書物を読んだだけで、病院で見習いになるだと?

(いくら帝国一の名門、クロレンス侯爵家の功臣であるケイト子爵の推薦とはいえ、ふざけすぎだ)

今すぐ病院から出て行けと叫びたい気持ちを堪えた。

（子爵様の推薦などなければ、すぐにでも追い出してやるのに。くそっ）

帝国の有力者を敵に回すわけにはいかない。そんなことをすれば、自分のように非力な医者などあっという間にお役御免（ごめん）だ。

「――ローゼ、医術とはなんだと考える？」

「患者を治療することです」

「では訊くが――」

グレアムはかたい声で尋ねた。

「人が死ぬのを見たことがあるか？」

少女（エリーゼ）が視線を上げて、グレアムを見つめた。十六歳の娘には似合わない、揺るぎのない毅然（きぜん）とした瞳。

少女が静かに答えた。

「……はい、見たことがあります」

グレアムは少女のその不可解なまなざしに驚いた。

「医療の場では、いろいろな状況（じょうきょう）に出くわす。もし治療中の患者が死んだら、君はどうする？」

「心に刻みます」

少女は迷うことなく淡々（たんたん）と答えた。

「……！」

グレアムは口をつぐんだ。

（心に刻むだと？　どういうことかわかって言っているのか？）

医者の間では〝患者を心に刻む〟と言うことがある。無念にも命を救えなかったとき、二度と繰り返さないという願いを込めて――。

（まさか）

グレアムは、少女がその意味をわかっているとは思わなかった。同じ痛みを経験している医者でなければ、その言葉の意図するところなどわかるはずもない。

（とりあえずケイト子爵のご推薦だから、何か仕事を与えないとな）

グレアムは悩んだ。本来ならば弟子として自分が手取り足取り教えなければならないが、そんな気はさらさらなかった。時間の無駄でしかない。

（どうせすぐ辞めるに決まってる）

そう思っていた。だから余計な手間をかけたくなかった。考えあぐねた末、あることを思いつく。

（――そうだ、あそこがいいだろう）

このか弱そうな少女には少々過酷な気もしたが、その思いを振り払った。

（どうせ辞めるなら早いほうがいい。この娘にとっても）

グレアムは立ちあがり言った。

「ついてこい。仕事を教える」


ローゼを連れて行ったのは、テレサ病院の三階の奥まった場所にあるかび臭い病室だった。

「ここが君の働く場所だ」

病室の扉を開けると、ひどい光景が目に入った。

「……！」

栄養失調でげっそりと痩せ細った患者たち。どう見ても管理が行き届いておらず、鼻につく悪臭が漂い、汚れた身体が目についた。皆、貧しい身なりで、寝たきりの状態だった。

「この人たちは……？」

「帰るあてのない者たちだ。なかでも重病で治る見込みのない者をここで治療している」

「……」

「本来、このような者たちを治療する必要はないが、クロレンス前侯爵夫人テレサ様の遺言で世話をしているんだ。治療費は全額クロレンス侯爵家からの支援金でまかなわれてるしな」

グレアムはクロレンス侯爵家に対する尊敬の念のこもった口調で説明した。

「このテレサ病院の運営はほとんどクロレンス侯爵家の支援によって成り立っている。君もここで働くならクロレンス侯爵家への敬意を忘れるな」

その尊敬すべきクロレンス侯爵令嬢は、慎ましくうなずいた。

「はい」

「とにかく、君の仕事はこの患者たちを世話することだ」

グレアムは、ローゼがこの患者たちを見て嫌がるだろうと思っていた。

「はい、承知しました。ですが、具体的には何をすればいいのですか？」

ところが少女は嫌がるどころか、気の毒そうな表情を浮かべている。

驚いたグレアムに少女はたたみかけた。

「根本的な治療ですか？　それとも症状改善のための対症療法ですか？」

対症療法——患者の症状を和らげる治療を意味する用語だ。まるで同僚の医師が訊くような核心を突いた質問にグレアムは目を瞠った。

「……対症療法だけでいい。原因療法は無意味な患者たちだからな。褥瘡なんかに気をつければいい」

グレアムは、少女が〝褥瘡（床ずれ）〟という用語を知っているか試したつもりだったが、返ってきた答えはさらに文句のつけようがなかった。

「かしこまりました。もし褥瘡が悪化したり壊死の兆候が現れたりしたら、私が処置してもよろしいでしょうか？」

グレアムは驚きの目で少女を見た。

（処置だと？　まさか壊死組織の除去のことを言っているのか？）

患部が壊死したときの原則は、デブリードマンと呼ばれる簡易な手術によりその組織を取り除くことだ。そうしないと感染の悪化により敗血症で死に至ることもある。

（いや、まさかな……）

心の中で否定しながら、グレアムは答えた。

「できる限りのことをすればいい。だが、よく知りもしないで勝手なことはするなよ」

「はい、承知しました」

グレアムは、もう二、三点指示すると、自身の研究室に戻る前に言った。

「ローゼと言ったか?」

「はい、先生」

「もし途中でつらくなったらすぐに言え。無理にやらせるつもりはまったくない」

少女はその言葉の意図をすぐに察した。

つらくなったらとっとと辞めろということだ。

「精一杯やらせていただきます」

そう言う少女にグレアムは意外そうな顔をした。

(いつまでもつやら……)

ここまでの少女の態度は想定外だった。患者たちを見たら青ざめて、すぐに辞めると言うと思ったのに、顔色一つ変えなかった。しかし、どのみち長くはもたないだろう。この病室は、男の自分でさえ初めて担当したときにはあまりのきつさに逃げ出しそうになったくらいなのだ。

(――もって数日か?)

グレアムはそう予想した。


しかしグレアムの思惑に反して、エリーゼはまったく動じていなかった。

(こういう患者を見るのは久しぶりね)

おとなしく黙っていたけれど、グレアムの魂胆には気づいていた。

（急にやって来た私が面倒なのね）

エリーゼはバカではない。二度の人生を経験し、そのどちらも平坦なものではなかった。そんな彼女にしてみれば、グレアムの目論見など見え見えだ。

（この病室を任せたら、私が音を上げると期待してるんだわ）

だが、そんな気は毛頭ない。この程度のことでなぜ医師の道を諦めると思うのか。

（こういう患者の手当ては慣れっこですから）

エリーゼは臆することなく患者たちの様子を確かめた。彼女とて悪臭や汚れが好きなわけではない。でもここにいるのは患者だ。前世でもこうした患者はたくさん診てきた。母校の大学が国立大学だったため、こうした患者の診療をする私立病院にも巡回勤務をしなければならなかったからだ。

（それに患者にもいろんな人がいるし、もっと状態の悪い人も診てきたから、この程度ならいいほうよ）

人間というのは慣れる生き物だ。最初は血を見ただけで身体が震えたのに、慣れれば真っ二つになった内臓を手術したあとだって、平気で臓物料理も食べられる。

（一生懸命やって、早く医師資格を取らなくちゃ）

まずは正式な医者になること！

ここで医師資格を取る方法はただ一つ。医学研究院の試験に受かること。しかし、試験を受けるならない。

が、そんな時間はない。何より、皇帝陛下との賭けに勝つには一刻も早く医師資格を取らないとな

には病院の推薦が必要だ。普通なら数年間は見習いとして働き、実力を認められなければならない

（とりあえず始めましょうか）

エリーゼは最短で資格を取ろうと心に決めた。

エリーゼは腕まくりをした。

まず手をつけたのは、部屋の衛生状態の改善だ。

（こんな環境じゃ、ならなくてもいい病気にまでなっちゃう）

積もった埃を掃き取り、汚物を片づけ、患者の身体を綺麗に拭いた。侯爵家の箱入り娘がするに

は、とんでもなく大変な仕事だった。いや、侯爵家でなくとも、こうしたことを快く引き受ける娘

がどれだけいるだろう。それでもエリーゼは少しも手を休めることなく働いた。

（もっときついことだっていっぱいあったし）

初めての解剖学実習を思い出した。ホルマリン固定され、硬直した数十の遺体。実習初日、そ

の遺体の皮膚をメスで剝がして黄色い脂肪を搔き出したあと、筋肉を剝離した。どれほど薄気味悪

かったか。家に帰って号泣し、初めて医学部に進んだことを後悔した。それだけではない。医者

になるまで、そして医者になったあとも、しんどい経験なんていくらでもあった。

（あのときに比べれば、こんなのマシよ）

とはいえ、この病室の仕事をすべて一人でこなしたわけではない。とても一人でできる量ではなかったし、一人でやらなければいけないというわけでもなかった。エリーゼはこの病室を担当する補助員たちを訪ねた。

「――掃除と患者の入浴を手伝ってくれ？」

「はい」

「ですが……どうして？」

「病室が衛生的ではないので、患者さんにとってもよくないように思いまして」

補助員は中年の女性二人だった。エリーゼの頼みについて逡巡していた。たしかに掃除と患者の入浴は補助員の役目ではあったが、誰も気にかけていなかったため、適当に済ませていたのだ。

「ところで……お嬢さんは？」

「ローゼと申します。ファロン教授の弟子として入りました」

帝国の病院で〝弟子〟といえば見習いと同等のため、補助員たちよりも上の立場だった。

補助員たちはエリーゼを見つめた。地味な服装ではあるが、どう見てもいいところの令嬢にしか見えない。補助員たちは、しかたなく頼みを聞き入れた。

「ええ……わかりました」

そうしてエリーゼは彼女たちとともに作業を進めた。せっせと掃いて、拭いて、磨いて、患者を入浴させて――。病室が綺麗になればなるほど、服は汚れていったが、エリーゼはさほど気にしなかった。

（服なんてあとで洗えばいいんだし）

前世の知識があるエリーゼには、衛生を保つことの重要性がよくわかっていた。偉人ナイチンゲールの研究によれば、衛生環境の改善だけでも死亡率を劇的に減らせるという。

（薬物治療や手術よりもずっと手軽に死亡率を下げられるのが衛生管理なのよね）

掃除だけで死亡率を下げられるというのに、ここに労力をかけないなんて話にもならない。そうしてエリーゼが一心に働いているときだった。手伝いに消極的だった補助員たちが言った。

「あの……ローゼ様、それは私たちがやりますよ」

「え？」

「もともとは私たちの仕事ですし……」

二人はきまり悪そうに言った。初めは渋々エリーゼについてきた彼女たちだったが、エリーゼがなりふりかまわず掃除する姿を見て、良心が痛んだのだ。こんなに可憐で幼い少女が、一心不乱に患者のために懸命に働く姿を見たら、自分たちが恥ずかしくなった。

エリーゼは嬉しそうに笑顔で答える。

「ありがとうございます。一緒に頑張りましょう」

そうして三人で力を合わせると、終わりの見えなかった仕事があっという間に片づき、病室は見違えるほどにピカピカになった。

「あ、ありがとうございます」

「ほんとに、ありがとう」

患者たちがエリーゼに礼を言った。入院しているとはいえ、回復の見込みがないとされて、ほとんど放置されていたのだ。それなのに、どう見ても家柄のいい貴族令嬢にしか見えない少女が、誰にも見向きもされなかった自分たちのために、こんなにも熱心になってくれるとは。一同は深い感動を覚えた。

しかしエリーゼは優しい笑顔で、謙遜するばかりだった。

（ここからが本当の仕事よ）

衛生管理は基本にすぎない。エリーゼは本格的に患者の診療を始めた。

「どこか痛いところはありますか？」

「私は腰が――」

エリーゼは患者の寝台を一つ一つまわりながら、患者全員の状態を丁寧に確かめた。

（この患者は転落事故で腰椎を骨折したのね。骨折のほうはもう手遅れ。今できることは栄養状態の改善と褥瘡の消毒ね）

そうして治療の可不可を確認し、治療できる部分についてはできる限りの処置をした。

「床ずれの消毒をしますので、薬剤部から消毒薬を持ってきていただけますか？」

「はい、わかりました」

「状態のよくない患者さんが多いので多めに。それと麻酔薬と消毒したメスもお願いします」

「――メスも、ですか？」

補助員は驚いて訊き返した。だが、エリーゼは平然と答えた。

「壊死した組織を切り取るんです。出血が多かったときのために、ガーゼもたくさん持ってきてください」

「ロ、ローゼ様がするんですか？　一人で？　メスを使って？」

メスで患部を切り取る？　想像しただけでも恐ろしいと言わんばかりに補助員たちの顔から血の気が引いた。

「はい。私がやります」

エリーゼはうなずいた。前世では移植手術も手がけたことがある。壊死した組織を取り除くなど、簡単すぎて手術とも思っていなかった。

補助員は真っ青な顔で消毒薬と麻酔薬、消毒したメスを持ってきた。

「ど、どうぞ」

「患者さんの体勢を支えていただけますか？」

「い、今ここで、やるんですか？」

「はい。患部の状態がひどいので、今すぐやらないと」

エリーゼは腰が麻痺した患者の褥瘡を確かめながら言った。それから手袋をはめる。

（私が処置したからって、怒られないわよね？）

〝外科医の高本葵〟にしてみれば簡単すぎる処置だが、ローゼは今日入ってきたばかりの見習いだ。勝手に処置したと叱責されるかもしれない。しかし、エリーゼは、その考えを打ち消した。

（危険な手術でもないし。放っておいたら悪化するだけだし……）

患者は手当てをされずにいたため、感染がひどかった。黄色く化膿が広がっているのを見る限り、このままでは数日もすれば細菌が全身にまわって敗血症を起こす可能性もある。

「患者さん、ここの悪化した傷口を消毒して、膿んでいる部分を切り取りますね。麻酔をするので、痛くはありませんよ」

「は、はい」

エリーゼはまず患者に優しく声をかけて安心させた。それから患者をうつ伏せに寝かせて〝デブリードマン〟を始めた。

「まず麻酔薬をお願いします」

消毒のための手袋をはめた手で麻酔するエリーゼの頭に一つの疑問が浮かんだ。

（大錬金術師のフレミングは、どうやってこんな薬を全部開発したんだろう？）

この麻酔薬も、消毒薬も、すべてフレミングが開発したものだ。他にも彼が開発した薬はごまんとあった。

（いくら天才って言ったって、そんなことありえる？　やっぱりフレミングも、私みたいに転生者なんじゃないかしら）

そんな確信を抱くほどにフレミングの功績は偉大だったのだ。もちろん前の世界の薬に比べれば、だいぶ劣ってはいたが、ほぼ全分野をまたいで基礎的な薬をすべて開発していた。いくら錬金術の力を借りたとはいえ、一人の人間の成しえる業とはどうにも信じがたかった。

（一度会ってみたかったけど、五年前にこの世を去っちゃったのよね……）

残念でならなかった。

「まだ痛みはありますか？」

「い、いえ……大丈夫です」

エリーゼは、麻酔が完全に効いたのを確かめたあと、手際よく患部の切除を進めていく。

「消毒薬をお願いします」

まずは傷口を徹底的に消毒した。たんにつけるだけではなく、傷の隅々まで染み込むよう丁寧に行った。そのあと、ためらうことなく補助員に手を伸ばす。

「メスください」

「ほ、本当にローゼ様がやるのですか？」

補助員がびっくりして訊いた。

エリーゼはうなずいた。

「はい」

短くも毅然とした答え。

補助員は青白い顔でメスを手渡した。

エリーゼは少しの間、無言でメスを見つめた。

(――メス)

ドクン。

原始的な形の手術用ナイフだった。久しぶりに握りしめるメスの感触に鼓動が高まった。

（外科医になってからは、ほぼ毎日、メスに触れていたのに）
エリーゼの表情が和らいだ。メスの感触がこんなにも手に馴染むとは。こんなにも胸が躍るなんて。

（皇太子妃になんか絶対ならない。外科医こそが私の宿命。一生、医者として生きるの）
エリーゼはメスを患部に当ててさっと動かした。壊死した組織が正確な境目で切り取られ、その瞬間に血があふれた。

「ひっ！」
見守っていた補助員たちが悲鳴を呑み込んだ。しかしエリーゼは、まったく動じることなく手を動かした。出血部位にガーゼを当てて止血し、感染した部分をメスで切り取る。その目は〝侯爵令嬢エリーゼ〟ではなく〝外科医・高本葵〟の目だった。

力強く、揺らぎのない鉄血のまなざし。可憐で人形のような顔には、とうてい似合わない。でも同時に、相反する美しさを漂わせていた。

「す、すごい……」
補助員たちが呆気にとられた顔でエリーゼを見つめていた。医療従事者ではないものの、長く病院で働いていたため、手術の場面を見る機会が何度かあった彼女たちは、今のエリーゼの手さばきが尋常ではないことがわかった。

（ちゃんとしたお医者様ですらあんなふうにメスを上手く扱えないのに）
テレサ病院でこんなにも上手にメスを扱う医者を見たことがなかった。まるでベテラン医師を思わせる手際だ。

トンッ！

壊死した最後の部位が切り取られた。処置を終えた患部は、見違えるほど綺麗になった。

「はい、終わりましたよ」

ガーゼで手当てを終えたエリーゼが言った。

「あ、ありがとうございます。だいぶすっきりした気がします」

患者が感激して言った。エリーゼは笑顔で優しく答えた。

「今後も様子を見ないといけません。痛くなったりしたら遠慮せず言ってくださいね」

「はい、本当にありがとうございます」

エリーゼは、呆けたように自分を見つめている補助員たちに言った。

「申し訳ありませんが、次の患者の処置も介助していただけますか？」

「あ……は、はい！」

補助員たちは慌ててエリーゼの言葉に従った。

そうしてエリーゼは、病室の患者たちを一人一人治療していった。

一週間が過ぎた。

テレサ病院の若き教授グレアムが自身の研究に没頭していると、突然、病院長に呼び出された。

「ご用件はなんでしょう？」

「ケイト子爵の推薦で入ったご令嬢はどうだ？　ちゃんとやっているか？」

グレアムはその瞬間、言葉を詰まらせた。

（……どうしているだろうか？）

病室を任せたきり、気にかけていなかった。というより、完全に忘れていた。

（そういや何も言ってこないな？　そのまま黙って辞めたか？）

当然、二、三日で辞めたいと言ってくると思ったのに、なんの音沙汰もない。患者に驚いて、挨拶もせずに逃げ出した可能性もある。

「なぜ答えない。君のところに行っただろう？」

院長のゴートが険しい目つきになった。

「い、いや。その……」

グレアムが口ごもった。

「……自習をさせております」

「自習？」

「……はい。まずは病院の雰囲気に慣れさせるため、自習を命じました」

その下手な言い訳に、だいたいの状況を察した院長が声を張りあげた。

「グレアム！　君はいったい何をしている？　他でもないケイト子爵ご推薦の令嬢だぞ！」

「も、申し訳ありません」

「きちんと指導せんか！」

「はい、申し訳ありません」

グレアムは長いこと頭を下げてから院長室をあとにし、大きくため息をついた。

（くそっ。ただでさえ忙しいのに、あんな小娘の面倒まで……そんなに大事なら自分で教えりゃいいだろ！）

そう心の中で毒づいたものの、グレアムは没落貴族の非力な下っ端教授だ。命じられれば、逆らえない。

（まだいるかどうか。すでに逃げ出してるんじゃないのか？）

グレアムは渋々ながらも病室へと足を向けた。到着すると、室内のあまりの変わり様に己の目を疑う。

（なんだ、ここは？　部屋を間違えたか？）

部屋の札を確かめたが、間違ってはいない。

しかし、この光景は？

（なぜこんなに綺麗なんだ？）

まず、以前とは比べものにならないほどに室内が清潔になっていた。まるで帝国最高峰の皇室十字病院の病室を見ているかのように。しかも患者たちまでもが、たんに小綺麗になっているだけではなかった。

一週間前までは、たしかに皆、治る見込みもなく、土気色の肌で死にかけていたというのに、今は目に生気が宿っている。

(いったいどうなってるんだ?)

戸惑いを隠せないグレアムの目に見覚えのある顔が映った。

形式上は彼の弟子として入ったあの幼い少女が病室の片隅に置かれた椅子に座り、居眠りをしている。

(よくまあ、今まで逃げ出さずにいたもんだ。だが、なんでこんなところで居眠りを?)

グレアムが問いただそうとエリーゼに近づいた。

「おい——」

そのとき、かたい声がさえぎった。

「ちょっと、先生。何するつもりだ?」

患者の一人だった。

「その娘を起こすつもりなら、やめてくれ」

「何っ?」

「昨日の夜は俺たちの看病で一睡もしてないんだ。ようやく少しばかり休んでるんだから、またあとで来な」

グレアムは啞然とした。いったいどういうことなのか?

しかし他の患者も口を挟んだ。

「そうだよ。どんな大事な用件か知らんが、出直しな。そのお嬢ちゃんを少しくらい休ませてやらないと」

　状況がつかめなかった。もともと彼らは礼儀（れいぎ）も知らず、医療陣（じん）に対して反抗的（はんこうてき）だった。自分に対して無礼な物言いをするのは当然だとしても、なぜこの少女をかばうのか？　しかたなく病室を出たグレアムは、担当の補助員たちのもとへ行った。

「どうなってるんだ？」

　グレアムは補助員たちに事の顛末（てんまつ）を訊いた。そしてその返答に信じられない思いだった。

「すべてあの娘がやったと？」

「はい、先生。ローゼ様は、本当に立派なお方ですよ」

　補助員たちはローゼの仕事ぶりを余すことなく語った。あの小さな身体で、汚れていた病室を綺麗にし、献身（けんしん）的に患者たちの面倒を見て、褥瘡を消毒し――。

「壊死部分をメスで切り取っただと？」

「はい、それに昨日なんかは容態のよくない患者さんの側（そば）で夜通し看病なさっていたんですよ」

　補助員たちの声には尊敬の念まで込められていた。この一週間でのローゼの献身と努力にいたく感銘（かんめい）を受けていたのだった。それは補助員たちだけではなかった。病室の患者たちも皆、自分たちのために身を粉にして働く彼女を、まるで聖女を見つめるようなまなざしで見ていた。

　しかし、グレアムの反応は違った。

（少し放置しすぎたか）

不機嫌そうに顔をしかめる。

（患者の診察などしたこともないくせに、本を読んだだけでデブリードマンを一人でやってのけただと？　まったく怖いもの知らずな娘だ。何かあったらどうしてくれる）

グレアムは補助員たちの言葉を鵜呑みにはしなかった。あまりにも信じがたい内容だったからだ。初めて病院で働く少女がさらりとデブリードマンをやってのけ、容態の悪い患者を治療したなど、話にもならない。

（きっと何かやらかしているに違いない……ったく勘弁してくれ。下手したら患者の容態が悪化するじゃないか）

グレアムはローゼをほったらかしにしていたことを後悔した。嫌がって辞めると思ったのに、何も知りもしないで、こんな勝手なマネをするとは。

（二度とこんなことをしないよう、きつく叱らないとな）

患者は実験台じゃない。下手な知識で治療するなど、絶対に禁じなければならない。

（いったんどんなふうに処置したのか確かめなければ）

グレアムはふたたび病室へと戻った。ローゼのしでかしたことを確かめてから、一つ一つ問いただして叱ろうと決めていた。


エリーゼは誰かが近づく足音に重たい瞼を開けた。

（うたた寝しちゃったみたいね。疲れた……）

頭が重たかった。ぼやけた視線の焦点（しょうてん）を合わせようと、意識を集中させた。

（やっぱりエリーゼって体力ないのね）

前世の高本葵は、小柄でも体力はあった。何日も徹夜で手術してもなんてことなかった。だが、エリーゼの身体はもともと病弱なせいか、体力が全然なかった。少し無理したくらいでこんなにも疲れて頭痛がするとは。ため息が出た。

（しっかりしなきゃ）

そのときだった。

「――患者たちにいったい何をした？」

不快感に満ちた声。名目上はエリーゼの師グレアムだった。エリーゼは目を瞬（しばた）かせて答えた。

「痛みのある部分などの手当てをしました」

「つまり治療したということか？　素人風情（しろうとふぜい）の君が？　デブリードマンまでやったと？　患者に何かあったらどうするつもりだ？」

エリーゼはグレアムがなぜ腹を立てているのか悟った。未熟な見習いがやるには、たしかに危険な処置ともいえた。とはいえ、申し訳なく思うエリーゼではない。

（弟子をほったらかしにする人に言われたくないけど……）

そんな思いはおくびにも出さず、エリーゼは丁重（ていちょう）に答えた。

「申し訳ありません。傷口があまりにもひどかったので、急いで処置せざるをえませんでした」

グレアムは顔をしかめた。

「とりあえず君が処置したところを確かめる」

そしてエリーゼがデブリードマンを施(ほどこ)した患者の褥瘡を確かめた。

「……！」

グレアムは息を呑んだ。

（なぜだ？　なぜこんなに傷口が回復している？）

もともと褥瘡の感染がひどかった患者だったため、以前の状態を覚えていた。

（ほとんど手当てもできない状態だったのに？　どうして？）

滲出液や膿(うみ)が一切なくなり、綺麗な肉芽(にくが)まで再生しつつある。

「バロット卿(きょう)が施術(せじゅつ)したのか？」

バロットは、テレサ病院内で手術の腕が優(すぐ)れていると有名な医者だった。彼ならば、このように綺麗にデブリードマンを行えるだろう。

しかし隣で補助員が言った。

「ローゼ様がなさいました」

グレアムは驚愕(きょうがく)した。これを、この少女(ローゼ)が？

（バカな……）

だが、それで終わりではなかった。

「この傷口にはなぜこのように創傷被覆材(ドレッシング)を？」

深い褥瘡の傷の中には、たっぷりと消毒薬に浸(ひた)されたガーゼが貼(は)られていた。

「症状が進行していましたので、このように処置しました」

ガーゼを剝がして傷を見ると、明らかに症状が改善していた。

「……では、この患者の輸液は？」

「最近下痢がひどかったので、脱水を防ぐためのものです」

他の患者もすべて確かめたが、同様の手当てがなされていた。

（いったい……）

グレアムは愕然とした。

（なぜこんなことが？）

この幼い少女の施した処置は、何一つ誤っていなかった。それどころか、すべてにおいて完璧だった。それぞれの患者に合わせた治療が、抜かりなく正確に施されているのだ。

「――誰なんだ？」

「はい？」

「君一人でこんなことができるはずがない。誰かの手ほどきを受けたのだろう？　どの先生だ？」

そうだ。この娘が一人でやるなどありえない。絶対に誰かが手伝って――。

「ローゼ様がすべてお一人でなさったことです。この一週間、ここには彼女以外、どなたもいらしていません」

隣で聞いていた補助員が答えた。

それでもグレアムは信じられなかった。

「君が一人で治療しただと？　どうやって？」

「……」

エリーゼは答えにためらった。患者たちの状態がよくなかったため、あれこれ治療したものの、どう考えても病院で初めて働く見習いにできることではないことも事実だ。

（なんて言おう？）

しかし、これといったいい説明が思いつかず、見え透いた嘘をついた。

「本で学んだとおりにしました」

「本を読んで、この治療をしただと？」

グレアムは二の句が継げなかった。エリーゼはしかたなく、その嘘を貫きとおすことにした。

「はい」

グレアムは呆然としていた。

（いや、いくら本で読んだからといって、こんなのは不可能だ）

どの分野にも言えるが、医術は特に経験がものを言う。どれほど書物で学ぼうと、実際の臨床経験がなければなんの役にも立たない。だからこそ医師試験は受験資格が病院での研修で実力を認められた者だけに限られているのだ。机上の知識ではなく、臨床経験を通じて本当の医術を身につけた者だけが医者として認められるように。

（いったい何者だ？）

グレアムはローゼを見つめた。優雅に茶を嗜む以外は何もできなさそうなこの娘が、本当にここまでの治療をしただと？

「先生、何か不手際がありましたでしょうか？」

「いや、そういうわけでは――」

「では、今日は患者の具合を確かめにいらしたのですか？」

その言葉にグレアムはここに来た理由を思い起こした。

（子爵様ご推薦の令嬢だから、きちんと指導しろと言われて来たんだったな）

院長の指示を思い出した。

「ロ……ーゼと言ったか？」

「はい、先生」

「そうか、ローゼ。この病室の担当は今日で終わりだ」

「では、次は？」

「明日からは俺についてまわれ」

グレアムが言葉を続けた。

「俺が直接教えてやる」

師と弟子。エリーゼは、ようやく弟子として認められ、きちんと指導を受けることになった。

エリーゼはうなずいて言った。

「はい、ありがとうございます、先生！」

かたやグレアムは複雑なまなざしでローゼを見つめた。

（一度この目で確かめないとな。一緒にいれば本物かどうかわかるだろう）

しかしこのときグレアムは想像もしていなかった。本当の驚きはこれからだということに。

数日後。ブリチア帝国の皇宮。

皇帝が寝泊まりする大宮で二人の男が会話をしていた。現皇帝のミンチェストと主治医のベンだ。

「陛下、お身体の具合はいかがですか？」

「さほど変わらないな。寝ても疲れが取れん」

その言葉に皇宮侍医であるベンは頭を下げた。

「申し訳ございません、陛下。わたくしの力が及ばぬばかりに……」

「何を申すか。私が厄介な病にかかったのが悪いのだ。そなたのせいではない。そなたは間違いなく帝国最高の医者だ」

皇帝は穏やかに言った。

皇宮侍医で皇室十字病院の院長であるベンは名実ともに帝国　の医者だった。彼に診断できなければ、他の医者などいうまでもない。

（医者といえど、すべての病を治療できるわけではないからな）

ミンチェストは思った。

（いくら最近の医学が飛躍的に発展したとはいえ、しかたあるまい）

医学の進歩にも限界はあった。心優しき君主としては、それを主治医の力不足のせいにはしたくなかった。

（かつて過ちを犯した私への天罰だろう）

皇帝は苦々しい表情を浮かべた。こうした病にかかったのも、天の意思なのかもしれないと思う。

そのときだった。黙って二人の会話を聞いていたもう一人の男が口を開いた。

皇太子のリンデン・ド・ロマノフだ。

「本当にわからないのか？」

「申し訳ございません、殿下。最善を尽くしてはおりますが……」

皇太子は顔をしかめたが、ふと、先日エリーゼが言っていたことを思い出した。

「──もしや、こういう病は聞いたことがあるか？」

「どういった病でございましょう？」

「この前父上の症状を聞いて、血液中の糖という物質の量が増えると似たような症状が現れると言っていた者がいるのだが、そういうのを聞いたことはないのか？」

ベンが大きく目を見開く。

「血液中の糖の量？　炭水化物の代謝物のことでしょうか？」

「詳しくは知らないが、ベンも知らない病なのか？」

ベンはまるで雷に打たれたような表情を浮かべた。その反応に皇帝と皇太子は困惑する。

「どうした？」

しかしベンは皇太子の問いに答えず、何かを考え込んでいた。

(そういえば先日、フレスガード共和国の医学界で殿下がおっしゃったような病の論文を発表していたぞ。症状はたしか――)

ベンは皇帝の症状を一つ一つ思い浮かべた。

倦怠感、多飲、多尿、口渇！

(私としたことが、なぜ今まで気づかなかったのだ)

さっと目を通しただけの、しかも他国の論文だったからだろう。ベンの口から論文に記載されていた病名がこぼれ出た。

「糖尿病……」

皇帝と皇太子がいっそう怪訝な顔をした。

「ベン、どうした？」

ベンは、勢いよく立ち上がった。

「ご挨拶もそこそこに立ち去る無礼をお許しください、陛下！　殿下が話された病について、ただちに調べねばなりません！」

そして慌てて部屋を出て行こうとしたベンが、皇太子に訊いた。

「殿下！　そのことを言っていた医者はどなたでしょうか？　きっと名の知れた名医なのでしょう！　その方にもぜひお話をうかがいたく存じます」

皇帝と皇太子は当惑した面もちを浮かべた。名医？　エリーゼが？

「その病と父上の症状には関係がありそうなのか？」

「はい。確認は必要ですが、可能性は十分にございます。それでどなたがおっしゃっていたのですか？　この病は、これまで実体すらもわかっておらず、最近になって初めてフレスガード共和国で発表されたものでございます。帝国内でこの病の存在を知っている医者は、私を含めて二十人にも満たないでしょう」

　帝国で二十人にも知られていない病だと？

　皇太子は眉をひそめて言った。

「名医ではない。そのことを言っていたのは――」

「誰が言ったかのかが、それほど重要かね？　すぐに研究を始めて、私の治療に役立ててくれ」

　皇帝が笑って皇太子の言葉をさえぎった。何かを隠そうとするかのような口調にベンは訝しがったが、うなずいた。

「かしこまりました、陛下。すぐに取りかかります！」

　そうして部屋を辞し、自身の研究室へと戻ったベンは首を傾げた。

（なぜ陛下はさえぎったのだ？　この病の存在を知っているとすれば、きっと帝国の医学だけでなく共和国の最新医学にも精通した方だろう。陛下の治療にも大きな助けとなるやもしれぬのに……）

　共和国の論文を取り出して考える。

（まあ、それほどの医者ともなれば数は知れている。私の知っている医者のうちの誰かだろう）

当てはまりそうな医者の名前を思い浮かべた。まずは自身が院長として勤める皇室十字病院の教授たち。帝国で最も腕の立つ医者を集めているだけに可能性はあるだろう。

（いや、陛下の症状に関して何度も会議を重ねたが、この病について言及する者は一人もいなかった。ではローズデール病院の医者か？）

ローズデール病院は貴族を相手にする富裕層専用の病院だ。しかし、ベンは首を振った。

（いいや、あそこには金の亡者しかいない。実際に医学に関心のある者など、ほとんどおらん）

そして最後の候補を思い浮かべた。

（――テレサ病院。あそこにも実力のある医者が何人かいたな）

テレサ病院はクロレンス侯爵家が貧民救済のために建てた病院だ。医療陣の水準は、全般的には他の病院より劣るものの、やたらと患者が多いせいか、ときに逸材を輩出していた。

（ゴートもこの病について知っているだろう。先日少し会った若き天才グレアムも。あとでそれとなく確かめてみるか）

ベンは自身の能力をよく心得ていた。糖尿病は未知の領域であるため、一人だけで治療に当たるには荷が重い。治療に先立ち、症状だけで糖尿という病を推測した医者と相談したかった。

（きっと、とんでもない実力者に違いない。いったい誰であろう？）

「ベンが何やら思い当たったようだな」

「はい。よかったですね。今度こそは父上のご病気が完治するといいのですが……」

「ああ、そうだな」

皇帝と皇太子は父子の会話を交わした。

「ベンの反応からすると、エリーゼの話していたことは本当だったようだな」

「はい」

「フレスガード共和国で最近になって発表された病とは……あの娘はいったいどうしてそんな病を知っていたんだろうな？」

皇帝が不思議そうにつぶやいた。

「父上」

「なんだ？」

「その病について話していたのがクロレンス侯爵令嬢だということを、ベンになぜ隠されたのです？」

皇帝が答えた。

「いずれ皇太子妃になる娘だ。医学界に深く関わらせる必要はない。病院での勤務すら、今すぐに辞めさせたいというのに」

皇帝が望むのはエリーゼが皇太子妃になることで、医者になることではない。

「皇太子妃、ひいては皇后になる娘に医者など似合わん」

医者という職が悪いわけではない。むしろ尊敬に値する、価値のある職だということは皇帝も重々承知だ。だが、未来の皇太子妃がする仕事ではない。

「お前はどう思っている？」

「何がでしょう？」

「エリーゼとの結婚だ」

「私はただ父上の命に従うまでです」

「そうか？　好きとか嫌いとか、お前にもそのくらいあるだろう？　どうなんだ？」

しかし皇太子はなんの感情も表さずに答えた。

「私は帝国皇室の一員です。個人的な感情を重要視すべきではありません」

その言葉に皇帝は頭を振った。

（まったく堅物なやつめ）

息子は、誰よりも有能な皇太子ではあったが、まるで感情を捨て去ったかのように冷淡だった。

皇帝は、息子が心の奥底に抱える闇を知っていた。それだけに残念でならないのだ。

（――惜しいな）

皇帝は話題を変えた。

「ところでクセフ遠征はどうなっておる？」

「第二軍団がクセフ半島に進軍中です。数日で半島内に侵攻するでしょう」

「先日エリーゼが言っていたモンセル王国の動きは？」

皇太子は声を潜めて答えた。

「実はそのことでご報告があります」

「なんだ？」

「フレスガード共和国の非公式使節がここ最近モンセル王国に出入りしているそうです」

皇帝の顔がこわばった。

「それはまことか？」

「はい。諜報局からの確かな情報です」

「ふむ、それではあの娘の予想どおり、モンセル王国が参戦する可能性が高いな」

「はい。使節が帰ったあと、モンセル王国軍が秘密裏に動いているとのこと。隙を見て我が軍の背後を突く危険がありそうです」

「なんと……」

皇帝は深く息を吐いた。

「このことに気づかなければどうなっていたことか。私が、いや我が帝国がエリーゼに救われたな」

エリーゼに対してまたしても感嘆した。もし彼女の意見を聞いていなければ、半島に侵攻した帝国軍はなすすべもなく隙を突かれていただろう。それどころか致命的な打撃を受けていたに違いない。

(実に素晴らしい)

皇帝はこの前エリーゼに会ったときのことを思い浮かべた。かつてのお転婆ぶりは完全に姿を消し、しとやかな態度、卓絶した見識、それに優しい心まで。昔から姪のように可愛がってはいたが、あの日でぜひとも皇太子妃に迎えたいと思うほどにエリーゼを気に入った。

（一刻も早く病院を辞めさせて、必ずや皇太子妃に迎えねば）

それから皇帝と皇太子は、政局についてあれこれと話し合った。

皇帝が椅子に深く腰かけて尋ねた。

「リンデン」

「はい、父上」

「次の忍び視察はいつを予定している？」

「もう少ししたら行こうと考えています」

忍び視察とは、身分を隠して市民に扮し、秘密裏に町へと出かけて民の暮らしを確かめることだった。帝国を統べる者たちの隠密の伝統であり義務でもある。

「次はどこに行くつもりだ？」

「ヘランロに行こうかと思います」

ヘランロは、封建制の衰退後、産業化の波に乗り帝国の新たな柱として台頭していたブルジョア階級の集まる都市だった。

しかし皇帝はそれに賛同せずに言った。

「ヘランロではなくピエールはどうだ？」

「――ピエール、ですか？」

ピエールは比較的貧しい庶民たちの住む地区だ。

「わかりました。そうします。ですが、何か特別な理由でも？」

「テレサ病院があるだろう？」

皇帝がにやりと笑った。

「いっこうに便りがないが……エリーゼが上手くやっているか、お前の目で直接見てきなさい」

エリーゼは、正式な弟子としてグレアムのあとについて指導を受け始めた。とはいえグレアムがいちいち知識を教え授けるわけではない。正確に言えば〝見学〟であり、グレアムの影のように後ろについて診療する様子を眺めていた。グレアムは時折思い出したように振り向いては、エリーゼに質問を投げた。

「この患者の病が何かわかるか？」

エリーゼは、弟子らしく丁重に答えた。

「細菌性肺炎です」

「なぜそう思う？　水がたまっているのでは？」

「化膿性の痰に、検査で見られた肺の硬化からすると、水がたまっているというより肺炎の可能性が高いと思われます」

正解だった。

そうして短い問答が終わると、グレアムはふたたび診療に集中した。エリーゼは黙ってその姿を見ていた。

（医学部の頃に戻ったみたい）

エリーゼは思った。大学在学中に病院の実習に出たときもこうして教授のあとをついてまわった。そのときは初めて向かい合う患者たちに、ずいぶん緊張もしたし、驚くことも多かった。当時の記憶が蘇り、小さく笑みがこぼれた。

（早く医師資格を取って、私も診療ができたらいいのに）

こうして見ているだけでも嬉しかったが、やはり自分で患者を診たかった。手術もしたい。

（いずれ機会があるわよね）

一方、エリーゼの師グレアムは内心、驚いていた。

（本当に何者なんだ？）

無関心を装いながらも、しっかりとエリーゼを観察する。

（ありえないだろ？）

初めは医学知識を試す質問をした。といっても高難度だったはずだ。正確に理解していなければ答えられない内容だったのだから。しかしローゼはすべての質問に対して正答を返してきた。まるで教科書を見ながら答えているかのように。

そのためさらに難易度を上げ、診断をさせてみたのに……。結果は目を見張るものだった。患者の症状を後ろで聞いて答えているだけなのに、まるでベテラン医師のように正確な診断を下した。グレアムですら悩んだ疾患もすらすらと答え、二人の意見が食い違ったときでさえ、のちの検査結果を確かめるとエリーゼの診断が合っていた。

（嘘だろ？）

グレアムは混乱した。

（患者を診療した経験があるのか？）

しかし年齢(ねんれい)からしてそんな経験があるはずがない。

（やはり……天才？）

世界には稀(まれ)にそういった存在が生まれる。年齢や経験の壁(かべ)など、ものともしない稀代の天才が。

大錬金術師フレミングや、八十年前に医学の基礎を一から築いたグラハム伯爵のような――。

（わからん、まったくわからん。この少女(ローゼ)が天才？）

グレアムはため息をついた。貴族令嬢がたんなる興味本位で見習いになったのだという思いは、とっくに消えていた。常識を超えた少女にただただ混乱するばかりだった。

「――あの、先生。次は何をすればいいでしょうか？」

診療が終わるとエリーゼが訊いた。

「今日の予定はもうない。家に帰って休め」

「わかりました。それでは失礼いたします。お疲(つか)れ様(さま)でした」

「ローゼ」

挨拶をして帰ろうとしたローゼをグレアムが呼び止める。

「はい？」

「……」

だがグレアムは言葉に窮し、しばらく押し黙っていた。

「先生？」

エリーゼが怪訝そうに訊くと、グレアムはばつが悪そうに答えた。

「……すまなかった」

「え？」

「今まで君のことを疎ましく思っていた。正直、君の世話をするなんて面倒だと……」

急な謝罪に、エリーゼは戸惑った。

「い、いえ、先生」

「見た目で判断して君を誤解していたようだ。悪かった」

第一印象とは違い、身勝手な貴族令嬢ではなかった。

（それどころか……）

グレアムは最初に病室を任せたときのエリーゼの仕事ぶりを思い浮かべた。テレサ病院ですら見放していた患者たちに、あれほど尽くせる医者がどこにいるだろう？

「――とにかく、これからはよろしく頼む」

グレアムの心からの謝罪にエリーゼは微笑んだ。

「これからも一生懸命頑張りますので、こちらこそよろしくお願いします、先生」

グレアムは照れたように咳払いをした。

「明日はこの診療所ではなく救護所に来い」

エリーゼは目を丸くした。

「──救護所、ですか？」

「そうだ」

救護所は、外傷患者や救急患者を診療するところ──つまり、急を要する重症患者が集まる場所だ。エリーゼが驚いたのもしかたない。通常なら長期の師弟期間を経て実力を認められた見習いが配属される場所だったからだ。

グレアムも少し悩んだ。

（ローゼを救護所につれていくのは少し早いか？）

しかしすぐにその考えを否定した。

（いいや）

なぜかこの少女ならば、救護所に行ってもなんの問題もない気がした。

（ここで教えることはもうなさそうだしな。救護所で患者を診ながら教えるほうがいいだろう）

それに──。

（急患が運ばれてくる救護所で、この少女がどんな姿を見せるのか見てみたい気もするし）

気難しい性格だが医学にすべてをかけているグレアム。桁外れの才能を有するこの少女が、救護所でどんな活躍を見せるか楽しみだった。

その日の夜、クロレンス侯爵家。

「エリーゼ」

「はい、お父様」

「病院での仕事はどうだ？」

エリーゼは笑顔で答えた。

「とっても楽しいです」

本当はもっと積極的に患者を診たかったが、まだ見習いゆえ、すぐにはどうすることもできないのが歯がゆい。

「そうか？　つらくはないか？」

「はい、大丈夫です」

クロレンス侯爵はため息をついた。娘が苦労するのを見たくないため、早く諦めないかと思っていたが、そんな気配は微塵（みじん）も感じられなかった。むしろいつもいそいそと病院に出かけていく姿を見送るはめになった。

（それにしてもテレサ病院のやつらめ！）

侯爵はこっそりとエリーゼの病院での様子を確かめて愕然とした。

(目に入れても痛くない我が娘に、身寄りのない者たちの病室を任せてほったらかしにしておくだと!?)

クロレンス侯爵令嬢であることを隠していたがために起こったことだが、怒りが湧くのを抑えられなかった。

(エリーゼが止めなければ、全員クビにしてやるものを……)

テレサ病院の医者たちは知らないだろう。エリーゼが引き止めなければ、病院に解雇の嵐が吹き荒れていたであろうことを。特にグレアムとかいう若造は、有無を言わさずクビにしなければ。

(こんな可憐な少女に重病患者の世話をさせるなど!)

病院で働き始めてすでに十日——。ただでさえ華奢な娘がさらに痩せてしまった。

(今すぐにでも辞めさせたいが、あんなにも楽しそうにしているとは……はあ……)

もどかしかった。

「——で、明日からはどこで教育を受けるって?」

「救護所です」

「何っ？　救護所!?」

クロレンス侯爵は眉をひくつかせた。救護所がどういう場所か侯爵とて知っている。外傷患者や重症患者が運ばれてくる、つらく大変な場所ではないのか!

(このか弱い娘を救護所に通わせるだと？　まったくあいつらは何を考えているのだ!)

院長のゴートを呼び出して、怒鳴り散らしてやりたかった。

いったい弟子への教育をなんだと思っているのか！　グレアムめ、即刻クビにしてやる！

エリーゼがこうして微笑んでいなかったなら、すぐにでもそうしてやるのに。

「誠心誠意、学んでまいります。しっかりと頑張りますので、あまり心配なさらないでくださいね、お父様」

心配せずに信じてくれと言うエリーゼに、クロレンス侯爵はふたたびため息をついた。

「……エリーゼ」

「はい、お父様」

「だれかにいじめられたり、つらく当たられたりしたら言いなさい。私がただじゃおかん！」

もし誰かがエリーゼをいじめようものなら病院に怒号が吹き荒れそうな勢いだった。そんな父の愛情にエリーゼは、困ったような笑顔を浮かべるしかなかった。


そうしてエリーゼは父の心配をよそに、テレサ病院の救護所に通い始めた。

「ローゼと申します。本日より見習いとして働くことになりました。よろしくお願いいたします」

救護所の誰もが驚いて彼女を見つめた。

（どこの少女だ？）

（貴族のご令嬢のようだが、見習いだと？　なんで救護所なんかに？）

その場所柄、救護所で働いている見習いは、最低でも三年の師弟期間を経ており、医者になる一歩手前の段階の経験者たちだった。

それなのに、この少女はいったい？

「ローゼ様、間違っていらっしゃったのではないですか？　ここはケガ人や重症者を治療する救護所ですよ」

見習いのなかでもリーダー格の青年が言った。美しく気品あふれる少女に対し、慎重な話し方だ。

しかし少女は否定した。

「はい、存じております。先生に今日から救護所に来るようにと言われたので参りました」

「先生というのは……？」

青年が怪訝そうに訊いた。

「俺だ」

全員驚いて、現れた人物を見つめた。

「ファロン教授！」

近寄りがたい雰囲気に端整な顔立ち。グレアムだった。

「ハンス」

「はい、教授！」

リーダー格の青年ハンスが緊張しながら答えた。病院の教授同士の間ではなんやかんやと追いやられることのあるグレアムだが、見習いたちからしてみれば雲の上の存在だ。特に、若き天才と称されるほどのその実力を、誰もが尊敬していた。

「ローゼは今日から救護所で働く。基本的には俺が指導するが、俺が席を外していたり忙しかったりするときには君が代わりに教えてやってくれ」

それを聞いたハンスは疑問に思った。

（こんなお嬢様が救護所で働くって？　大丈夫なのか？）

救護所での実習は、たんなる見学とは違う。救急診療を受け持つ場所なだけに、見習いといえども医者の処置を補佐し、実際に治療に加わることもあるのだ。一刻を争う急患も多く、こんな可憐な少女に何ができるのだろうか？

（血を見ただけで気絶しそうな感じなのに）

だが、尊敬する教授の指示だ。ハンスはうなずいた。

「はい、承知しました」

グレアムが去ったあと、ハンスはエリーゼに近寄った。

「ローゼ様？」

「はい、先輩。そんなかしこまらず、ローゼとお呼び捨てください」

落ち着きのある声音。それでいてこの美貌。血気盛んな年頃のハンスは、自然と頬を赤らめた。

「あ、ああ」

なんという愛らしさ。こんなに可愛い子を見るのは生まれて初めてだった。

（どう見ても貴族だよな？）

少女の上品な言動にそう思った。産業化に封建制の衰退、市民階級の台頭など、時代の変化によって貴族の立場が変わり、爵位を継承できず、財を蓄えられない貴族たちが、社会的に認められる専門職に就こうとするのは、よくあること。ハンスの父親も貴族出身だった。

「こっちへ」

「はい」

「ここは外傷患者を診るところで、ここが輸液の保管場所。輸液はどんなときに使うかっていうと――」

ハンスがあれこれと丁寧に説明する。

「――教授たちは二十四時間ずっと救護所にいられるわけじゃないから、患者が来たらまずは俺たち見習いが簡単に診断して、先生たちに報告する。それからそれぞれの担当の先生が来て、診療するんだ」

前の世界での救急診療と似ていた。その大学病院でも、急患が来たらインターンや研修医が診療したのち、専門医に知らせるのだ。

「ここには手術用の器具がある。緊急のときは、ここですぐに手術をすることもある」

「わかりました」

「これはあとで患者が来たら、どうやって使うか直接やって見せるよ」

自身の説明にしとやかに答える少女を見て、ハンスは胸がときめいた。いつもはむさくるしい男にばかり囲まれていたのに、こんなに可愛い子と一緒にいられるとは！　だんだんと声に張りが出てきた。

「この器具は――」

背の高い痩せた青年があえぎながら呼吸をしている。胸が大きく上下し、容態は深刻なようだ。

よっぽど呼吸が苦しいのか、患者は言葉を続けられなかった。

「む、胸が……！　ハァッ、ハァッ！」

「ハァッ、ハァッ、息が！」

ところが、移動して患者を見たハンスの顔がこわばった。

「行こう、ローゼ。診察の仕方を教える」

ハンスがエリーゼに顔を向け、頼もしげな口調で言った。

鋭(するど)い声が救護所に響(ひび)いた。

「先生、急患です！」


ハンスが慌ただしく叫ぶ。

「胸痛の患者だ。心臓の電流測定器を持ってきてください。それからファロン教授に連絡(れんらく)を！」

ただの見習いに対応できる患者ではなかった。看護師が当直のグレアムを呼びに行っている間、
ハンスは急いで検査をしようとした。

「患者さん、少しだけ我慢(がまん)してくださいね！　すぐに検査して処置しますから！」

隣で見ていたエリーゼが唇(くちびる)を噛(か)んだ。

(電流検査なんかしてる場合じゃない！　この症状は心疾患とは違う！)

患者を見た瞬間、エリーゼは一つの病名を思い浮かべていた。症状を見る限り、原因はそれで間違いないだろう。

(この状態じゃ、先生が来るまでもたない……どうしよう)

自分は今日初めて救護所に来た見習いだ。それに、この場で決定権を持つ医療従事者はハンスであり、自分ではない。だが、悩んでいる暇はなかった。

「グハッ……」

患者が苦しみながら白目を剝いて気を失った。

「患者さん！ しっかりしてください！ 早く教授を連れてきてください！ 早く！」

ハンスが慌てふためきながら叫ぶ。その瞬間、エリーゼが口を開いた。

「先輩」

「なんだ？」

「すみませんが、聴診器を貸してください」

「え？」

「聴診器を貸してください、早く！」

ハンスが戸惑っている間にエリーゼはハンスの首にかかった聴診器を奪い取った。

「すみません！ 説明はあとでします！」

詳しく説明している時間はない。すぐさま患者の胸部に聴診器を当てて肺の音を確かめたエリーゼの顔が険しくなる。

(やっぱり……！)

肺の音がまったく聞こえなかった。それに加えて痩せた体軀に高身長、突然の胸の痛み、深刻な呼吸困難——すべてを総合すると、診断名は一つ。

（気胸で間違いない！）

エリーゼは症状の程度を把握した。

（これだと左の肺の70パーセント以上は潰れてる。ううん、それだけじゃない……）

急いで頸動脈に触れた。エリーゼの顔が青ざめる。ほとんど脈が感じ取れなかったのだ。

（これは……緊張性気胸！）

漏れ出た空気が隣の心臓までも圧迫し、ショック状態を起こしていた。

（今すぐ手当てしないと助からない！）

「注射器をください」

「え？」

しかしハンスは動揺したままだった。エリーゼは先ほどまでのおとなしい態度とはうって変わり、力強い声で叫んだ。それほどに急を要する状態だった。

「早く注射器を！　一番太い針で！」

幸い、隣にいた看護師がエリーゼの言葉に反応し、救護所で一番太い針の注射器を持ってきた。

「どうぞ！」

竹釘ほどもある太さの鉄製の注射針。

ハンスが驚いて訊いた。

「そ、それで何を……？」

エリーゼは答えなかった。いや、答える暇がなかった。注射針を持ち、まるでナイフで突き刺すように、患者の胸に突き刺した。

ブスッ！

胸壁に穴が開き、血がエリーゼの顔に跳ねる。しかし、エリーゼはまったく動じない。

「まだ……あともう少し！」

十分な深さまで針を押し込んだ。

「キャアッ！」

その大胆な処置に、側で見ていた誰かが悲鳴をあげた。ハンスも顔面蒼白で見つめている。心臓、大動脈、肺などの命に関わる臓器が集まる場所に、あんなふうに針を突き刺すなんて。一歩間違えば患者を殺しかねないというのに！

「お、おい……！　いったい何を……？」

次の瞬間。

プシュー……。

注射針を通して空気の抜ける音が響いた。肺から漏れ出て臓器を圧迫していた空気が外に出たのだ。

その瞬間、驚くべきことが起きた。

「……カハァッ！　ゴホッ、ゴホッ！」

患者が意識を取り戻し、激しく咳き込んだ。心臓を圧迫していた空気が出たため、ショック状態から回復したのだ。

「はぁ……」

エリーゼは安堵のため息をついた。頸動脈に触れ、ふたたび脈が回復しているのを確かめる。危機は脱したようだ。助かってよかった。エリーゼはハンカチを出し、そっと頬の血を拭い取ると、唖然としてこちらを見つめているハンスに頭を下げた。

「申し訳ありませんでした。一刻を争う状況でしたので、しかたなく……」

「あ、ああ……」

ハンスはたどたどしく答えた。

そのとき、部屋の外から叫び声が聞こえた。

「患者はどこだ!?」

グレアムだった。患者が重症だと聞きつけたせいか、他に二人の教授を引き連れてきていた。

「この患者か?」

皆が集まっているのを見て、グレアムが駆け寄った。

「これは、どういうことだ?」

教授たちがハンスに尋ねた。

「その……」

しかしハンスに答えられるはずもなかった。診断を下しもしないうちに患者がショック状態に陥り、エリーゼが目にも止まらぬ速さで処置をして助けたのだから。ハンスには何がなんだかわからなかった。

「この注射針は……？」

グレアムは患者の胸に刺さった太い注射針を見て、驚いたように訊いた。針の先からはまだ空気が漏れ出ている。

「誰がこれを？」

その言葉に救護所の人々の視線がエリーゼに集まった。

「ローゼ、君がやったのか？」

エリーゼは、その視線に困ったような表情を浮かべた。たんなる見習いの分際で、また出過ぎたマネをしてしまったのだ。しかし、自分が処置しなければ患者が死亡していた状況だっただけにどうしようもなかった。

「――はい、私がやりました」

「なぜこのような処置を？」

「胸腔内に空気が漏れ出て肺と心臓を圧迫しており、急いで空気を外に出すために注射針を刺しました」

その言葉にグレアムをはじめとする教授たちが驚いた。

「気胸か……それも緊張性気胸だったようだな。よくやった」

その言葉にハンスは瞠目した。グレアムは、ほとんど褒めないことで有名だったのだ。

「緊張性気胸は処置が遅れれば死につながる疾患だ。ローゼ、患者が助かったのは君のおかげだ」

「そのとおりだな、ファロン卿。少しでも遅ければ大事に至っていた」

別の教授も感嘆して言った。

「君が患者を救ったのか。だが、緊張性気胸だとどうしてわかったんだ？」

その問いにエリーゼが慎ましやかに答えた。

「突然の呼吸困難ということから、まず気胸を疑いました。それに聴診器で確認したところ、肺の音がまったく聞こえませんでした。これは空気が音波の伝達を遮断(しゃだん)することで起こる現象です。頸動脈の拍動(はくどう)もほとんど感じられなかったので、心臓まで圧迫している緊張性気胸だと判断いたしました」

「……ほお！　実にたいしたものだ」

教授たちは驚きの表情を浮かべた。八十年前、緊張性気胸について初めて言及したグラハム伯爵の著書を読んでいるかのような完璧な答えだった。

エリーゼの師であるグレアムも驚きを隠せない。

（本当に、この少女(ローゼ)はいったい……）

知識の深さに驚いたのではない。この少女にとんでもない才能があることは、すでにわかっていたのだから。だが、これはどう説明する？

（この切迫(せっぱく)した状況でここまで的確な判断と処置を？）

頭で理解していることと実際に臨床の場で動けることはまったくの別問題だ。

（幼くても膨大(ぼうだい)な知識を得ることはできる。だがこうした救命処置はいくら知識があっても経験なしには不可能だ。なのに、どうして……？）

少しでも判断を誤れば、患者を死なせてしまう可能性もあった。誰もが緊張で身体をこわばらせてしまうような状況下で、働き始めて半月も経たない見習いの少女が緊張性気胸を即座に判断し、患者の胸に針で穴を開けて命を救っただと？　下手したら患者が死んでいたかもしれないのに？

（いったいどうしたらこんなことが可能なんだ？）

グレアムは、この少女に出会ってから幾度となく思った言葉をまたしても思い浮かべた。

天才。

しかもただの天才ではない。紛れもない稀代の天才。

（なんだか急に自分の才能がみすぼらしく感じられるな……）

グレアムはやるせない気持ちになった。没落貴族の嫡男に生まれ、血の滲むような努力をしてやっとここまで這い上がってきた。かつて医学の基礎を築いたグラハム伯爵やフレミングを超える医者となり、ふたたびファロン家の輝きを取り戻したいという一心で努力に努力を重ねてきた。だが、わかっていた。自分は優れた才能の持ち主などではないということを。努力するしかない凡人なのだ。

（本物の天才というのは……こういう娘のことなのだろう）

グレアムは少女を見つめながら思った。天才という言葉すら物足りないかもしれない。今この娘が呈している能力と才能は、天才という言葉では説明しきれないほどに輝いていた。

（ワインでも開けたい気分だ）

帝国の医学界が嘱望する若き教授グレアムは、この小さな少女を見つめて苦い気持ちになった。

しかしそれと同時に感じたこと――。

(すでにこんなにも異彩を放っているのに……これからどれだけ驚かせてくれるのか？)

それは医学に人生を捧げた医者としての期待感だった。この少女はもしかすると、医学の基礎を築いたグラハム伯爵や大錬金術師のフレミングを超える偉業を残す医者になるのではないか？　自分が夢に見た、自分のような凡人にはとうてい手の届かない境地に達するのではないだろうか？

もちろん医学の道に足を踏み入れたばかりの少女にとっては過度な期待なのかもしれない。だが、なぜだろう？　そんな思いが頭を離れなかった。

その日以来、エリーゼはテレサ病院での注目の的となった。

見習いとして入ったばかりのまだ十六歳の少女が緊張性気胸の患者を救った。その場で見ていた人も多く、噂は一瞬にして広まった。

「あの子よ」

「ほんとなの？　あんな可憐なお嬢様が？　嘘でしょ？　注射針だって怖がって握れなさそうなのに？」

「嘘じゃないわよ。直接この目で見たんだから」

「ええ？　まさか。どう見たっていいとこの貴族のお嬢様でしょうに。ほんとに注射針で患者の胸を刺して命を助けたの？」

「そうよ。私もびっくりしちゃった。顔に血が跳ねても、全然うろたえてなかったのよ」

ただでさえ容姿の目立つエリーゼだ。こんな美少女が救命処置をしたことに誰もが驚き、噂した。

しかしエリーゼがしでかしたことはこれで終わりではなかった。


「そちら側の腕を止血してください！　あと、輸液をお願いします！」

救護所では急患がひっきりなしに運ばれてきたため、エリーゼの本領が続けて発揮された。

（こんなことまでして大丈夫かしら？　まだ一カ月も経ってない見習いなんだけど……）

エリーゼ自身も、自分のしていることが見習いの域を超えていることはわかっていた。

（でも変に思われてもしかたないか）

エリーゼはため息をついた。怪しまれるかもしれないと不安ではあったが、だからといって目の前の患者を見過ごすことはできない。おかげでテレサ病院では一躍有名人だ。

それも常識を超えた天才として――。

だからといって病院の人々に嫉妬ややっかみを受けているわけではなかった。それどころか皆が彼女を慕った。

「ローゼ？　あの貴族のご令嬢？　最高だよ。可愛いうえに優しくて礼儀正しいし――」

患者に対して分け隔てなく接するのはもちろん、普段の態度も甘やかされて育った貴族令嬢とは思えないほど謙虚で親切だった。人形のように愛らしい顔、人並み外れた実力、それでいて他人を思いやる優しい性格。誰もが好きにならずにはいられなかった。若い男子たちのなかには、恋心を抱く者もいた。

「ハンス、お前ローゼ嬢のこと好きだろ？」

「そ、そんなわけないだろ！」

同僚に問われて、ハンスは強く否定した。

「ほんとか？　リチャードがお前の様子をうかがってたぞ。先越される前に告白するつもりだってさ」

「はぁ？　リチャードめ、あの野郎、どこにいる!?」

ハンスが息巻いた。

同僚が愉快そうにくっくっと笑った。

「ほら、やっぱ好きなんじゃん」

ハンスの顔が赤くなった。

「好きなら告白しろよ。後悔する前にさ」

「……できるわけないだろ」

「え？」

「俺なんて絶対フラれるに決まってる」

普段は自信満々のハンスらしくない言葉だったが、同僚もそれを否定できなかった。ローゼとハンス……たしかに、どう考えてもフラれる気がする。

ハンスはため息をついた。どうしてこんなに好きになってしまったのだろう？

（初めは可愛いなって思ってただけだったのに）

そう、ローゼは可愛かった。それも相当。愛らしく、美しかった。しかし、一番の魅力はその容姿ではなかった。

（救護所でのあの姿……）

ハンスは急患が運ばれてきたときのローゼを思い浮かべた。いつもの物腰柔らかな姿とはうって変わって患者だけを見つめ、その命を救う並々ならぬ実力は、まるで戦場の天使のようだった。

（あんなの、惚れずにはいられないだろ）

いじらしいくらいに華奢な姿には似つかわしくないほどのカリスマ性が、一瞬にして見る者の心を奪う魅力を放っていた。

（しかも――）

ハンスは患者を救ったあとのローゼの顔を思い起こした。絵に描いたようないつもの静かな微笑みとは違う、生き生きとした笑顔。そのまぶしい笑顔を見るたびに、ハンスは胸のときめきを抑えられなかった。

（はぁ……つらいなぁ……）

ハンスはふたたびため息をついた。

エリーゼは、自分のせいでかわいそうな男子たちが胸を痛めているとはつゆ知らず、やりがいに満ちた日々を送っていた。

そんなある日。

思いもよらぬ人物がテレサ病院を訪(おとず)れる。それもとんでもない爆弾(ばくだん)のような贈り物(おくもの)を携(たずさ)えて。前世でエリーゼと皇太子との婚約が発表された生誕祭パーティーのちょうど三週間前の夜のことだ。

第四章　不可能な手術

世界最強のブリチア帝国の帝都ロレージは、フレスガード共和国の首都、光の都パリスとともに西大陸最大の都市で、人口は二百五十万を超えていた。その膨れあがった人口は、封建制の衰退や産業化による都市化が加速した結果だったが、同時にいくつもの貧民街を生んだ。テレサ病院のあるピエール地区もその一つだった。

夜遅く、二人の男が奥まった路地を歩いている。

「もう少し視察なさいますか、殿下？」

中年の男が年若い青年に訊いた。青年は平凡な黒い紳士服を着ている。

青年が眉根を寄せた。

「——忍び視察中だ。呼び方に気をつけろ」

「あ、申し訳ございません。つい癖で……」

彼らの正体は他でもない皇太子リンデンと侍従ランドルだった。

だが、どこかおかしい。皇太子の姿が違う。いつもの黒髪に、超常能力を有する皇族特有の金色の瞳ではなく、金髪碧眼でフェイスラインも本来の姿とは似ても似つかない。変装という次元を超えて完全に別人の顔だった。侍従が皇太子の顔を見ながら感嘆する。

「それにしても……見るたびに思いますが、殿下の超常能力はまことに不思議ですね。こんなにも完璧に外見を変えられるとは」

「――おい」

「あっ……またしても申し訳ございません、公子様」

リンデンの顔が変わったのはまさに、ロマノフ皇室にのみ受け継がれる超常能力のなせる業だった。ブリチア帝国の皇族たちは、この世で最後に残った神秘の力――超常能力の持ち主なのである。

ランドルは思った。

(この超常能力こそ、正真正銘のロマノフ皇室の象徴)

世界中でロマノフ家の皇族だけが超常能力を駆使でき、その力は途轍もない。多くの王家が滅びゆく激動の時代にもロマノフ皇室が頑健な基盤を築けているのは、超常能力のおかげだと考える者もいたが、実際のところの繁栄は、民を想う皇帝が代々選ばれてきたからであり、超常能力とは関係ない。産業の発展により銃と大砲の時代となった今では、超常能力の意味もさらに薄れてきていると言える。しかし、その象徴だけは、決して無視できなかった。ブリチア帝国の市民たちは、国を統べる皇族が超常能力を有していることを誇りに思っていた。

「そういえば公子様、お身体の具合は大丈夫ですか？　近頃ずっと気力が落ちていたのでは？」

「それはそうだが」

「眠れない日もずっと続いているようで」

眠れない？　リンデンはその問いに、力なく笑った。十五年前の〝あの日〟以来、安心してぐっすりと眠れたことなど一度もない。毎晩のように繰り返される悪夢。ただ、最近の体調不良は、そのせいではなかった。

「侍医の診察はお受けになりましたか？」

「ずいぶん前に受けたさ。処方された薬を飲んでいるから、じきによくなるだろう」

ランドルは心配そうに言った。

「見たところ、あまり効き目がないように思いますが……。ずっとお疲れのご様子ですし。お戻りになったら、もう一度診ていただいてはいかがですか？」

たしかに過労というには疲れが長引いている。しかし、リンデンは首を振った。

「なに、たいしたことではない。もう少し様子を見る」

「しかし、殿下……」

「大丈夫だと言ってるだろう」

しかたなくランドルは口をつぐんだ。

「ではそろそろ戻りましょう。お身体に障っては大変ですから。それとも他に視察する場所がおありですか？」

リンデンは答えなかった。実はまだ一カ所、行かねばならないところがあった――テレサ病院だ。婚約者となるエリーゼが働いている場所。先日の皇帝の言葉を思い出す。

――エリーゼが上手くやっているか、お前の目で直接見てきなさい。

（エリーゼ……）

リンデンはうっすらと顔をしかめた。エリーゼと会った日、昔とはまったくの別人のようで、何度も目を疑った。あの日、エリーゼが言っていたことを思い浮かべる。

――わたくしのわがままのせいで、望まない婚約までさせられそうになって……本当に申し訳ありませんでした。

――殿下はわたくしのこと、お嫌いでしょう？

その言葉がやけに気にかかった。気にする理由などないのに。

「殿下？」

ランドルがまたしても〝殿下〟と呼んだ。まったく言うことを聞かないやつだと思いながら、リンデンは言う。

「皇宮に戻るぞ」

父の命を受けた以上、テレサ病院には行くべきだったが、どうしても足が向かない。

（婚約か……）

リンデンは心の中でつぶやいた。賭けの勝負はまだついていないが、どちらにしろあの娘が婚約者になるのだろう。あんな賭けに彼女が勝つ可能性などなく、何よりも皇帝が望んでいるのだから。

温厚そうな外見だから内面もそうだと思ったら大間違いだ。皇帝は、世界を束ねるこの帝国の覇者。皇帝が望んだ時点で婚約は決まったようなもの。温情で時間の猶予を与えたにすぎない。

（まあ、誰が婚約者だろうと関係ないがな）

先日以降、皇帝の望みは一つ。リンデンにとっては婚約者が誰であろうとどうでもよかった。

「どうぞこちらへ。馬車を待機させてあります。ここから少し歩かねばなりませんが……」

ランドルがリンデンを案内した。だがしばらくすると、薄暗い路地裏に入って行く。

「この道でないといけないのか？」

「ここを通らないと、だいぶ遠回りになってしまいますので。ご心配は無用です、殿下。万一強盗に出くわしても、わたくしがついております。ははは」

今はしがない中年に見えるランドルだが、往年は皇室騎士団に属していた凄腕の騎士だった。路地裏に潜む強盗など、容易くいなせるだろう。

（超常能力を有しているうえに二年前のアンジェリー戦争の英雄であられる殿下は、私など足下にも及ばないくらい強いお方。軍隊でもない限り、手出しなどできぬわい）

そんな強盗の話をしていたせいだろうか？

路地裏の奥まったところから突然、男が現れた。

「お……おい、待て」

「……！」

「も、持っているものを全部、よ……よこせ！」

無精ひげを生やし、錆びついたナイフを手にした男が二人を脅した。

リンデンは顔をしかめた。

「薬物中毒者か」

「そのようです」

ナイフを持つ手がぶるぶると震えている。焦点の定まらない瞳も薬物中毒者特有の姿だった。

「帝国法で違法薬物を取り締まってから久しいが、帝都で堂々と違法薬物を使うとは」

「治安総監のハスル卿に調査を命じます」

「ああ。だが、まずはこいつを治安隊に引き渡さねばな」

ナイフを手にした強盗を前に言葉を交わす二人の顔にはまったく緊迫した様子は見られなかった。

(こんな強盗ごときが十人いたとて相手にもならん)

ランドルはそう思いながら腰に携えていた剣を鞘から抜き取り、男に向けた。

カキィーンッ!

「ケガをしたくなければ、ナイフを下ろせ」

「く、来るな!」

ただならぬランドルの雰囲気に、男は後ずさりした。ランドルはひと息で制圧しようと、ゆっくりと強盗に近寄った。一方、リンデンは特に気にかける様子もなく二人を眺めながら、タバコを取り出して咥えた。

(つまらんな)

ナイフを突きつけてくる強盗に遭遇した状況下ではふさわしくない感情だったが、退屈だった。

（まったく面白くない）

リンデンは暗い夜空を見上げた。今に感じたことではなかった。〝あの日〟以来ずっと感じてきたことだ。この国を受け継ぐ最も尊貴な彼だったが、その心はいつも満たされず寂寞としていた。

（くだらん考えだ）

リンデンは頭を振った。

「ひぇっ！　近寄るな！」

男がナイフを捨てて逃げようとした。

「待て！」

「来るな！　近づいたら殺してやる！」

ランドルが男を追い、首をつかんだ。男を捕まえ、勝ち誇った笑みを浮かべる。

「こいつ！　おとなしくしろ！」

ところがその瞬間。予期せぬ音が響いた。

パァンッ！

「ぐっ」

ランドルが呻き声をあげた。焦げ臭い火薬の匂いとともに腹の左に焼けるような痛みが走り、急に視野が狭くなった。

（な、何を……？）

「ランドル！」

遠ざかる意識の中、皇太子の叫び声が聞こえ、目の前には拳銃を手にした男が見えた。貴族たちが護身用に使う二連式のデリンジャー銃だ。

（なぜ、銃を……）

「ひぃぃっ！　だ、だから言っただろ！」

取り乱した男は、近寄ってきた皇太子に向かって銃口を向けた。

「お、お前も殺してやる！」

ランドルは薄れゆく意識を保とうと、歯を食いしばった。

（殿下……！）

あんな銃ごときで超常能力者の殿下に手出しするなど不可能だが、男が引き金を引く前に、ランドルは最後の力を振りしぼって剣を振り下ろした。

ザッ！

「グハァッ！」

刃が男の首を掻き切り、男は悲鳴とともに即死した。リンデンがランドルのもとへと駆け寄る。

「ランドル！」

「で、殿下……も、申し訳ございません。まさか銃を持っているとは……愚かにも油断して……ぐっ」

ランドルが血を吐いた。

「もういい！　しゃべるな！」

「で、殿下……」

ランドルの目から光が消えつつあった。

「くそっ……！」

リンデンが唇（くちびる）を噛（か）む。

（左の上腹部。よりによって急所を貫（つらぬ）いている！）

急所は少しの傷でも命に関わる。そんなところを銃で撃（う）たれるとは！

「で、殿下……」

ランドルが最後の言葉を言おうと、苦しそうに口を開けた。

「今まで……ありがとうございました……お元気で……」

その言葉を最後に、ランドルは意識を失った。

「ランドル！　しっかりしろ！」

リンデンは急いでランドルの脈を確かめた。幸いまだ脈はある。意識を失っただけで、死んではいない。

（――だが、弱い）

このままでは助からない。

（死なせるものか！）

特別親しいわけではなかった。しかしそれでも自分に忠誠を誓（ちか）う臣下（しんか）だ。絶対にこのまま死なせるわけにはいかなかった。

（一番近い病院は……）

最高の設備が揃う皇室十字病院は遠すぎる。たどり着くまでもたないだろう。

（ローズデール病院もだめだ、遠い）

そのとき一つの病院が思い浮かんだ。テレサ病院！　設備は見劣りするが、すぐ隣に位置し、ロレージ最大規模の病院だ。

運命のいたずらだろうか？　ちょうどその晩の当直は、グレアムとその弟子のエリーゼだった。

夜遅い時間にもかかわらずテレサ病院の救護所は患者であふれていた。血を流した中年男性、苦痛にあえぐ女性。そんな慌ただしい中で、一人の少女が医者のもとへ近づいた。

「先生、肩を脱臼した患者の処置が終わりました」

年若い教授のグレアムがうなずいた。小柄で可憐な、それでいて品のある、このめまぐるしい救護所にはとうてい似つかわしくない容姿の少女が目に映った。

「どのような処置を施した？」

「脱臼した方向に沿って腕を持ち上げ、外側に回しながら関節を戻しました」

その説明にグレアムはまたしても内心、驚かざるをえなかった。今では驚くことにも慣れつつある。

(入ったばかりの見習いが回転法で肩関節の脱臼を治すとは。誰が信じるだろう?)

念のため患者の状態を確かめたが、思ったとおり、グレアム自身が治療するよりも完璧だった。

(いったい……なんだってこんなことができるんだ?)

グレアムは何度となくそう疑問に思った。少女は天才だ。自分みたいに名ばかりの天才ではなく、世の中を変えうる本物の天才。しかし今やそれすらも確信がもてない。いくら天才とはいえ、こんなことが可能なのか? たんに才能がずば抜けているというより、彼女の医術はすでに完成されているような気がした。まるで医術を身につけて生まれてきたような……。

(俺は何をバカげたことを……)

グレアムは考えを打ち消した。医術の神でもないのに、そんな人間がどこにいる? しかし、そんなことが頭をよぎるほどにローゼには非の打ちどころがなかった。

(正直、今だって教えているというより同僚の医者と一緒に働いているような気分だしな)

今日はとりわけ患者が多かったが、ローゼと働いていると気が楽だった。彼女は並の医者以上の働きをしてくれていたからだ。

「ローゼ」

「はい、先生」

「疲れてないか?」

その言葉にエリーゼは少し目を丸くした。神経質なグレアムがそんなことを言うのは初めてだったからだ。

「大丈夫です」

「そうか。疲れたら少しは休め。診察も一段落してきたようだからな」

グレアムらしくない優しい言葉にエリーゼは微笑んだ。

「お気遣いありがとうございます」

グレアムは、顔をやや引きつらせた。ローゼの笑顔が美しすぎたのだ。自然と心がときめいてしまうほど。グレアムは心の中で悪態をついた。

(しっかりしろ、グレアム。弟子にときめいてどうする!)

決して特別な感情があるわけではなかった。ただ美しすぎる笑顔に少しドキッとしただけだ。そうに違いない。

「先生？　どうかされました？」

エリーゼがきょとんとした。グレアムは顔をしかめて首を振った。

「いや、なんでもない」

「もしかして何か問題でも？」

エリーゼが何度か尋ねたが、グレアムは押し黙ったままでいた。弟子にドキドキしたなどとは口が裂けても言えない。そうはいうものの〝若き天才〟のグレアムは、若くして教授になったため、まだ二十代半ばを過ぎたくらいで、エリーゼとはそこまで歳が離れているわけでもない。だが、こんなのは許されない。

「気にするな。何も問題ない」

そのときだった。

「教授！　急患です！　急いでこちらに！」

慌ただしい叫び声。かなり深刻な容態の患者のようだ。

「行くぞ」

「はい、先生」

急いで駆けつけ、患者を見たグレアムとエリーゼの顔がこわばった。

「これは……」

銃で撃たれた中年男性で、かなり深刻な状況だ。死者のように青白い顔。意識不明。瞳孔も開きかけている。かろうじて息はあったが、瀕死の重体だ。

「撃たれた部位が悪すぎる……」

グレアムは息を呑んだ。エリーゼも同じ気持ちだった。

（左の上腹部。ちょうど脾臓がある位置だわ）

そのとき、切羽詰まった声が聞こえた。

「どうだ？　助かるのか？」

金髪碧眼で冷たい印象の美男子だった。普通の紳士服を着てはいたが、不思議とただならぬ威圧感があった。

男を見たエリーゼの身体が固まった。

（何、この感じ……）

初めて会うはずなのに、なぜか見知っているような気がする。どこかで会ったことがあるのだろうか？　いや、どう考えても初対面だ。なのに、なぜか知っているような気がして、不思議でならなかった。

（エリーゼ？）

その男（リンデン）もエリーゼを見て驚いた。まさかすぐさま顔を合わせるとは思ってもいなかった。

（少し痩（や）せたな）

エリーゼはいつも着ているようなドレスではなく、医者たちが着る手術着を着ていた。手術着など似合わないだろうと思っていたのに、不思議とよく似合っていた。皇帝の意図したとおりテレサ病院で苦労しているのか、前に見たときよりほっそりとしていたが、顔は明るかった。いや、生き生きとしていると言ったほうがいいだろう。

（こんな顔もするのか）

幼い頃（ころ）からエリーゼを見てきたリンデンだったが、エリーゼのこんな顔を見るのは初めてだった。

だが、リンデンはすぐにランドルへと意識を引き戻した。

「ランドルの状態はどうなんだ？　助けられるのか？」

今は忠義な侍従の命が第一だ。エリーゼに気を取られている場合ではない。リンデンはエリーゼではなく、医者らしき男に顔を向けて訊いた。病院で働き始めたばかりのエリーゼに訊いてもわからないだろうと思ったからだ。

グレアムは言いにくそうに口を開いた。

「……難しいでしょう」

リンデンの顔つきが険しくなり、口調が強くなった。

「それはどういう意味だ？　はっきり言え」

「銃弾が脾臓を貫通しています。無数の血管が通る脾臓からの出血を止めるのは不可能です。残念ながら、手の施しようがありません」

リンデンは唇を噛んだ。助からないだと？　手の施しようがない？

「確かなのか？　本当に何もできないのか？」

「はい、申し訳ありません……当たりどころがあまりにも悪く、こうした傷ではどうにも――」

突然リンデンが、胸元から何かを取り出した。それを見た瞬間、グレアムとエリーゼは大きく目を見開いた。

十字架とその脇に後ろ足で立つ二匹の動物。そこに刻まれた言葉。

邪悪な心を持つ者に辱めを与えよ

神と我が権利

それはまさに、ロマノフ皇室の紋章だった。

「そ、それは……」

グレアムは当惑し、口ごもった。エリーゼも驚いたのは同じだ。

(誰？　皇族ではないみたいだけど、どうしてこれを？)

ロマノフ皇室の人間なら、超常能力をもつ者特有の金色の瞳をしている。碧眼のこの男は皇族ではないはずだ。ただ、皇室の親類の可能性もある。しかし、高位貴族の顔はだいたい知っているエリーゼにもこの男の正体はわからなかった。

男が低い声で言った。

「どんな手を使ってもいい。どれだけ金がかかってもかまわない。なんとしてでも助けろ。こいつを救えるなら、どんな対価も払う」

グレアムは困ったように唇を噛んだ。

(どうする？　くそっ！　貫通した脾臓を治す方法などないのに)

いくら高位の皇室関係者の頼みとはいえ、無理なものは無理なのだ。自分だけでなく、誰に頼んだとて同じこと。皇室十字病院であれ、皇宮侍医であれ、帝国のどこにもこんな傷を治療できる医者はいない。

「申し訳――」

「わかりました。最善を尽くします」

隣から思いもよらない言葉が聞こえてきた。

「……ローゼ!?」

グレアムは驚いて弟子を見つめた。ローゼは険しい面もちで患者の容態を確かめていた。

「先生、助けられます」

何をバカなことを！

「何を言っている、ローゼ。銃弾が脾臓を貫いているんだぞ！　無理だ！」

そう言って、グレアムは治療が不可能な理由を説明した。

「脾臓には無数の血管が通っているんだ。そのいくつもの血管に開いた穴を修復するなど不可能だ」

「わかっています。破れた血管を一つ一つ止血することはできません」

「ならなぜ？」

グレアムはローゼが患者を助けたいと思うがあまりに、後先考えずに言っているのだと思った。

しかし、ローゼが言った。

「脾臓を摘出すればいいのです」

「……何っ？」

「脾臓内の血管を修復するのが無理なら、脾臓を切り取り、脾臓とつながっている主要な血管を結べばいいのです。そうすれば出血を止められます」

その内容にグレアムは驚きを隠せなかった。自分も腕の立つ医者の一人。ローゼの言葉の意味が理解できてしまったのだ。

（そうか、そうすれば……）

グレアムは唾を飲み込んだ。

(たしかに脾臓内で止血する必要はない。脾臓を切除し、脾臓に血液を送る動脈を縛(しば)れば完全に止血できる。だが、そんな発想をどこから……)

つまり、ホースから水が流れ込む袋(ふくろ)に無数に穴が開いて、その穴を修繕(しゅうぜん)できないのであれば、その袋自体を取り外して、袋に水を供給している大元のホースを縛って閉じるのだ。そうすれば完璧に水の流出は止まる。言ってしまえば簡単だが、今まで誰も思いつかなかった、革命とも言える発想だ。先進医学の基礎(きそ)を築いたグラハム伯爵(はくしゃく)ですらこんなことは思いつかなかった。

(いったい、この少女は……!?)

だが、その方法も問題がないわけではない。グレアムは鋭(するど)く訊いた。

「脾臓は腹腔(ふっくう)の一番奥に位置している。周りにある胃、膵臓(すいぞう)、腸、大網(だいもう)はどうするつもりだ?」

それに対してもローゼは迷いなく答えた。

「脾臓を支えている靭帯(じんたい)を切り、脾臓の位置を回転させればいいのです」

理解しがたい説明だった。ローゼには何かしらの手順が見えているようだったが、自分のような凡人(ぼんじん)には頭が追いつかない。

「……なら、誰がその手術をする? 俺にはそんな手術はできそうもないが」

その言葉にローゼが力強いまなざしでグレアムを見つめた。

「私がやります」

「……なんだと?」

「私がやります。私ならできます」

グレアムは当惑した表情を浮かべた。入りたての見習いが、そんな大手術を施すだと？　もちろん彼女が常識を超えた能力をもつ天才だということはわかっている。だが、いくらなんでもそんなことが本当にできるのか？

ローゼが切実な声で言った。

「先生、信じられないお気持ちはわかります。ですが、一度だけ、私を信じていただけませんか。必ず助けますから」

グレアムの瞳が揺れた。

「このままでは、この患者は助かりません。ですが、私の言った方法でなら助けられるかもしれません。いえ、必ず助けます。ですからお願いです、どうか信じてください」

そのときだった。男の重々しく低い声がローゼ――エリーゼに投げられた。

「本当に助けられるのか？」

エリーゼが男を見つめた。

「できます。必ず、助けます」

リンデンもエリーゼをまっすぐ見つめた。エリーゼの青い瞳が、絶対に患者を救ってみせるという必死の思いで力強く輝いていた。

心を射貫くようなそのまなざしに、リンデンの瞳が揺れた。エリーゼは、こんな娘だったか？

だがそんな驚きを隠し、厳かに言った。

「本当にできるんだな？　無責任な発言は許さない」

リンデンはエリーゼについてよく知っていた。医者を目指してまもない見習い。資格をもつ医者ですら不可能だと判断したのに、この少女に手術ができるだと⁉

エリーゼは唇を噛んだ。

(時間がない。今すぐ手術しないといけないのに)

今この瞬間にも、患者は脾臓から絶え間なく出血している。一分一秒が過ぎるたびに生存率が下がっていると思うと気が急いた。

「この患者を助けたいんです。お願いします。信じてください！　全力を尽くして、絶対に助けますから！」

切迫し、焦りの滲んだ声。その声に込められた患者への思いに、リンデンの瞳がふたたび揺れた。

「わかった。その代わり必ず助けろ。いいな？」

そう言いながら、自分でも驚いた。本当にこの少女にランドルの手術を任せるのか？　だが他に方法はない。このまま時間だけが経てば、ランドルは助からない。朽ちた藁でもつかむ以外に選択肢はないのだ。

(それに……)

自身の婚約者に内定している彼女のあのまなざし。その瞳に込められた強い意志が、そして患者への思いが、リンデンの心を揺さぶった。帝国の皇太子として多くの名医と会ってきたが、これまであんなに切実に患者を救おうとする医者は見たことがなかった。

「はい、全力で助けます」

そうして手術が決まった。

すぐに手術の準備が整えられた。重篤なため、一分一秒が命取りだ。麻酔ガスで麻酔をかけ、手術を始める段になって、一つ問題があった。

「手術の助手には誰が入る？」

エリーゼとグレアムの二人だけでは、人手が足りなかった。少なくとも第二助手としてあと一人は必要だ。だが、夜遅いうえに救護所も他の患者で忙しく、手術に入れる医療陣がいなかった。

エリーゼは予期せぬ事態に困った表情を浮かべた。かといってグレアムと自分だけでは、手術ができない。

（あと一人は絶対に必要なのに……）

そのとき、意外な人物が名乗り出た。

「人手が足りないのか？　それならば、私が手伝おう」

男だった。エリーゼとグレアムは驚いて彼を見つめた。

「ですが……」

「しかたないだろう？　二年前のアンジェリー戦争で何度も医療処置を施した経験がある。何も知らない素人よりは役に立つ」

エリーゼは悩んだ。

（どうしよう？　大丈夫かな？）

医療関係者でもない人間を手術に参加させるなど、医療体制が整っていて、法律で厳しく定められていた前の世界だったら考えられないことだ。

（脾臓摘出手術の第二助手のやることは簡単だから、必ずしも熟練の医者じゃなくても、手伝えるだろうけど）

第二助手の役目は、手術器具を持って控えているなど、医学知識はほとんど必要ない単純なものだった。

「早くしろ。時間がないんだろう？」

その言葉にエリーゼは腹を決めた。男の言うとおり、迷っている時間はない。他の医療陣の手が空くのを待つよりは、早く手術に取りかかるほうが賢明だった。

（私がしっかり指示すれば、ある程度は助手として務まるわよね）

「ですが、大丈夫ですか？　手術中の様子には多少ご気分を害されるかもしれません」

高貴な身分の男に配慮しての問いだった。しかし、男の答えは簡単だった。

「私の部下の命がかかっているんだ」

もちろん、血なまぐさい手術を直接手伝うのは高貴な皇太子にとってはふさわしくない。それにランドルは最側近というわけでもない。だがランドルは、他でもない自分に忠義を尽くす部下だ。その部下の命を救うのに何をためらうことがあろう？

リンデンはそんな想いで言ったつもりだった。

〝私の部下〟

エリーゼはそれを聞き、厳しい口調ではあるけれど、心根は優しい人なのかもしれない、と少し思った。

「それでは……」

「ロンと呼べ」

男が言った。

「わかりました。ロン様。それではすぐに始めます」

まず麻酔をかけ、消毒済みの手袋(てぶくろ)をつけたあと、フレミングが開発した消毒薬で手術部位を消毒する。

(銃創(じゅうそう)。脾破裂(ひはれつ)……)

実のところエリーゼは、最初迷っていた。自分がしゃしゃり出てもいいのか。こんな大手術をしてもいいのか。ただでさえ不自然なまでの実力で過度な注目を浴びている。もしこの手術まで行ったら、周りからどんな目で見られるか……。しかし、そんな迷いはすぐに消えた。目の前で一人の患者が死にかけている。その命を救うこと以上に大切なことなどない。

(余計なことは考えない。これからが本番よ。しっかりして、エリーゼ)

エリーゼの瞳に落ち着きが戻った。

(見たところ損傷グレードは最大のレベル5。少しのミスも許されない。気を抜けないわ)

〝外科医の高本葵〟にとっても簡単な手術ではなかった。手術しなければ生存の可能性はゼロ。手術したとしても、それが大幅に上がるわけではない。前の世界だったとしてもそうなのだから、ここではさらに深刻だ。だけど、そんなことを気にしてはいられない。どれほど困難な状況でも最善を尽くすのみ。そして絶対に救うのだ。

ドクン。

生と死の狭間に、その緊張感に鼓動が高鳴った。なじみのある緊張感だ。そして、懐かしい感覚でもあった。この瞬間を、ふたたびメスを握るこのときを、自分は待ちわびていたのだ。

「――メス」

エリーゼは補助員からメスを受け取った。

一方で、エリーゼ――ローゼの師グレアムは、困惑した面もちだ。

（いったい……）

今、自分が何をしているのかわからなかった。勢いに流されてここまで来てしまったが、ローゼが本当にこの手術をするのか？　もちろん頭では理解している。何もしなければ、この患者は死ぬしかない。なんにせよやらないよりはマシだと。ローゼの言うとおりに手術すれば本当にこの患者は助かるかもしれないと。しかし、本当にできるのか？　いくら天才とはいえ、誰も試したことのないこんな大手術を？　ありえない。今すぐやめろと叫びたかった。

だが、ローゼを見た瞬間、グレアムは口を閉ざすしかなかった。手術に向き合う彼女は、今までに見たことのない顔つきだったのだ。普段の優しい雰囲気など一切ない。感じるのは、並々ならぬていた。

このとき皇太子(リンデン)は、自身の婚約者と決まっているエリーゼをなんとも言えないまなざしで見つめていた。

意志だけだ。この華奢(きゃしゃ)な身体からは想像もできない、まるで戦場で戦う医者のような威圧感。

「始めます」

その言葉と同時にエリーゼの手が患者の胃の下に向かって動いた。

「……！」

「……！」

大量にあふれ出た血液にグレアムとリンデンは息を呑んだ。

動じなかったのはただ一人――エリーゼだけだ。エリーゼはすぐに対処した。

「出血部位を塞(ふさ)ぎます。ガーゼ！　まずロン様、ガーゼで圧迫(あっぱく)してください！　それから先生、大腸と胃をこちら側に固定してください！」

二人は慌ててエリーゼの指示に従った。

(出血が多すぎる。できるだけ早く終わらせないと)

エリーゼは唇を噛んだ。患者がショック状態に陥(おちい)ってからすでに時間が経っている。今この瞬間に心臓麻痺(まひ)を起こしたとしてもおかしくない。どうにかしてすぐに止血しなければならない。

(まずは視野の確保ね)

大量の出血で、中の臓器がまったく見えなかった。

「ロン様、できるだけたくさんガーゼを使って、血を拭(ふ)いてください」

前の世界でなら吸引器で血を吸い取り視野を確保するところだが、ここは別世界だ。丁寧(ていねい)にガーゼで吸い取るしかない。

「先生はこの鉄製の器具で胃腸をこちらの方向に少しずらしてください。それから下の肋骨(ろっこつ)も持ち上げてください」

エリーゼ――ローゼの言うとおりにすると、驚いたことに腹腔の奥に隠れていた脾臓が姿を現した。

グレアムは、ローゼの指示に従いながらも信じられない思いだった。

(なんということだ……)

あまりにも手慣れていた。まるでこの手術を何十回も行ったことがあるかのように。なぜこんなことができるのか。だが、ローゼに驚いている場合ではなかった。

「傷が……これをどう……」

グレアムは呻くようにつぶやいた。脾臓の損傷具合はかなり深刻だ。銃弾が脾臓の内部を完全に突(つ)き破(やぶ)り、ドクドクと絶え間なく血があふれ出ている。とてもじゃないが手の施しようがない。このまま諦(あきら)めたほうが患者を楽にしてやれるのかもしれないとグレアムは思った。だが、エリーゼは、別の視点で考えていた。

(よかった。脾臓以外の臓器はさほど傷ついていないわね。これならできる)

「どうするんだ、ローゼ?」

「脾臓を摘出(てきしゅつ)します」

ローゼは答えた。

グレアムの瞳が揺らぐ。

「どうやって？　脾臓は周りの臓器と絡み合っている。ただ切り取ればいいというものではない」

「剝離すればいいのです。周辺の臓器、特に脾臓とつながっている膵臓の端を剝離さえすれば、摘出可能です」

「……！」

グレアムは拳を握った。そうだ。たしかにそれならば、理論的には脾臓を摘出できる。そのとおりに本当にできれば。

（でもどうやって？　そんなことできるのか？　本当に？）

グレアムにはまったく想像がつかなかった。どうすればできるのか、本当に可能なことなのか。

エリーゼがグレアムに声をかけた。

「先生、私を信じてください。大丈夫です。先生が手伝ってくだされば、この患者を救えます」

グレアムは奥歯を嚙みしめた。

「……わかった」

納得しがたかったが、もはや想像の範疇を遥かに超えている。今は、騙されたと思って信じるほかなかった。

エリーゼは小さく微笑んだあと、ロンに声をかけた。

「ロン様は、この部分を押さえて固定し、ガーゼで脾臓を圧迫してできる限り出血を止めてください」

エリーゼは続けた。

「圧迫は、簡単なうえに最も効果のある止血方法です。ロン様の役割がこの方の生死に関わるかもしれません。よろしくお願いします」

エリーゼはロンを見つめた。

「わかった」

えもいわれぬまなざしと低い声。どこかなじみのある男の姿を不思議に思いながらも、エリーゼはすぐに手術に集中した。

「では、剝離します」

その言葉とともに〝奇跡〟が始まった。

「……！」

グレアムは見開いた目を逸らすことができなかった。目の前で起こっていることが未だ信じられない。

（こ、これはいったい……！）

か細い手に握られた鉄製の手術器具が空を切る。その器具が動くたびに、開かれていく道。脾臓を固定していた靭帯が容易く切られ、しっかりとくっついていた膵臓の端が徐々に離れていった。

グレアムがとうてい不可能だと思っていた奇跡が、まさに目の前の少女の手によって繰り広げられている。

(どうしてこんなこと……? 完璧だ)

グレアムは無意識のうちに考えていた。少女の行っている手術は、彼が夢見ていた、自分もいつかはと願っていたものだった。どうすればこんなふうに手を動かせるのか。どうしたらこんな方法を思いつくのか……。

(そんなのは……ちっぽけなことだ)

そうだ、この奇跡の手術を前にして、そんなものは取るに足りないことだ。

その光景は、ただただ美しかった。少女の手の動き、そしてその手が生み出す軌跡があまりにも美しく、畏敬(いけい)の念すら感じた。

(俺もいつかはこんな手術をしてみたいと思っていた……)

グレアムには夢があった。医学の基礎を築いたグラハム伯爵を超える最高の医学者になりたい。そして医学の新たな境地を開拓(かいたく)したいという夢が。その夢を叶(かな)えるため、たゆまぬ努力を続けてきたし、ある程度の成果も得ていた。若き天才と呼ばれて認められるようにもなった。

(でも、わかってた)

苦々しい気持ちが胸に広がる。そう、わかっていた。どうあがいても自分には叶わぬ夢だと。自分はひたすら努力するしかない凡人にすぎないのだから。そのことを悟(さと)って、どれほど心が折れたか。自尊心(プライド)が高く自信にあふれたふりをしてきたが、心はボロボロだった。

(なのに……それなのに……)

今目の前では、あれほど追い求めていた夢が繰り広げられている。これまでずっと思い描き続けてきた手術がまさに行われていた。

ローゼが言った。

「剝離終わりました」

トン。

最後の動作とともに脾臓の剝離が完了した。続いて動く指。

「結紮します」

手術用の糸を手にした彼女の指が動いた。短く無駄のない軽やかな動き。片手結びだ。その動きに合わせて黒い手術用の糸が踊るように動いている。

キュッ！

脾臓に向かう脾動脈が完璧に閉じられた。

「糸ください」

エリーゼの手は止まらなかった。糸で血管を止血する、結紮が引き続き行われた。脾静脈が結ばれ、胃腸から脾臓に向かう動脈も止血された。そうしてエリーゼの手が止まった瞬間、ようやく出血が止まった。出血部位がすべて閉じられたのだ。

「お、終わったのか？」

グレアムが震える声で訊いた。エリーゼはうなずく。

「はい、先生。峠は越えました。あとは脾臓を摘出するだけです」

「ロ、ローゼ……君は……いったい……」

グレアムはありえない驚異を目の当たりにした芸術家のように、震えが止まらなかった。少女はメスで手術の最後の段階を終える。

トン。

刃先の下で、脾臓が切り取られる。

「ふう……」

その瞬間、エリーゼは長く息を吐いた。患者の脈を確かめると、安堵した声で言った。

「終わりです。皆さん、お疲れ様でした」

そうして、人知れぬ夜に、小さな少女の手によってこの世界で初めての脾臓摘出手術が成功した。

医学史に刻まれる大きな出来事だった。


手術が終わったからといってすべての処置が終わったわけではない。腹部を縫合して創傷被覆材を貼り、出血した分の血液を輸液で補うなどの処置を行っているとあっという間に時間が経った。

グレアムは何かに衝撃を受けたようにやや平静さを失っていたため、エリーゼが一人でこなした。すべてを終えるとエリーゼは、すでに手術室の外で静かに待っていたロンのもとへと向かった。

「もう大丈夫なのか？」

「はい。まだ状態がいいとは言えませんが、手術は成功しましたので、時間の経過とともに回復するでしょう。ただ、脾臓を摘出したため感染症にかかりやすいので、注意する必要があります」

ロン——リンデンは不思議なものを見るようにエリーゼを見つめた。この少女は本当に自分の婚約者のエリーゼなのか？　医術については素人だが、先ほど見た彼女の技術が並大抵のものでないことはわかった。たんに優れているという次元ではない、神業に近い手さばきだった。

（それに何より——）

患者を見つめるまなざし。切実で緊迫感にあふれ、生き生きと輝いている。まるで戦場で戦っているかのような強く美しい瞳だった。

（方便だと思っていたが……）

以前、エリーゼが医者になりたいと皇帝に言ったとき、正直なところバカにしていた。甘やかされて育った令嬢が医者になるだと？　と。だが、今日の彼女を見る限り、嘘には思えなかった。それどころか、想像もしていなかった姿に心が揺れた。

「感謝する」

ロンの声は無愛想だったが、短い感謝の言葉は本心のようにも聞こえる。

エリーゼは、嬉しくなって笑顔で答えた。

「ロン様も、今日はとてもお疲れでしょう。手術まで手伝ってくださり……」

そう言いながら少し恥ずかしくなった。人手不足で緊急手術に付添人を巻き込むとは。前世ならありえない。

しかしロンは首を振った。

「私の部下だ。気にするな。ところで、ランドルを救ってもらったのだから、先ほど話したとおり礼をしよう。何か望むものはあるか？」

どんなものでも。その言葉は嘘ではなかった。自分はブリチア帝国の皇太子だ。少女の願いくらいいくらでも叶えられる。

「お礼なら――」

少女がにっこりと笑って言った。

「私ではなく、病院の会計窓口までお願いいたします。私はこの病院に勤める者として当然のことをしたまでです」

そう言って、もうひと言付け加えた。

「かなりお高くなると思いますよ。テレサ病院は身分によって金額が異なり、貧民は無料、庶民は少額、一般市民は平均、ブルジョアや貴族は高額……というふうになっていますので」

これは〝富める者から取り、貧しき者を助けよ〟というクロレンス侯爵の意思だった。とはいえ、それで経営が上手くいくわけではない。病院には貧しき者ばかりが集まってくるからだ。

「――請求書を見て驚かないでくださいね？　不当請求だとかの苦情もなしでお願いします」

その言葉にリンデンは頰をひくつかせた。請求書を見て驚く？　笑わせようと冗談を言っているのか？　ちっとも面白くないが……。

（この借りはあとで返そう）

そう思い、リンデンは言った。

「わかった。会計に関しては人を遣わそう。ああ、それと、ランドルは明日、皇室十字病院に移そうと思うが、いいか？」

「はい。容態は安定していますので、特に問題はございません。手術記録と所見を書いておきますね」

　患者を転院させて治療する場合、どういった手術が施されたのかを共有しておく必要がある。そのため、手術記録と所見書が欠かせなかった。

（脾臓摘出手術は、この世界では知られていないから治療に混乱が生じないようになるべく細かく書いておかないとね――）

　しかしこのときのエリーゼは、まだ知らなかった。これがどんな波乱を呼び起こすのか――。

「では、そろそろ失礼する」

　いくつか言葉を交わしたあと、リンデンが立ち上がった。夜も遅い。忍び視察中は、数日皇宮を空けることもあるため、さほどの心配は要らないが、そろそろ戻ったほうがいい頃合いだった。だが立ち上がった瞬間、リンデンは、めまいで足をふらつかせてしまう。

「ロン様？」

　驚いたエリーゼが彼の手を握った。

「……！」

　医者として当たり前の、とっさの行為だったが、リンデンは突然の温かな感触にドキリとした。先ほどあんな大手術をしたとは思えないほど柔らかな手だった。

「……大丈夫だ。気にするな」

男は手を引っ込めながら言った。しかし、エリーゼはロンの具合がよくないことに気がついた。よくよく見ないとわからないが、顔色がうっすら青白い。

「顔色がよくないようです。もしかして熱がおありなのでは？　体温を確認してもよろしいですか？」

エリーゼは熱を確認しようと男の額に向かって手を伸ばして近づいた。

「……！」

リンデンは、さらに動揺した。近づいたエリーゼの身体からほのかに甘い香りがしたのだ。

「平気だ。かまうな」

リンデンは後ずさりして身体を離す。

自身を避けるようなその姿に、エリーゼは首を傾げた。ここは病院で、自分は医者の見習いだ。具合がすぐれないようだから確かめようとしただけなのに、なぜこんな態度を取られるのかわからなかった。

「そうおっしゃらずに、きちんと診察を受けたほうがよろしいかと——」

「必要ない。今に始まったことじゃない」

リンデンは強い口調で断った。

しかし根っからの医者であるエリーゼは食い下がった。若くて健康そうな男性が何度もめまいを？　何かおかしい。病を抱えているのではないだろうか？

「すぐに済みますので、こちらへ……」

エリーゼがまた近づくと、リンデンはさらに強い口調で拒んだ。

「本当に大丈夫だ！」

そして早足にエリーゼから離れた。

エリーゼはぼんやりと男の後ろ姿を見つめた。

（いったいどうしたのかしら？）

エリーゼは気づかなかったが、リンデンは久々に動揺していた。しかし、その理由は自分でもわからなかった。

「ロン様！」

しかたなくエリーゼは後ろから声をかけた。嫌がる相手に無理強いするわけにもいかない。

「もし症状が続くようであれば、必ずまた来てくださいね。診察いたしますので」

しかし、ロンは何も答えず帰っていった。

エリーゼは心配そうにつぶやく。

「どうしたのかしら？　なんでめまいが起こるのか診察を受けたほうがいいのに……」

そうしてその日の夜は過ぎていった。めまぐるしく大変な夜だった。

次の日。

患者が皇室十字病院に移されると、皇室十字病院内が大騒ぎになった。手術記録とエリーゼの所見、奇跡としかいえない、患者の状態のせいだった。所見書には執刀医の名が記されていなかったため、皇室十字病院の医者たちは、この信じられない手術の執刀医の正体を探り始めた。

「これは――」

皇室十字病院の院長であり皇宮侍医のベンは、信じられないというような表情を浮かべた。

「どうやってこんな手術を成功させたのだ？」

所見書を読みながらつぶやいた。幾度目を通したことだろう。握りしめすぎて紙がよれている。

（ありえない）

所見書の筆跡はおそろしく字が下手だった。まるで子どもがふざけて書いたような文字だ。だが、その内容は驚愕を通り越して奇跡と言えた。

（本当にこんな手術を？）

とうてい信じられないが、生き証人がいる。脾臓にもろに銃弾を受けたにもかかわらず、一命を取り留めて回復しつつある侍従ランドルが。

（脾臓に銃弾を受けた話を殿下から聞いたときにはさらりと聞き流したが……）

皇太子は無愛想な性格なだけに、手短な説明しかしなかった。正面から脾臓を撃たれてテレサ病院で手術したから転院させて、あとはこちらで治療しろと。脾臓をまともに撃たれたなら助かるはずもないため、かすった程度か別の部位の間違いだったのだろうと思っていたが、違った。

（特段の治療をせずとも自然と出血の止まる軽傷と脾臓を完全に貫通する重傷とでは、話がまった

く違ってくる。グラハム伯爵の著書でも重度の脾損傷は手の施しようがないと書いてあったのに）

医学の基礎を築いたグラハム伯爵の著書は、この世界の医者たちにとっては真理も同然だった。

（たしかに、この所見書どおりに手術をすれば重度の脾損傷でも出血を止めることができる。術後、免疫機能に問題が生じる可能性はあるが、それでも生きられる……）

帝国医学界の泰斗である彼は、所見書の価値を一目で見抜いた。これはただの所見書にとどめておくのではなく論文として発表し、帝国の医者全員と共有すべき内容だ。

（もちろん、頭で理解するのと実際に行うのとでは別問題だが）

手術経験の豊富なベンは、この所見書どおりに手術することは決して容易ではないことを理解していた。損傷部位についての正確な解剖学的知識に周囲の臓器と脾臓とを剝離できるだけの細やかな手さばきが伴っていなければ、試すことすら難しいだろう。帝国、いや全大陸で、こんな手術を見事に成功させられる医者が何人いるだろう？　皇宮侍医である自分でさえ、できるか確信がもてない。

（ゆっくりと慎重にやればできるだろうが、これは時間との闘いでもある緊急手術だ。患者が出血多量で命を落とす前に終えることができるだろうか？）

ベンは頭を振った。正直なところ自信がなかった。

（いったい誰だ、この手術をしたのは？）

ひょっとすると皇帝の病を推察した医者ではないだろうか？

（すぐに調べねば――）

ベンはテレサ病院のゴートを訪ねた。

皇宮侍医のベンとテレサ病院の院長ゴートは、アカデミーで同じ学問を修めた仲であり、非常に親しい間柄だった。

「ベン、忙しい君がこんな貧乏病院にどうした？」

ベンは帽子を脱ぎ、首を振った。

「貧乏病院だなどと……帝国一の聖業をこなす場所ではないか？　どうだ、元気にしていたか？」

「君も知っているとおりさ。元気なわけないだろう？　赤字続きでストレスしかないわい。見ろ、このはげ頭を！」

「まったく大げさだな。必要な経費はクロレンス侯爵家が支援してくれているだろう？　やはり宰相閣下は素晴らしいお方だ。私財を投じて病院を建て、貧民の治療までしているのだから」

ベンの声には尊敬の念が込められていた。そう、このテレサ病院の設立者はエリーゼの父親、クロレンス侯爵だ。誰にも頼らずにクロレンス侯爵家の私財だけでこの大規模な貧民救済事業を行っている。

ゴートもうなずいた。

「そうだな。本当に尊敬すべきお方だ。貴族の鑑だよ」

実のところゴートはクロレンス侯爵とはほとんど顔を合わせたことがなかった。クロレンス侯爵が病院に姿を現すことはほぼなかったからだ。施しというのはひけらかすものではない、という気持ちからだろうか。侯爵は、自分がテレサ病院を支援しているということをあまり公にはしたがらなかった。必要最低限のことだけを代理人を通して把握し支援していた。

（まことに立派なお方だ）

そんなクロレンス侯爵に敬服するのはテレサ病院の医者たちだけではない。医療の恩恵を受ける帝都ロレージの市民から、向上心のある知識人に至るまで、帝国市民の中で自分たちの宰相を敬愛しない者はいなかった。

（財力があるからできることだと批判する輩も一部にはいるがな……）

もちろんクロレンス侯爵がこうした事業を行えるのは、財力があるからだ。クロレンス侯爵家はブリチア帝国内でも指折りの資産家である。だが、誰しもわかっていた。金があるからといって皆がそれを他人のために施せるわけではないということを。富を得るほどに貪欲になる者がどれほど多いことか。だからこそ、名宰相と呼ばれ、貴族の鑑となるクロレンス侯爵、ひいてはクロレンス侯爵家は帝国で最も尊ばれる貴族だった。

「コーヒーでも飲むか？　ところで急にやって来てどうしたのだ」

ゴートが差し出したカップからは、コーヒーの濃い香りが漂っていた。しかし、ベンはそれには目もくれず、明るい表情で問う。

「一つ訊きたいことがあってな」

「訊きたいこと？」

「いったい誰だね？　あの手術を成功させた医者は？　まさか君じゃないだろうね？」

「いきなりなんだね？　手術？　わかるように説明してくれ」

「あれだよ！　脾臓摘出手術！」

しかしゴートは眉根をひそめるだけだ。

「脾臓摘出手術？　脾臓を切り取ったということか？　それはいったい……」

「何？　まさか、知らないのか？」

「だから何を……？」

ベンはあんぐりと口を開けた。こんな奇跡のような手術が自分の病院で行われたというのに、知らないとは！

「これを見ろ！」

差し出したのは一枚の所見書だった。

「なんだね、これは？」

「いいから、読んでみろ」

急かされたゴートは眼鏡を取り出した。

「いったいこれがなんだと言うんだ？　ずいぶんと汚い字だな。子どもの落書きじゃあるまいし……」

ぶつくさ言っていたゴートは、次の瞬間、口をつぐんだ。彼もまた医学への造詣が深い名医だ。この汚い字で書かれた内容を把握したのだ。

「どうだい？　まるで奇跡じゃないか？」

「――面白い内容ではあるな」

「おい、なんだその反応は？　驚かないのか？」

だがゴートは硬い表情を崩さなかった。

「こんなのはデタラメだよ」

「何っ？」

「君はこんな空想を信じるのか？」

ゴートが舌打ちした。

「発想はいい。脾損傷の患者がいれば試してみる価値はあるだろう。だが、こんな手術は不可能だ。誰だか知らないが、机上の空論にすぎないよ」

ベンが声高に答えた。

「これは事実だ！」

「何？」

「本当だ。うちの病院にいるんだよ！　脾臓を撃たれたのに一命を取り留めた患者が」

「何をバカな……」

ゴートは信じられないという反応だった。

ベンはもどかしそうに言った。

「嘘じゃない！　しかも、このテレサ病院で手術したというじゃないか。だから確認しにきたんだよ。いったい誰だ？　この奇跡の手術をした医者は」

その言葉にゴートは数日前に報告を受けたことを思い出した。

(そういえば、左上腹部に銃創を負った患者が運ばれてきていたな？　付添人が皇室の紋章を持っていて緊急手術を終えたあとは皇室十字病院に移したと……)

付添人の身分があまりにも高位だったため、記憶に新しかった。

「ひょっとして……患者の名はランドルか？」

「そう、ランドル卿だ！　脾臓にまともに銃弾を受けて、とても助かるような状況ではなかったのに、君の病院で命を救われたんだ」

ゴートは唖然とした。この紙に書かれている絵空事が本当に事実だと？

「いったいその手術の執刀医は誰なんだ？」

ゴートは報告内容を思い起こす。

(この手術をしたのはたしか――)

「……グレアム。ファロン教授だ」

弟子のローゼもその手術に立ち会っていたが、当然グレアムによるものだろうとゴートは思っていた。それも無理はない。ローゼはまだ新人の見習いなのだから。

「ほお！　グレアムか！　あの若き天才と呼ばれる医者だろう？　いやはや実に素晴らしい！」

ベンは感嘆の声をあげた。そうでなくとも若い医者の中で頭角を現していたグレアムには注目していたのだ。もう少し経験を積んだら皇室十字病院に引き抜こうと思っていた矢先に、こんな大手術を成功させるとは！

(今すぐ皇室十字病院に彼の席を用意しなければ。こんな大手術を成功させたのだから、誰も文句は言うまい)

それほどまでに脾臓摘出手術は画期的だった。

「そうとわかれば、グレアムを呼んでくれ。直に話を聞きたい。どうやってこんな手術を思いついて成功させたのか」

ベンは子どものように興奮して言った。ところがゴートの反応は芳しくない。

「それが……少々問題があってな」

「問題？　そりゃどういうことだ？」

ゴートは顔をしかめながら言った。

「グレアムは……その日以来無断欠勤しているんだ」

「……！」

「家にこもって出てこないのだ。まるで何かに取り憑かれたみたいに」

どうにも理解できないというような口調だった。

グレアムは無断欠勤していた。弟子のローゼにも何も言わず……。
(いったいどうしちゃったのかしら？)

ローゼ――エリーゼは思った。

（もしかして……あの手術のせい？）

まさかとは思ったが、他にこれといった理由が思い当たらない。

（あの手術のあとも、なんか様子がおかしくはあったけど……）

あの日、手術が終わった深夜、グレアムは常ならぬ様子だった。何かに衝撃を受けたように呆けていた。そのため術後の処置もエリーゼが一人で行ったのだった。

（またすぐ出勤してくるわよね）

そう考えたエリーゼはグレアム不在中も、病院での仕事に没頭した。しかし、一日、二日……数日経ってもなんの連絡もないままだ。

（もしかして何かあったのかな？）

そこでエリーゼは、翌日、ファロン男爵家を訪れることにした。


ファロン男爵家は、庶民の暮らす、ロレージのトラス地区にあった。

「お気をつけください、エリーゼ様」

「ありがとう、ベントル卿」

クロレンス家の若い騎士、ベントルがエリーゼの護衛についている。

ベントルは、やや不服そうにつぶやいた。

「エリーゼ様がこんなところにまで直々に足を運ぶ必要はないのでは？　御用があるならその方を

お屋敷にお呼びすればよろしいでしょうに」

「ベントル卿、ファロン教授は私の師であり、私は弟子なのですよ」

エリーゼが答えた。短くも断固とした口調に、ベントルは恥ずかしそうな顔をした。

「――申し訳ありません。ただ、エリーゼ様のお身体に障るのではと心配で……ここら辺は道がよくないので馬車では通れませんし、かなり歩かねばなりませんから……」

エリーゼがそっと微笑んだ。

「そんなの平気よ。ちょっと歩いたくらいで倒れるほどやわじゃないわよ」

「……それに道中、危険もありますし」

「ベントル卿が守ってくださっているではありませんか」

その優しい言葉にベントルの頬がやや赤らんだ。

「も、もちろんです！　私が必ずやお守りします！」

エリーゼはくすくすと笑った。

「頼りにしていますよ」

「はい！　お任せください！」

実はベントルは、昔エリーゼが嫌いだった。わがままで傲慢だったからだ。それはベントルに限ったことではなく、クロレンス家の使用人全員がそうだった。

それがある日突然、別人のように変わった。思いやりにあふれた少女に。当初は、気まぐれか何かだろうとしらけた目で見ており、直接謝罪されても左から右に聞き流していた。

（でも気まぐれじゃなかったなあ……）

どれほど時間が経っても、エリーゼは昔のようには戻らず、使用人たちに親切で温かかった。彼らはそんなエリーゼに少しずつ心を開き、今では誰もがエリーゼを慕うようになっている。そして時折エリーゼが見せる思慮深さや、とても十六歳の少女とは思えない奥ゆかしさに感動していた。

（やはりクロレンス侯爵家のご令嬢だからか？）

今では、皆に疎まれるような少女ではなく、心から愛されて大切にされるクロレンス家の宝だった。

（だが医者になるというのは心配だな……）

ベントルは思った。人の命を救いたいというのは殊勝な心意気だが、こんなか細い身体で医者になると？　健康を害してしまうのではないかと気が気でなかった。

「――そろそろかしら？」

「トラス街の六十八番地なので、この辺りですね。おっと、そちらは汚れておりますのでご注意ください」

それから少し歩くと古い二階建ての屋敷が現れた。

「ここ……のようですね」

ベントルは自信なげに言った。住所は合っているものの、男爵家というにはあまりにもみすぼらしかったからだ。エリーゼは顔を上げて表札を確かめた。

ファロン男爵邸

消えそうな文字でグレアムの家名が記されていた。ここで間違いなさそうだ。

「先生に会ってきます。申し訳ないのだけど、ベントル卿はここで待っていてくださる？」

「かしこまりました。お待ちしています」

エリーゼは、礼を言う代わりに微笑み、扉をノックした。

コンコン。

「ごめんください」

少し待つと、きしんだ音とともに扉が開いた。出てきたのはグレアム本人ではなく、優しい印象の老婆だった。

「どちら様でしょうか？」

「あの……ファロン教授にお世話になっております、弟子のローゼと申します。こちらは先生のお宅で間違いありませんでしょうか？」

「はい、さようでございます。ですが……今お会いになるのは……」

老婆は悩みながら言った。

「——とりあえず、お入りくださいませ」

グレアムの家の中は、外観と同じように古びていた。貧しさを通り越して、困窮しているようにも思える。それでも老婆が家事を切り盛りしているのか、それなりに整頓されており、貧しい様子ながらも、大量の蔵書が置かれていた。

（全部医学書だわ……）

エリーゼは、本を見て内心驚いた。グラハム伯爵の教科書はもちろん、古代の医学書、最新の外国の論文まで、医学に関する書物がほぼ網羅されているようだった。しかもどれも手垢で汚れているところを見ると、何度も繰り返し読み込んでいるらしい。医学に対する彼の並々ならぬ努力が垣間見えた。

「こんな狭苦しいところで申し訳ありません。これといったおもてなしもできず……。こちらどうぞ、坊ちゃまがよくお飲みになるコーヒーです」

「ありがとうございます」

エリーゼは老婆が差し出したコーヒーを口に含んだ。

「ですが、どうしましょう？　今日は坊ちゃまとお会いになるのは難しいかと……」

「何かあったのですか？　どこか具合でも悪いのでしょうか？」

「いいえ、そうではありません」

「では……？」

エリーゼが不思議そうな顔をすると、「はあ……」と老婆は困ったようにため息をついた。

「研究に没頭されているのです」

「え？」

エリーゼは聞き間違いかと思った。研究？　なぜに……？

「数日前、当直明けにお帰りになった際に、とんでもない手術を見たと、それを研究すると言って部屋にこもったきり出てこられないのです」

「……」

エリーゼは思わず口を開けた。まさか……その手術というのは……。

「昔から何かにのめり込むと、時折こういうことがあるのですが、今回はいつにもまして専念されておられるようです。本当に奇跡のような手術を見たとかなんとか……」

老婆は申し訳なさそうに微笑んだ。

「どうかご理解くださいませ。幼い頃にロレージで大流行した疫病でご家族を亡くされてからというもの、医学にしか興味のないお方でして……」

初めて聞く内容だ。エリーゼは部屋の片隅に飾られた写真立てを見た。

父親と母親、姉、弟。幸せあふれる家族写真だった。写真の中のグレアムは十歳にも満たない幼い様子で、気難しそうな今の彼とは違い、可愛らしい顔で笑っていた。

「二十年前のロレージの疫病で、乳母のわたくしと坊ちゃまを残して、皆さまお亡くなりになられたのです」

ロレージでの疫病。それは当時、十五万人の死者を出した。

「ですから坊ちゃまは、自分は病を治す医者になるという夢を抱いて、これまで努力してこられたのです」

そう話す老婆の声にはグレアムを気の毒に思う気持ちと愛があふれている。

エリーゼはなぜか胸が熱くなった。年端(としは)もいかない少年が家族を失い、どんな思いで医学の道を選んだのか。貧しく親のいない子どもにとって、簡単な道ではなかったはずだ。

「そろそろ一段落つく頃だと思いますので、あまりご心配なさらないでください。明日には病院に戻るとおっしゃっていましたので」

「そうですか……」

エリーゼはうなずいた。何かあったわけではなくてよかった。

「では、そろそろお暇(いとま)いたします。先生にどうぞよろしくお伝えくださいませ」

「承知しました。お気をつけてお帰りください」

安堵したエリーゼはベントルとともに帰っていった。

エリーゼは気づいていなかったが、その後ろ姿を二階の窓から見つめる人物がいた。グレアムだ。視界から見えなくなるまで、その後ろ姿からひたすら目が離せないでいた。

「ローゼ……」

グレアムは少女の名前をつぶやく。その瞳には戸惑(とまど)いと心なしか熱がこもっていた。

翌日、本当にグレアムは出勤してきた。無断欠勤をしていたのが嘘のように、今までと変わらぬ

様子だった。

「先生、おはようございます」

「おはよう」

エリーゼの挨拶にグレアムは無愛想にうなずいた。気持ちの整理がついたのか、それとも隠しているのか。昨日エリーゼの後ろ姿を見つめる瞳に浮かんでいた感情の渦は消えていた。

「先生、院長がお呼びです。出勤したらすぐに来るようにと。先日の手術についてお話があるそうです」

「わかった。ローゼ、君もついてきなさい」

「私も、ですか？」

「そうだ」

「え、どうして……？」

院長に呼ばれているのはグレアムで、エリーゼではない。

「さあ行くぞ。話すことがある」

話すこと？　私に？　エリーゼは不思議そうな顔をしたが、グレアムはそれ以上何も言わない。そうして二人は院長室へと向かった。なぜ自分まで行く必要があるのかわからず、エリーゼは首を傾げながらグレアムのあとを歩く。

院長室の前まで行くと、グレアムは扉をノックをして言った。

「グレアムです」

「入りたまえ」

堅苦（かたくる）しい声が中から聞こえてきた。グレアムについて部屋に入ったエリーゼは驚いた。ゴート院長と一緒にいた人物に見覚えがあったからだ。

（皇宮侍医のベン先生？）

一度目の人生で皇后だったエリーゼは、当然のことながら皇宮侍医のベンを知っていた。そして今世でも一度目の人生でも変わらず身体の弱いエリーゼは、毎回ベンに世話になっていたのだ。

（——ちょっと待った。ということは今世でも小さい頃はベン先生に診てもらったことがあるんじゃないの？）

幼い頃からすぐに熱を出していたエリーゼは、病院の世話になることも多く、普段は貴族向けのローズデール病院を利用していたが、皇室十字病院でも治療を受けたことがある。そのため、院長のベンとも何度か顔を合わせたことがあったのだ。

（バレたらどうしよう？）

ベンもエリーゼを見て驚いた表情を浮かべている。

「そちらのお嬢（じょう）さんは？」

「新しく入った弟子だが、君の知り合いか？」

「いや……私の知るご令嬢によく似ておってな……」

「そうなのか？」

「ああ、とてもよく似ている。こりゃ驚いた」

「どこのご令嬢だ？」

しかしベンは首を振った。

「いや、たんなる他人の空似だろう。あの娘が病院で見習いなどありえんからな」

ベンが思い浮かべたのは、社交界の華と呼ばれるほどに華麗なクロレンス侯爵令嬢だった。

（まさかな……。あのご令嬢が貧民を受け入れるテレサ病院で弟子をするなどありえない）

何よりも目元の印象が違う。落ち着いて柔和なまなざしのこの少女と高飛車で傲慢なクロレンス侯爵令嬢とでは雰囲気がまったく異なっていた。

（それにしてもよく似ている。双子みたいにそっくりだ。最後に会ったのは何年前だったかな？優しい子に育っているとすれば、あんな感じになるのだろうが……）

美人だが一切飾り気のない地味な診察衣を着た見習いの少女が、あの悪名高いクロレンス侯爵令嬢と同一人物であるはずがないとベンは結論づけた。

「ところでグレアム。無断欠勤とはどういうことだ？」

ゴートが不機嫌そうに咎めた。

グレアムは頭を下げた。理由はどうあれ、非は自分にある。

「申し訳ありません」

「君には期待しているが、こういうことでは困る。仕事と遊びは違うんだ。君だって辞めたくはないだろう？」

「返す言葉もありません」

その後もゴートはひとしきりグレアムに苦言を呈した。隣にいたベンが笑って座を取りなすまで。

「まあまあ、もういいではないか、ゴート。彼も十分反省しているようだ。それにあんな大手術をしたあとだ。少しくらい休みも必要だろう?」

ゴートは唇を尖らせた。グレアムとはまた別に医学に傾倒している友は〝奇跡の大手術〟を成功させた執刀医と早く話したくてうずうずしているようだ。

「ところでファロン卿、久しぶりだな? 私はベンだ。覚えているかね?」

「はい、子爵様」

帝国医学界の大物であるベンと若手のエースであるグレアムは、当然顔を合わせたことがある。ベンが言った。

「君に会いに来たんだ。いったいどうやってあんなことをやってのけたのか知りたくてな」

「なんのことでしょう?」

「何って、脾臓摘出手術のことだよ! 君が執刀したんだろう?」

ベンが上気した顔でグレアムを見つめた。

「いやはや素晴らしい! 驚嘆したよ。君には一目置いていたが、あんな手術を成功させるとは! こりゃ間違いなく、医学史に残る大手術だ」

「……」

ベンが興奮冷めやらぬ様子で話した。ところがグレアムの反応はいまいちだった。何か答えてもよさそうなものを、押し黙ったままだ。

「……」

「どうやってあんな手術を思いついたんだ？」

「……」

やはりグレアムは答えない。ベンとゴートが怪訝そうな表情を浮かべた途端、グレアムが口を開いた。

「それは……私ではなく、この少女に訊くのがよろしいかと」

「せ、先生？」

エリーゼは戸惑った様子でグレアムを見た。ベンも不可解そうに訊いた。

「それはどういう意味だね？　君ではなく彼女に訊けというのは……？」

グレアムはその問いに答える代わりに、エリーゼのほうを振り向き、微笑んだ。いつもの気難しそうな雰囲気とは違う、優しい笑みだった。グレアムは当然だと言わんばかりの口調で話した。

「その手術をしたのは私ではなく、ローゼです。彼女に訊くべきでしょう」

まさかの発言に、皆が狐につままれたような顔をした。

「何をバカなことを……」

ゴートが不愉快そうに言った。

「冗談はよさないか。ベンは皇宮侍医だぞ？　いったいなんのつもりだ？　グレアム、医学界から追放されたいのか？」

まったく信じていないようだ。それもしかたない。この小さな少女が脾臓を摘出する大手術を成功させたなどと、ふざけるのも大概にしろと思っているのだろう。しかしグレアムは、真剣な顔でもう一度言った。

「冗談でも、嘘でもありません。こんなことで嘘をついて何になるんです？　私は助手として入っただけで、執刀したのは彼女です」

しかし、ベンもゴートもとうてい信じられないという面もちだ。ベンが声をあげて笑った。

「ファロン卿、正直に話したまえ。本当に君ではなく彼女が脾臓摘出手術を行ったというのかね？」

グレアムは揺るぎのない表情でベンとゴートを見つめた。

「はい。一切、嘘偽りのない事実です。神に誓って申し上げます。それでも信じられないのであれば、この手術に入っていた補助員にもお訊きになればいい」

二人の顔がこわばった。グレアムは事実を語っているのだと悟ったからだ。

「彼女が脾臓摘出手術を……？」

二人の視線がグレアムの隣にいた少女に向けられた。美しく小柄で可憐な、手術はおろか血を見ただけでも気絶しそうな、この少女が？

「君は……」

「ローゼと申します」

エリーゼは恭しく偽名を告げた。

「そうか、ローゼ。本当なのか？　君が脾臓摘出手術を？」

ベンの問いに、エリーゼはグレアムに視線をやった。だが、グレアムは普段のように険しい表情をしていて、何を考えているのかわからない。しかたなくエリーゼは小さくため息をつくと、ベンとゴートに向き直った。二人とも帝国の医学界では雲の上の人だ。

(なんて言おう?)

エリーゼは少し悩んだ。入ったばかりの新米が脾臓摘出手術をしたなんて。我ながらやり過ぎたと思う。

(でもしょうがないわよね。あのままじゃ患者は助からなかったもの)

エリーゼはすぐに覚悟を決めた。

(エリーゼ、何を悩む必要があるの? いつかはこうなるかもって思ってたじゃない)

そう、わかっていた。いずれこんな日が来ると。患者を救うためならば、その実力を隠している場合ではないのだから。変に思われたくないなら、最初からこんなことはしなければいい。しかし、自分の性格からして患者を見捨てるなどありえない。

(それに陛下との賭けに勝つのに、かえってよかったのかもしれない)

六カ月以内に医者としての価値を証明してみせろという不公平すぎるほどの条件。この賭けに勝って皇太子との結婚を回避し、医者としての人生を歩むのであれば、圧倒的なまでの実力を示さなければならない。

心を決めたエリーゼが口を開いた。

「はい。私が脾臓摘出手術を行いました」

ベンとゴートは瞠目した。

「き、君がこの手術を……？　本当に？」

「はい、ベン先生」

エリーゼは丁重に答える。

「じゃあ、この所見書を書いたのも……？」

「はい、私です。内容に至らぬ点があったのであればお詫び申し上げます」

「いや、内容は申し分なかった。まったく。はは……ははは……」

ベンは現実を受け止めきれず、乾いた笑いをこぼした。

一方でゴートが固い口調で訊いた。

「正直、わしには信じられん。君は見習いとして入ってまだ一カ月も経たんだろう？　そんな君がこんな大手術を？　ありえない。本当に君が執刀したと言うなら、手術をどう進めたのか具体的に説明してみてくれ」

「脾臓の解剖学的な位置から、まずは正中切開を行いました」

「どうして腹部の中央を切るやり方を？　脾臓は左側に位置しているだろう？」

「たしかに脾臓は左側にありますが、まずは腹部中央にある膵臓を剥離する必要がありますし、脾臓を見えるようにするために他の臓器を固定するうえでも、そのほうがやりやすいからです」

腹部臓器の解剖学的な位置を正確に把握していることがわかる回答だった。エリーゼはさらに続ける。

「それからガーゼで血を拭き取って視野を確保したのち、胃腸と肋骨を引き上げました。そのあと、膵臓の末端を鉄製の器具で剝離して再度視野を確保してから膵臓の位置を回転させ、手術を進めやすくするため膵臓を固定している靱帯を切りました。次に脾動脈と脾静脈を――」

そうして手術工程を一つ一つ丁寧に説明した。前の世界では当たり前に行っていた方法だ。その説明を聞いたゴートとベンの顔にみるみる驚愕の色が浮かんだ。

（ほお！　どうしてこんなことが……？）

所見書を読んだときとは印象がまた違った。まるでアカデミー時代に戻って医学の権威から講義を受けているような、手術の様子が目に浮かぶような説明だった。

（本当にこの少女が脾臓摘出手術を成功させたというのか？　まさかそんなことが……）

想像や目撃だけでは、これほど詳細に語れるはずがない。

「ほ、本当に……君がこの手術をしたのか？」

少女は静かに口を閉じた。しかし、揺るぎのないそのまなざしが示しているのはただ一つ。

紛れもない事実。たしかにこの少女があの手術を行ったのだ。その厳然たる事実に打ち震えた。

二人が、少女の隣に立っているグレアムに目をやると、グレアムもうなずいた。

「本当です。ローゼの言葉はすべて真実です。私のすべてをかけてもいい」

グレアムにそうまで言われても、ベンとゴートは信じられないというように低く呻いた。

「ううむ……これをどう受け止めればいいものか……」

ベンは少女を見つめた。手術どころか血を見ただけでも倒れそうな印象の、小柄で痩せた少女。

病院で見習いをしていることすら信じがたいのに、こんな大手術をやってのけただと？

（この若き天才がこうまで言うのだから、信じないわけにもいかんだろう）

グレアムが自身の人生をかけてまで、皇宮侍医の自分に冗談を言うはずもあるまい。ということは、やはり嘘ではなく事実なのだ。どうにも受け入れがたいが……。

（手術に入った補助員たちに確かめることもできるが……）

なぜか同じ答えが返ってきそうな気がした。このグレアムのまなざしに嘘はなさそうだ。

そしてベンは深くため息をついて、訊いた。

「君はいったい……どうしてこんな手術をやってのけたのだね？　まだ一カ月も経たない新人なのだろう？」

どうにも理解しがたいというベンの問いだった。

「……」

エリーゼは口をつぐんだ。なんと言えばいいかわからなかった。前世で別の世界にいて、外科医だったのだとでも言うのか？　そんなことは口が裂けても言えない。逡巡（しゅんじゅん）の末、エリーゼは答えた。

「実は……これが初めてではないのです」

その場にいた全員が目を見開いて彼女を見つめた。

「初めてではない？　それは……」

「あの……手術をしたことがあるという意味ではありません。以前からずっと、何度も考えてきた治療法だということです」

エリーゼは続ける。

「私は昔から医者になりたくて、いろんな医学書を読み漁りました。現代医学の基礎となるグラハム総論、各論……多くの本を読んで学んできました」

もちろん大嘘である。以前のエリーゼは医学書どころかロマンス小説すら読まない少女だったのだから。今世で帝国の医学書を読んだのだって、病院で働き始める一週間前に急いで読み漁ったのがすべてだ。

「そのときに思ったんです。いくつかの病については、本のとおりじゃなくて、もっと違う治療法のほうがいいんじゃないかなって。こうすれば治療できるのにって空想して……」

信じがたい話だろう。十六歳、いや、今よりも幼い歳で医学書を読み、理解しただけではなく、新たな治療法まで考えるなんて。

(……やっぱ、無理があるか)

エリーゼは内心でため息をついた。自分でも嘘くさすぎると思う。しかし、他にそれらしい話は思いつかなかった。そもそも自分は嘘をつけない性質なのだ。だめもとで言葉を続けた。

「脾臓摘出手術は、そうして考えた治療法の一つです。重度の損傷であれ、脾臓自体を摘出して、血管を結紮すれば、助けられるのではないかと思ったんです。脾臓を摘出することで免疫機能に問題が生じる可能性はありますが、まずは命を救うことのほうが大切ですから」

「ああ、素晴らしい発想だ。だが、頭で考えることと実際に手を動かすことは別次元の話だ。君はどうやってこの高難度の手術を成功させたのだね?」

ゴートの問いにエリーゼは答えた。これもまた大嘘だったが。

「ずっと頭の中に思い浮かべて練習していたんです。解剖学的な構造を考えながら、実際に脾臓を摘出するにはどういう手順で行えばいいのか。ずっと考えに考えて、今回はその手順で手術しました」

説明し終えたエリーゼは口をつぐんだ。

部屋に気まずい沈黙が流れる。エリーゼ以外の三人は、ただただ瞠目して彼女を見つめるだけで、言葉が出なかった。

(いや、ありえんだろ)

ゴートは内心つぶやいた。信じられるはずもない。本で読んだだけで、そんな手術を思いつき、具体的な手順まで編み出したと？　だが……。

彼は慎ましく佇む少女を見つめた。実際に手術をした本人がそう言うのだから、返す言葉もなかった。

(はあ……この少女がグラハム伯爵やフレミングにも匹敵する天才ということか？　本当に？)

これまでの話から考えられるのは一つ。

天才。

たんにずば抜けた才能があるというだけでなく、凡人にはとうてい見当もつかない、想像を絶するほどの天才だということだ。それに、そんな天才は医学史上では初めてではない。

医学の基礎を築いた先駆者グラハム伯爵。

薬学と診断検査に革命を起こした大錬金術師フレミング。

彼らもまた、一を聞けば十どころか百をも知る天才だったという。特に大錬金術師のフレミングは、生まれたときから薬学に精通していたと言われるほどだ。

そのとき、それまで黙って聞いていたグレアムが口を開いた。

「ローゼの言っていることは本当だと思います。短期間ですが、師として彼女を見てきた限りでは、嘘を言うような人間ではありません。それに何より……ローゼの能力ならば、十分にありえる話だと考えます。私がこれまで見てきたどんな医者よりも優れた才能と実力を備えていますから」

ゴートの瞳が揺れた。自尊心の高いグレアムが他人を褒めるなど初めてだ。そのうえこんなにも絶賛するとは……。

「私に弟子入りはしましたが、実のところ、すでに私からローゼに教えられることはありません」

そう言って、グレアムは一瞬、押し黙った。彼の口元には、誰にも気づかれない苦々しさが滲んで消えた。そしてふたたび言葉を続ける。

「もはや私を超える実力ですから」

ベンとゴートは、今日幾度となく感じた驚きをふたたび感じざるをえなかった。グレアムは帝国医学界で将来を嘱望された立派な医者だ。それなのに、この少女は彼をもすでに超えているだと？

「はは、ほお……」

ベンが空笑いした。そうして何分くらい経っただろうか？　ベンが笑いを止め、テーブルに置かれた紅茶を一口飲んだ。すでに冷めた紅茶が、心を落ち着かせてくれる。

ベンは少女を見つめた。この少女がそんな天才だと？　こんなにも幼くて小さいのに？

(実に素晴らしいな)

グレアムがこうまで言うのだ。嘘ではないだろう。この少女は天才に違いない。それも想像を絶するほどの！

「ローゼ嬢……と言ったか？」

「はい、どうぞローゼとお呼び捨てください」

「そうか、ローゼ」

ベンはしばらくにこにこしていたかと思うと、唐突に言った。

「このテレサ病院ではなく、うちの皇室十字病院で働かないかね？」

エリーゼは驚きの目でベンを見た。皇室十字病院！　名実ともに帝国最高の医療機関であり、実力を認められた名医だけが働ける場所。そこに来いと？

「ベン、本気か？　ローゼを皇室十字病院で働かせるだと？」

「ああ、本気だ」

「だが、皇室十字病院は――」

「脾臓摘出手術を行った医者なら十分にその資格はあるだろう」

その言葉にゴートは口をつぐんだ。ベンは笑顔で続けた。

「それに一度、側で見てみたいんだよ。ローゼがどれほどの才能を有しているのか。これからどれほど驚かせてくれるのか楽しみだ」

期待が込められた声だった。そんな親友を見てゴートは呆れ顔だ。齢五十を超え、還暦も近いというのに、新たな医学知識や優れた医者に出会うといつも子どものようにはしゃぐのだ。

「それで、どうやってローゼを皇室十字病院で受け入れるつもりだ？」

「そんなのは当然、私の推薦で――」

「そうじゃない、ローゼはまだ医師資格を持っておらんのだ。皇室十字病院では見習いは受け入れてないだろう？」

ベンは虚を突かれたような顔をした。

「医師資格が……ない？」

「当然だろう？　まだ見習いになって一カ月も経ってないんだから」

ゴートが舌打ちした。しかしベンはすぐに解決策を思いついた。

「それなら取得すればいい」

「何？」

「今年の試験は生誕祭後に予定されているんだから、その試験を受けて、資格を取ればよかろう？」

ゴートはあんぐりと口を開けた。

「受験資格は？　研究院に認められた教授三人の推薦が必要だろう？」

一カ月も経たない新人がすぐさま試験を受けるとは！　前代未聞だった。だが、ベンはそんなことなど歯牙にもかけなかった。

「私と君、それとファロン卿が推薦すればいい。何か問題でもあるかね？」

「そ、それはそうだが……」

ゴートは静かに会話を聞いている少女を見つめた。

「この娘が本当に試験に受かるのか？　それに今年の試験は皇帝陛下が……」

ゴートは言葉尻を濁した。先日、今年の試験について伝えられた、どうにも理解しがたい勅命を思い浮かべたのだ。

（なぜ陛下はこんな勅命を……？）

いつもなら医師試験はもちろん、医学研究院の活動にもなんの口出しもしないのに、突然勅命を出したのだ。いろいろと話せば長くなるが、かいつまむと――


見習いは必ず受験資格を満たしていること。

今年に限り、試験の難易度を上げること。

実力不足の者が決して試験に受かることのないように！


なぜこんな勅命が出されたのかわからなかった。厳しい陛下の言葉に、関係者は試験の難易度を上げるため頭を悩ませていた。だが、これについてもベンは明快だった。

「資格は十分であろう？　脾臓摘出手術を成功させたのだからな！　陛下もこういう人材を選ばせ

るためにそうおっしゃっているに違いない」

はたしてそういう意図なのかはわからないが、ベンの言うことも一理ある。こんな大手術を成功させた天才に受験資格がないというなら、今年度は誰も受験できないだろう。

（勅命のせいで今年の試験はことさら難しいだろうに、この少女が合格できるのか？）

勅命で難易度の上がった今年の試験は、受験者泣かせの問題ばかりだろう。合格者が一人も出ないかもしれないと懸念（けねん）する声まであがっている。いくら天才とはいえ、こんな幼い少女が合格できるのかゴートは甚（はなは）だ疑問だった。

「君（ローゼ）はどう思う？　今回の試験に合格できそうか？」

少女はゆっくりと頭を下げた。

「未熟者ではございますが、機会をいただけるのであれば、全力を尽くします」

礼儀正（れいぎただ）しくも決然とした声に、ベンは瞳を輝かせた。

（最高難度の問題ばかりの試験で、はたしてこの少女がどんな成績を残すのか楽しみだな）

試験までの期間はあまり残されていなかった。にわか仕込みの知識では絶対に受からない。ほぼ実力勝負の試験であるにもかかわらず、不思議なことに、少女の目には緊張やためらいは見えなかった。むしろ微（かす）かな自信すら垣間見えた。

（ははあ、こりゃ面白い。これからが楽しみだ）

還暦近いベンは、そろそろ引退を考える時期だった。残り少ない医者としての時間も、この少女とならば退屈しなさそうな気がしていた。

そんなこんなでエリーゼは今年の医師試験を受けられることとなった。

(予想外だったけど、結果オーライね)

エリーゼは病院の前を一人で歩きながら思った。どちらにしろ皇帝との賭けに勝つには、医師資格が必須(ひっす)なのだから。

(受験資格を得られなかったら、他の方法を探さないといけないところだったわ)

そう考えながら首を傾げる。

(そういえば、さっき……試験に関して陛下が勅命を出したって……いったいどうして……?)

理解しがたかった。皇帝はこの国のトップ。そんな人が医師試験といった細事にまで口出しするものだろうか?

(もしかして……私のせい?)

そんな思いが頭をよぎったが、エリーゼはすぐに打ち消した。いや、まさかそんなはずはないだろう。

(とはいえ、試験まであまり日数がないわね。勉強する時間もほとんどないし、生誕祭ももうすぐだし)

エリーゼはしばし足を止めて、空を見上げた。

（生誕祭かあ……）

一度目の十六歳の生誕祭は本当に特別だった。数え切れないほどの出来事があり、皇太子との婚約が発表されたのだから。あのときは幸せ過ぎて何も考えられなかった。その後の悲劇など想像もしていなかった。

（考えるのはよそう。今世の生誕祭は何事もなく過ぎるだろうし。陛下もああおっしゃっていたのだから、婚約発表もされないだろうし、顔だけ出してすぐに帰ろうっと）

高位貴族として、生誕祭に参加しないわけにはいかなかった。エリーゼは、適当に食事したら屋敷に戻って試験勉強をしようと決めた。

（――あれ、ちょっと待った）

そのとき、あることを思い出した。

（今度の生誕祭で皇太子殿下の婚約者を発表するって、すでに公表してなかったっけ？　どうするんだろう……？）

エリーゼは眉をひそめた。今回の件とは別に、生誕祭で皇太子の婚約者を発表するというのはすでに決定事項だった。

（御前会議で言及された内容なだけに、いくら陛下でも簡単には取り消せないわよね？　みんな気になってるだろうし……）

皇太子の婚約相手は、どの貴族にとっても関心事だった。皆その発表を心待ちにしているだけに、何かしら発表しないといけないはずだ。

（まさか私の名前を出したりしないわよね？）

エリーゼはすぐにその考えを否定した。この前の話し合いからすると、自分を婚約者として発表することはないはずだ。


（考えてもしかたないか。まあ、私にはどうしようもないし、陛下がきっと上手く取り計らってくださるでしょう）

そう思うことにした。


（空が綺麗（きれい）。ああ、いい天気……）

心地（ここち）よい風が吹（ふ）き、髪（かみ）がなびいた。爽（さわ）やかな風に当たり、なんとなく気分がよかった。


（そろそろ病院に戻ろう。さっ、仕事、仕事っと）

エリーゼはふたたび病院に向けて歩き出した。

そして着いた瞬間――エリーゼは突然、足を止めた。思ってもみなかった人物が病院の前に立っていたからだ。


「あなたは――」

濃い金髪に青い瞳。冷たい印象を与える端麗（たんれい）な顔つき。

「ロン様？」

先日、脾臓を撃たれた患者に付（つ）き添（そ）っていた青年、ロンだった。振り向いたロンの青い瞳がエリーゼを見つめる。この前初めて会ったばかりなのに、どうにも見知っている気がする、冷ややかなまなざしだった。

「来たか。ローゼと言ったか？」

「あ……はい」

エリーゼは怪訝な表情を浮かべた。私に会いに来たの？　どうして？

「どうかなさいましたか？」

ごく普通の紳士服を着ているが、皇室の紋章を持つ高位貴族だ。ひょっとすると皇室の親戚かもしれない。失礼があってはいけない。

（もしかしてクロレンス家の令嬢だってバレた？）

用事があるのがクロレンス侯爵令嬢ならまだしも、見習いのローゼではつり合わない。しかし、ロンは何も言わず、エリーゼを見つめるだけだった。その居心地の悪さから、エリーゼはぎこちなく微笑んだ。

「あの……何か私にお話でも……？」

「ない」

「では……どうして……」

その問いにロンはしばらく黙っていたが、口を開いた。

「――様子を見に来ただけだ」

エリーゼは不思議そうな顔をした。

様子を見に来た？　どうして……？

第五章　彼と彼女の診察

そのとき、ロンがさらりと言った。

「一つ確認することもあったしな」

エリーゼはますますわけがわからないという顔をした。だが、ロンは冷たい印象のとおり、親切に教えてくれることはなかった。それ以上説明する気はさらさらないらしい。

「用は済んだ。では失礼する」

曖昧な言葉を残し、ロンは背を向けて歩き始めた。戸惑っていたエリーゼは、その後ろ姿をぼうっと眺める。いったい、なんだったのだろう？

（あ、そういえば……）

ふとあることを思い出した。

「お待ちください、ロン様！」

エリーゼは大声で呼び止めたが、聞こえなかったのか、聞こえないふりをしたのか、ロンは振り返らなかった。しかたなくエリーゼは走って追いかけ、ロンの手をつかんだ。

「お待ちください！」

ロンはエリーゼの柔らかい手でつかまれ、驚きつつも顔をしかめた。

「なんだ？」

「はあ……はあ……」

エリーゼは急いで駆けてきたため、顔を赤くして苦しそうに息を整える。

「なんの用だ？」

ふたたびの問いにエリーゼの口から、ロンの予想だにしない言葉が発された。

「――診察を受けていってください」

「は？」

「診察を受けていってください。めまいも治らず、気力も落ちていらっしゃるんでしょう？」

エリーゼはロンの青白い顔を見つめた。

「治療してさしあげます」

「どうぞこちらにおかけください」
小さな診察室に入ると、エリーゼはロンに座るよう勧めた。
「何をするつもりだ？」
「何って、診察ですよ」

ロン、もといリンデンは、心の中でため息をついた。

（いったい私はこんなところで何をやってるんだ……）

実のところ、エリーゼに会うつもりなどなかった。それなのに衝動的に病院まで来てしまったのだ。自分でもわからない。なぜこんな衝動に駆られたのか。

（しかもこいつの診察を受けるとは……）

エリーゼの言うとおり、ずっと疲れが取れなかったのは事実だが、皇宮侍医ですらその原因を見出せずにいるのに、エリーゼにわかるはずもない。時間の無駄になるだけだ。

（そのまま振り払って帰ればよかったものを。情けない）

最初は、無視して帰ろうとしたのだが、あまりにもしつこく食い下がるので、不本意ながらものこのことついてきてしまった。

（こんな娘だったか？）

自身の婚約者となる少女を見つめた。本当にこれが自分の知っているエリーゼなのか困惑していた。

「もう少しこちらに近づいてください」

聴診器を首にかけたエリーゼが言った。リンデンは渋々彼女のほうへと椅子を寄せる。

「顔色が悪いですね。疲れやだるさはいつ頃から？」

「……二カ月ほど前からだ」

「食欲はどうですか？　体重は落ちていませんか？」

「いや、そんなことはない。食欲はあまりないが……」

「めまいはどんな感じですか？　天井がぐるぐる回って見えるとか、物がぼやけて見えるとか」

エリーゼは落ち着いた声で症状を確認していった。まるで長年患者を診てきた、細やかで思慮深い医者がするような質問に、リンデンは驚いた。

（ベンと同じようなことを訊くんだな）

エリーゼは紙に何かを書き留めながら問診を続けた。いつもとは違い、理知的な印象すらある。

するとエリーゼの目つきが変わった。

「どうした？」

「すみません、少し触りますね」

そう言ってエリーゼがリンデンの手を両手で包んだ。リンデンはその柔らかな感触に驚いて、思わず手を引っ込める。

「何をっ……」

しかしエリーゼは患者に接するように、顔色一つ変えずに答えた。

「触診です。体温と発汗の程度を確かめるんです。もしかしてご不快でしたか？」

「……いや」

診察のためなのだ。そう言うほかあるまい。リンデンはしかたなく手を差し出した。

「では失礼しますね」

エリーゼは手の甲と手のひらを触りながら、触診を続けた。

（体温が少し低いわね。手のひらも乾燥してるみたいだし）

一つの診断名がエリーゼの頭をかすめた。

（もう少し確かめないと……）

一方リンデンは、なかなか手を離さないエリーゼにどぎまぎしていた。

（少し長いんじゃないか？）

実際にはさほどの時間はかかっていないが、リンデンにはやけに長く感じられたのだ。

（他の患者を診るときも、こんなにずっと触るのか？）

リンデンは急に気分が沈んだ。なぜかはわからない。ただなんとなく、そう感じただけだ。もちろん診察のためには患者に触れることがあるのはわかっている。視診、聴診、打診、触診のうち視診以外は、触れないと身体の具合を確かめられないのだから。

（それにしても、なんだか気に入らんな）

そのときだった。リンデンはびっくりして息を呑んだ。

エリーゼがやや近づき、リンデンの首元に触れたのだ。

「すみません、少しお首に触りますね」

「おいっ!?」

「症状からすると、首の部分も診ないと正確な診断が下せないので……。すぐ終わりますから」

エリーゼが落ち着いて説明したものの、リンデンはうろたえていた。細い指が彼の首元を押さえながら、下がっていく。優しくもどこかくすぐったかった。近づいたエリーゼの身体から甘い香り

が漂い、リンデンは唇を噛んだ。

（いったいなんなんだ、これは……！）

軽く触れるというより何かを探しているかのように、エリーゼの指はリンデンの首元をくまなく押さえた。不快に感じさせないような優しい触れ方だったが、なおさらリンデンは戸惑った。そうしてひとしきり触ったあとにエリーゼの指が離れると、リンデンは思わず短く息を吐いた。

「君は……！」

しかしエリーゼは医者然として話すだけだ。

「少々お待ちください。総合的に判断して、すぐにご説明いたしますので」

（な、なんなんだ……！　男にこんなにずっと触れるなんて……！）

リンデンはすぐにでも立ち去りたかったが、エリーゼの目があまりにも真剣なため、そうすることができなかった。そこには患者を診る医者の真摯なまなざしがあるだけ。リンデンは結局、じっと座っているしかなかった。

「――これで終わりか？」

「はい。もう少しだけお待ちくださいますか」

リンデンはため息をついた。

「どうされました？　どこかすぐれませんか？」

「……いや、なんだか疲れただけだ」

エリーゼは首を傾げ、それ以上は訊かなかった。

「あと少しで診断結果をご説明しますので」

エリーゼは紙に診察内容を所狭しと書き記した。そして慎重に症状を分析する。

(これらの症状からすると……アレの可能性が一番高いわね)

エリーゼは、念のためふたたびいくつか質問をした。

「二カ月ほど前に風邪を引かれませんでしたか？」

「ああ、そのとおりだ」

「そのとき、首周りが痛くありませんでしたか？　先ほど私が触った耳の辺りとか」

「……そうかもしれない。どうしてわかったんだ？」

リンデンは驚いてエリーゼを見つめた。たしかにそうだった。まるで隣で見ていたかのように、なぜそんなことがわかるのか。

エリーゼはリンデンの返事を聞くと、自分の推測が正しいことを確信した。

「ロン様、疲れやだるさが続いているのはそのせいですね」

「え？」

「亜急性甲状腺炎です」

エリーゼは病名を告げた。皇宮侍医にも、当代きっての皇室十字病院の教授たちにもわからなかったその疾患を。

「あ、きゅう……？」

リンデンは眉をひそめた。初めて聞く病名だった。それも当然のことだ。亜急性甲状腺炎は、一般にはまったく知られておらず、優秀な医者ですら診断の難しい珍しい疾患だったのだから。

「はい。亜急性甲状腺炎による症状だと思われます」

「なんだそれは？」

「甲状腺に亜急性の炎症が起こり、その炎症による後遺症でホルモンバランスが乱れて甲状腺の機能が低下したんです」

エリーゼはさらに説明した。

「甲状腺というのは、私たちの身体の燃料ともいえる甲状腺ホルモンを分泌する器官です。ですから、そのホルモンの生成に問題が生じると、ロン様のようにめまいやだるさといった症状が現れるんです」

そして亜急性甲状腺炎の症状を丁寧に説明した。

亜急性甲状腺炎――前の世界ではド・ケルバン甲状腺炎とも呼ばれる疾患で、炎症後に甲状腺機能が低下するという特徴がある。

リンデンは驚いてエリーゼを見つめた。エリーゼの説明とこの二カ月間の自身の症状が見事に一致したからだ。驚くべきことに、エリーゼはこの若さで病名を正確に診断したのだ。皇宮侍医も見当すらつかなかった病を。

(――すごいな)

感嘆せざるをえなかった。よくよく考えてみれば、今回が初めてではない。陛下の持病診断の糸口をくれたこともそうだし、この前の大手術もそうだ。すでに三度も驚くべき能力を示している。

リンデンの驚きなど知らないエリーゼは、治療法も明快だった。

「お薬を処方しますね」

「なんの薬だ？」

「甲状腺機能を回復させるお薬です。このお薬を飲めば、症状もすぐによくなるでしょう」

エリーゼはなんの迷いもなく、すばやく処方箋を書いた。

「この処方箋を薬剤課に持っていって、お薬を受け取ってくださいね」

「……わかった」

リンデンは、ふたたびわけがわからないという目でエリーゼを見つめた。これは本当に自分の知っているエリーゼなのか？

診察が終わっても、ロンがなかなか立ち上がらずにぼうっと見つめてくるので、エリーゼは怪訝に思った。

「どうかなさいましたか？」

「……いや」

エリーゼは笑顔で言った。

「それでは、お疲れ様でした。お薬は忘れずにきちんと飲んでくださいね」

「これで終わりか？」

「はい。終わりましたので、もうお帰りいただいて大丈夫ですよ。では、お気をつけて」

「……ああ」

椅子から立ち上がり、診察室から出ようとしたリンデンをエリーゼが呼び止めた。

「あっ！　ロン様、三日後にもう一度お越しください」

「——なぜ？」

「症状の具合を見て、薬の量を調節しないとなりませんから。完治するまでは二、三カ月ほどかかりますので、それまでは定期的に来て、診察を受けてください」

そう言って、エリーゼは男の身分を考慮し付け加えた。

「もしこちらへの通院が難しいようであれば、私のほうで所見を書きますので、皇室十字病院に行かれても大丈夫ですよ」

はっきりとした身分はわからないが、ロンは高位貴族のはずだ。今回はその場の成り行きでエリーゼが診療したが、貧民がよく利用するテレサ病院に通院するのは貴族にとってはあまり気が進まないかもしれない。

「いずれにせよ、通院する病院はどこでもかまいませんので、定期的に受診してくださいね」

するとロンが意外な返答をした。

「三日後にまた来る」

そのままエリーゼから視線を離さずに訊いた。

「君を訪ねてくればいいのか？」

エリーゼが答えた。

「ご希望であれば、他の先生でも大丈夫ですよ。症状を見て薬の量を調節するだけですから……。

なんなら別の病院でもかまいませんし……」

ロンは首を横に振った。

「いや」

そしてエリーゼの青い目を見つめて言った。

「君のところに来よう」

「……！」

「三日後に会おう」

そうしてロン――リンデンの通院が始まった。

◆

数日後。ロレージの貴族街にあるクロレンス侯爵邸。

白髪交じりの中年男性がクロレンス侯爵に挨拶をしていた。

「閣下、お久しぶりでございます」

「久しぶりだな、ゴート。テレサ病院での貴公の尽力にはいつも感謝しておるぞ」

テレサ病院の院長ゴートは首を振り、普段とは違う恭しく丁重な声で答えた。

「とんでもないことでございます。すべて閣下のご支援があってのこと。わたくしなど取るに足りません」

それも事実だった。テレサ病院はひとえにクロレンス侯爵家の支援で運営が成り立っているのだから。

(それにしてもなぜ急にわしを呼んだのだ?)

侯爵は代理人を通して密やかに支援しているものの、このようにわざわざ自分を屋敷に招いたことはなかった。

(もしや、何かわしのあずかり知らぬ問題でもあるのか?)

ゴートは緊張した表情を浮かべた。些末なことで呼び出されるはずなどないのだから。

「座って、お茶でも飲みなさい」

「ありがとうございます、閣下」

東方から取り寄せたという紅茶を侍女がカップに注いだ。さすがは侯爵家らしく、極上の茶葉を使用した高価なものだったが、なぜ屋敷に呼ばれたか未だわからないゴートは、緊張で香りを楽しむ余裕もなかった。

「病院で特に困ったことはないかね?」

「はい、閣下のおかげで大きな問題はございません」

「そうか、よろしく頼む」

侯爵はなかなか用件を言い出さず、ひとしきりあれこれ話をした。不安に耐え切れなくなったゴートは、口を開いた。

「あの……閣下、もしや何か問題でも……」

「ああ……その……」

侯爵は口ごもりながら、すぐに押し黙ってしまった。

ゴートの緊張が増した。いったいどれほどの重大案件なのか。国の名宰相でもあるクロレンス侯爵がこんなにも話しにくいこととは。

「お、お教えください。病院にわたくしの知らない問題でも何かあるのでしょうか？」

「いや、そうではないんだ。その……」

しばらくの間ためらったあと、侯爵がおもむろに口を開いた。

「ローゼという少女を知っているか？」

「――は？」

ゴートは聞き間違えたかと思い、素頓狂な声をあげた。

「知らんか？　最近テレサ病院で見習いとして働き始めた娘なんだが……」

「い、いえ、存じております。その娘が何か……？」

ローゼ。知らないわけがない。最近では病院内で最も知られた名だ。だが、なぜ侯爵がその娘について知りたがっているのだろう？

「ごほんっ、その娘はつつがなくやっているか？」

なぜかやや気まずそうな侯爵の質問に、ゴートは混乱しながら答えた。

「はい、それはもう。それどころか――」

「それどころか？」

「素晴らしすぎるほどにございます」

「そうか？　どんな様子なのか詳しく教えてくれ」

侯爵は嬉しそうに先を促した。ゴートはそんな侯爵の様子に面食らってしまった。まさかあの娘について訊くために呼んだのか？　なぜゆえ……？

（もしや――）

その瞬間ゴートの頭に侯爵の一人娘がよぎったが、すぐに否定した。

（まさかな。侯爵令嬢がうちの病院に見習いとして入るわけがあるまい）

噂に聞いているわがまま令嬢とローゼではまったく別人だ。同一人物であるはずがない。

（ではなぜ……？）

しかし侯爵の問いに答えないわけにはいかない。ローゼを表す言葉はただ一つ。

「ローゼ嬢は天才です」

予期せぬ言葉に侯爵は驚いて訊き返した。

「天才？　エリ……いや、ローゼが？」

「はい。それもただの天才ではなく、神が遣わした稀代の天才にございます」

侯爵は呆気にとられてしまった。ただの天才ではない稀代の天才だと？　あの娘が？

「それは本当かね？」

ゴートの冗談かと思い、侯爵は彼の顔をじっくりと確かめた。しかし、その頑なな顔には嘘偽りは見られなかった。むしろある種の確信が満ちていた。

「はい。実のところ、〝天才〟という言葉すらも物足りないほどです」

ローゼを思い浮かべながらゴートは思った。

(わしもかなり驚いたが)

彼女が脾臓摘出手術をしたと聞いた当初は信じていなかった。いくらなんでも常識外れだ。そこで、病院で働き始めてからのローゼの仕事ぶりを一つ一つ調査した。初日からあの日の出来事まで、すべて。そうして知れば知るほど、ゴートは驚愕した。

脾臓摘出手術だけではなかった。誰も顧みていなかった患者たちの世話から救護所での数多くの応急処置まで。どれを取っても素晴らしかった。それこそ神が遣わした、驚くべき天才なのだと認めざるをえないくらいに。

「ローゼ嬢は天才……本物の天才です」

「いったいどうしてそんなことが言えるのだ？」

「何があったかと申しますと――」

ゴートはローゼが行ったことを丁寧に説明した。それを聞いていた侯爵の顔が驚愕に変わる。

(うちの娘が？　本当に？)

医者ではないため、医学用語をすべて理解することはできなかったが、それでもエリーゼが病院で常識を超えた成果を上げていることは、はっきりとわかった。

侯爵は信じられないというように訊いた。

「それは本当なのか？　私の知る限りではまだ十六歳の少女だというが……」

「わたくしどもも、最初は信じられませんでした。常識で考えてありえないのですから。十六歳の見習いの少女がそんなことをやってのけるなど……ははっ」

ゴートは空笑いする。

「ですが、今申し上げたことには少しの誇張もございません」

「……」

「このままローゼ嬢が成長すれば、医学の先駆者であるグラハム伯爵や大錬金術師のフレミングをも超える偉大な医学者になるやもしれません」

「……！」

侯爵はあんぐりと口を開けた。自分とてグラハムやフレミングについての知識はある。二人とも医学の概念を打ち立てた偉大な人物ではないのか？　エリーゼがそんな人物にも匹敵するだと？

「人違いではないのか？　名前の似た別人では……」

「見習いにローゼという名は一人しかおりません」

侯爵は驚きのあまり混乱した。ゴートを呼んだのはエリーゼがどれほど上手くやっているかを確かめるためではない。初めて病院で働く娘のできることなどたかが知れている。毎回怒られないだけでも上出来だ。皇帝陛下との賭けに勝つなどそもそも無理なのである。ただ、毎日疲れた顔をして帰ってくるので父として心配になり、どんなふうに過ごしているのかを知りたかっただけだ。

（エリーゼが天才？　それも常識を超えるほどの？）

「その娘は……周りに迷惑はかけていないかね？　無礼を働いたり……」

「まったくございません。むしろ皆称賛しております。美しいうえに、人並み外れた実力があり、心根まで優しいと。病院では誰もがローゼ嬢を慕っております」

「――そ、そうか。仕事はつらそうにしてはいないか？」

「まだ少女ではありますので、疲れてはいるようです。病院での見習いの仕事はそう簡単なものではありませんから。ですが、とても嬉しそうに患者の世話をしておりますよ」

ゴートは数日前に救護所で見た少女の様子を思い出した。小さな身体で、疲労の色がうかがえたが、幸せそうに生き生きとした表情で働いていた。患者を大切に想いながら働く医者の顔だった。

「まだ幼い少女にこんな言葉がふさわしいかはわかりませんが、わたくしが見る限り、ローゼ嬢は天性の医者だと思います」

天性の医者――それは医者にとって最高の褒め言葉だった。ゴートは内心、脱帽していた。

（いやはや理解しがたい。あんな小柄で可憐な少女が……）

本当に不可解だった。だが現にこれは事実だ。信じないと言ったところで現実は変わらない。受け入れるしかないのだ。

「……そうか、わかった。忙しいのにわざわざすまなかったな」

「とんでもない。他に何かお訊きになりたいことがございましたら、いつでもお呼びください」

挨拶をしてゴートは侯爵邸を辞した。

侯爵はしばらく黙ったまま窓の外を眺める。ちょうどテレサ病院のある方角だった。

「ははっ、まさかうちの娘がな……」

侯爵は力なく笑った。想像もしていなかった。病院で娘がそんなに献身的に働いていたなど。戸惑いはあったが、悪い気はしなかった。いや、むしろ気分がよい。娘を褒められて嬉しくない父親などいないのだから。

「エリーゼ……」

娘の名前をつぶやいた。当然のことながら、侯爵は娘を愛している。この世で一番。何物にも代えがたいほどに。だからこそ娘がテレサ病院で働くことになったときは、心配でたまらなかった。陛下との賭けにかかわらず、つらく苦しい思いをするのではないか、ただでさえ病弱なのに体調を崩してしまうのではないかと。だが杞憂に過ぎなかったのかもしれない。

(テレサ、私はいらぬ心配をしていたようだ)

侯爵はエリーゼが幼い頃にこの世を去った前妻のテレサを思い浮かべた。

(あの娘は君に似たようだ。いつになったら分別のつく娘になるのかと心配していたのに)

前妻のテレサは、小さい頃から医学に関心を持っていた。看護師になりたいと家出騒動を起こしたこともある。

(君の遺言どおり建てたテレサ病院で私たちのエリーゼが働いているんだ。不思議だろう？　君が叶えられなかった夢を代わりに叶えようとでもしているかのように)

侯爵は小さく微笑んだ。

(そちらで幸せにしているか？　子どもたちは皆、いい子に育っているよ。レンもクリスも。エリーゼが一番気がかりだったが……)

テーブルの上のクッキーをつまんだ。昨夜、仕事を終えて帰ってきた娘が父のためにと手作りしてくれたクッキーだった。

(近頃のエリーゼは本当に愛らしい。誰にもやりたくないほどに……。身勝手な父親だな)

不意に侯爵は哀しげな表情を浮かべる。

(だからこそ心配なのだよ)

侯爵はもどかしそうにつぶやいた。

「これからどうすればいいものやら……」

ゆっくりと顔を上げ、窓の外を見やる。その視線の先にはブリチア帝国の皇宮があった。この歯がゆさの原因がそこにある。侯爵はため息をついた。深い、深いため息だった。

(閣下はなぜローゼについて訊いてきたんだ?)

ゴートは悩んだ。

(まさか、本当に……?　ローゼが?)

クロレンス侯爵令嬢の噂を思い浮かべた。わがままで傲慢で——年若いのに悪評ばかりの娘。

(いやいや、やはり別人だな)

ローゼはその天才的な実力もさることながら、思いやり深く、他人にいつも優しかった。噂に聞くクロレンス侯爵令嬢とは似ても似つかない性格だ。

(――なぜだ?)

だが、ローゼに対するゴートの疑問はそれ以上続かなかった。帝国でも高位貴族といわれるクロレンス侯爵よりもさらに高位の、それこそ至高の人物に今度は呼ばれたのだ。

「お、畏れ多くも、へ、陛下にご挨拶申し上げます。ゴートと申します」

あまりの緊張でゴートはぶるぶると震えていた。そんな彼の前で温厚そうな中年男性が笑みを浮かべている。ミンチェスト・ド・ロマノフ――ブリチア帝国の皇帝だ。

(な、なにゆえ陛下が私を……?)

ゴートはひれ伏したまま視線を泳がせた。こ、これは夢か? 午前中にはクロレンス侯爵に、そして午後には皇帝陛下に呼ばれるとは!

(いったいなぜ?)

親友のベンならば、皇宮侍医として何度も陛下に謁見しているだろうが、自分は違う。

(わしは何かやらかしてしまったのか?)

医者として勲章を授かるほどの業績を残したわけでもないのに、陛下に呼ばれるなど、不安でしかなかった。

「顔を上げなさい。テレサ病院は患者が多くて大変だそうだな?」

「め、滅相もないことでございます、陛下」

「ベンから君の話はよく聞いておる。貧しい民が多いだろうが、困ったことなどはないか?」

「もったいなきお言葉、感謝いたします。幸い陛下のご慈悲により特段の問題はございません」

「私ではなく、すべてクロレンス侯爵の功績だ」

陛下もすぐには用件を話さず、ゴートにあれやこれや世間話をした。まるで午前のクロレンス侯爵のように。穏やかな声ではあったが、ゴートは気が気でない。

いったいこの国の長である陛下が自分ごときになんの用があるというのか。生きた心地がしない。

そんなゴートの気持ちもつゆ知らず、皇帝はのんきに茶を口に含むと侍従長に言った。

「いまだにあの娘の淹れた茶のような味わいがせんな」

「申し訳ございません、陛下」

「エリーゼに教わったとおりに淹れておるのだろう？」

「はい。一つの手順も違えず、そのとおりに淹れております」

しかし皇帝はどうにも満足いかないようだ。

「あのときの味わいが一切ない。エリーゼの淹れてくれた茶は、奥深さがありながらも頭がすっきりするような爽やかな味わいがしたというのに」

侍従長のベントは心苦しそうな顔をした。

「申し訳ございません。わたくしの力が及ばず……」

「いや、気にするな。やはりレシピには表しきれない作り手の味わいというものがあるのだろう。あとでまたエリーゼに淹れてもらおう。早くあの娘の淹れた茶を毎日味わえる時が来るといいのだが」

そう言いながら皇帝は口元に笑みを浮かべた。心温まるような笑顔だった。それを見たゴートは内心驚く。帝国を統べる皇帝がこんなふうに穏やかに笑うとは。

(先ほど言っていたクロレンス侯爵令嬢のことを考えてあんなお顔をされたのか？　だが、噂に聞くクロレンス侯爵令嬢は……)

ゴートが一人そんなことを考えていたとき、ようやく皇帝が本題に入った。

「わたしがなぜそなたを呼んだのか、気になっておろう？」

「は、はい。どうぞお聞かせいただけますでしょうか、陛下」

頭を下げたゴートは唾を飲み込んだ。いったいなんなのだろう？　ところが皇帝の口から出た言葉は、まったく予想外のことだった。

「ローゼという娘を知っているか？」

ゴートは目を瞠った。

「――ローゼ、ですか？」

「知らぬか？　そなたの病院に見習いとして入ったであろう？」

「そ、存じております」

呆気にとられていたゴートは、すぐさま我に返り、慌てて答えた。ローゼならもちろん知っている。だが、なぜ陛下がその娘について尋ねるのだ？　クロレンス侯爵も、その娘を気にしていたが。

(い、いったいなんなのだ。ローゼという少女は)

「その娘について教えてくれ」

皇帝が言った。

「ど、どのようなことを……？」

「なんでもよい。どう過ごしているか、医者としての資質はどうなのか、つらそうにしてはいないか、そなたが見る限りではどのような娘なのか、知っていることすべてを話してくれ」

ゴートは質問の意図を測りかねたが、皇帝陛下の仰せであるため、ローゼについてそれまで自分が見て感じたことを思いつくままに話した。

「――ふむ、そうなのか？　あの娘がそれほどまでに優秀だと？」

「はい、陛下。わたくしがこれまで出会ったどの医者よりも優れた資質を有しております。今後、帝国医学界の未来を照らす人材となりましょう」

「まだ年若い娘をいささか買いかぶり過ぎではないのか？」

そう言う皇帝はなぜか不機嫌そうに見えた。しかしゴートはそれにかまわずローゼを褒めちぎった。

「そんなことはございません。わたくしも至らぬ点はございますが、三十五年以上医者として務めてまいりました。ですが、あれほどの人材は初めてです。グラハム伯爵やフレミングに比肩するほどの素質に恵まれております」

「ふむ。可憐な少女らしいが、患者の世話はどうだ？　つらそうにしていないか？」

「いいえ、まったくそのようなことはございません。あれほどの若さでなぜあんなにも手慣れているのか、わたくしも大変驚きました。ローゼ嬢は、生まれつきの医者といっても過言ではございません」

皇帝はしばらく押し黙ったあと、どこか不満そうな声で言った。

「よくわかった、ゴート」

「はい、陛下」

「多忙な中、大儀であったな。もう下がってよいぞ」

「こちらこそ陛下にお目にかかれて光栄でございました。それでは、これにて失礼させていただきます」

ゴートは深くお辞儀をして、その場を辞去しようとした。皇帝がなぜローゼについて知りたがったのか不思議に思いながら……。ところが、後ろを振り返ったところで、皇帝が訊いてきた。

「そうだ、ゴートよ」

「な、なんでしょう、陛下」

「今年の医師試験の準備は順調か？」

資格試験の出題を任されている役員でもあるゴートは、先日出された、よくわからない勅命を思い出した。試験の難易度を上げろという――。

「はい、陛下。実力の伴った人材だけが合格するよう、問題を厳選中でございます」

「そうか。必ず難易度を上げるように。医者は患者の命を預かる仕事だからな。実力不足の者が決して合格しないようにしてくれ」

「はい、かしこまりました」

そう答えながらもゴートは理解できなかった。今までの試験も十分難しく、実力の足りない者が合格することなどほぼなかったからだ。それほど難易度の高い試験に合格した医者だからこそ、帝国での専門職として尊ばれている。

（なぜ陛下が試験にまで口出しを？　いずれにしても、もっと難易度を上げなくてはならなそうだな）

そうしてゴートはその場を辞去した。さらに試験の難易度を上げるとなると、今年の試験は本当に受験者泣かせの問題ばかりになりそうだ。

「ふむ……」

皇帝(ミンチエスト)はあごひげを撫(な)でた。

「あの娘(エリーゼ)がねぇ……」

まったく予想もしていなかった。

（数日で諦(あきら)めると思ったんだが、意外だな）

上手くやっているどころではなく、天才だという。それも歴史を覆(くつがえ)すほどの天才。

（そんなはずは……）

ミンチエストは考えを振り払った。エリーゼをバカにしているわけではない。むしろ皇太子妃(ひ)として迎(むか)えたいほど買っている。しかし今の話をそのまま鵜呑(うの)みにするにはどうにも無理がある。

（医術に触れたこともないのに、そんなことをやってのけたと？　いや、きっと何か誤解があるのだろう）

自分の目で直接見たわけではないため、信じがたかった。ただ一つ言えるのは――。

（思ったよりも上手くやっているようだな。ああして認められているところを見る限り、やはり賢い娘だ）

ミンチェストはこの前エリーゼに会ったときのことを思い出した。思慮分別をつけた少女は、誰よりも聡明に見えた。

（そういえば何日か前に、モンセル王国が本当に動いているという知らせを受けたな。あの娘がいなければ、クセフ遠征が大きな混乱に陥るところだった……

混乱どころではない。エリーゼは、最悪の場合には全滅させられかねない罠から帝国軍を救ったのだ。これほどまでに聡い娘ならば、病院での仕事も要領よくこなすだろう。

（だが、あまり医学に没頭されては困るな。将来は皇后になる娘だというのに……）

患者を大切にし、か弱い身体で懸命に働くのには感心するが、いずれは皇室の一員になる。病院で仕事に一生懸命になりすぎて身体を壊してしまうのではないかとミンチェストは心配になった。

「ベント」

「はい、陛下」

「生誕祭の準備は滞りないか？」

ミンチェストが侍従長に訊いた。

「はい。陛下の仰せのとおりに進めております。ところで、皇太子殿下の婚約者の発表はいかがなさるおつもりですか？」

最側近でもある侍従長はエリーゼと陛下との賭けについても知っていた。クロレンス侯爵令嬢が賭けに勝つことは万が一にもないだろうが、成人の儀までは賭けが続いている。そのため、この生誕祭でエリーゼを婚約者として発表すれば賭けの意味がなくなってしまう。

「賭けを反故にするつもりはない。たいした賭けではなくとも、私自身が提案したのだ。まあ、どちらにしろ勝つのは私だからな」

自分で言い出したからには、エリーゼが賭けに勝てば、いくら皇太子妃として迎えたくとも、彼女の好きにさせるつもりだ。それは本心だった。そう、皇后となることよりも医者として価値があることを成し遂げられるのならば――。

それにはどれほどの偉業を達成しなければならないだろうか。しかも六カ月という短い期間で。おそらく無理だ。だからミンチェストは賭けに負けることなど絶対にないと考えていた。

「では、婚約者の発表は、賭けが終わるまで延期するということでしょうか？」

「いや、延期はしない」

「と、おっしゃいますと……？」

侍従長は皇帝の胸中を測りかねた。賭けもそのままで、発表も延期しないとは？　だがミンチェストは、それには答えず笑みを浮かべる。どこかいたずらっ子のような笑みだった。

「エリーゼも生誕祭には来るだろう？」

「ええ、もちろんでございます。伯爵家以上の高位貴族はよほどの理由がない限り、参加は義務ですので」

「いい生誕祭になりそうだ」

ミンチェストはうなずいた。

「そうだな」

ロレージの街が次第に浮かれた雰囲気に包まれていった。生誕祭は帝国を挙げての祝祭だ。平民や貴族などの身分にかかわらず、誰もが嬉しそうに準備をしていた。

「今年の生誕祭は、陛下のご意向で例年よりも盛大にやるらしいぞ？」

「そうなのか？」

「ああ。貧民街の市民たちにも無料で食事や酒をふるまうらしい」

「うわあ、さすがは陛下！　ぜひとも長生きしてほしいもんだ！」

街のあちこちで市民たちが集まり生誕祭について話していた。現在、ブリチア帝国の影響力は、西大陸だけでなく世界中に及んでいる。西大陸を越えた黒の大陸、新大陸、東方にいたるまで。皇室の十字架旗がいたるところにはためき、太陽が沈まぬほどの莫大な力を有していた。

そんなブリチア帝国と肩を並べられるのは昔からの敵対国でもある西大陸本土のフレスガード共和国くらいだった。西大陸には軍事大国のプロシエン公国、海洋王国のスフェナ、新大陸にはシニヨン半島もあったが、ブリチア帝国とフレスガード共和国には及ばなかった。また、東方の大国は、すでに傾きかけていた。

いずれにせよ、それほどの国力を有した帝国であるだけに、国を挙げての行事である生誕祭は、その規模も桁外れだった。

「そういや、今年は何やら重大発表があるらしいぞ？」

「そうだ、俺も聞いた。皇太子殿下の婚約者が発表されるらしい」

「そりゃめでたい！　殿下も陛下に劣らぬ逸材だとの噂だからな」

「ああ。すでにいろんな分野で全権を委任されて国政にも関わってらっしゃるが、その実力は相当なものらしい。性格は冷たいが、歴代皇室の中でも群を抜いた能力だって話だ」

「へえ、そりゃすごいな。さすがロマノフ皇室！　ところでお前、なんでそんなに詳しいんだ？」

「おいおい、酒ばかり飲んでないで、少しは新聞を読めよ。色男の第三皇子——剣帝殿下の新しい恋人が誰かまで記事になってるぞ？」

男の言うとおり、ブリチア帝国の情報媒体が扱う内容は多岐にわたっていた。経済、政治から有名人のゴシップまで。言論の自由も比較的守られていた。

「ふーん、それにしても殿下の婚約者は誰なんだ？」

「さあな、俺も知りたいよ。聡くて下々の者を大切にしてくれる才女だといいんだが。殿下はクールなお方だから、そういう女性なら似合うと思うんだけど」

「そうだなあ。ああー、どうかいい女性であってくれ……」

そうして二人の男はひとしきり皇太子とその婚約者について語り合った。

その頃のテレサ病院。

話題の皇太子リンデンが扮したロンとエリーゼが診察中だった。

「疲れの具合はどうですか？」

「だいぶよくなった」

「身体がだるかったり、気力が落ちていたりはしませんか？」

「それも今はもうない」

「動悸や息切れがするといったこともないですか？」

何度目かの診察だった。エリーゼはいつも同じような質問を繰り返す。症状はどうか？　具合は悪くないか？　副作用は現れていないか？　訊き終えると何やら紙に書き記し、薬の服用量を決める。

「わかりました。お薬は今のままで問題なさそうですね。処方箋を出しますので、お薬をもらっていってくださいね」

診察が終わったときの言葉だ。

「――もう終わりか？」

「はい。お気をつけてお帰りください」

エリーゼは親しみをこめて言った。だがロンは椅子から立ち上がらず、黙ったままエリーゼを見つめていた。エリーゼは首を傾げた。

「ロン様？」

「……いや」

診察はいつもこんな感じだった。エリーゼは必要なことしか訊かず、診察が終われば丁寧に挨拶した。それはつまり、帰ることを促しているのに等しい。診察が終わったので、帰りなさいと。リンデンはそれが気に入らなかった。診察時間もやたらと短い。他の患者の半分もかかっていないのではないか。

（いくらなんでも短すぎないか？）

無意識のうちにそう思ってしまった自分にリンデンは驚いた。医者と患者なのだから、必要最低限の診察だけすればいいものを、他に何を望むというのだ。たしかに診察時間は短かったが、それはエリーゼがテキパキ仕事をこなしているからだ。そんなことはわかっている。だが、こうしていざ帰るとなると、いつも何か胸に引っかかるものがあった。それが何かはわからなかったけれど。

（——気に入らんな）

そう、なぜか気に入らなかった。

そのときエリーゼが不思議そうに訊いた。

「ロン様？　ひょっとして何かお話でも？　病について気になることがおありですか？」

リンデンは苦笑いを浮かべ、立ち上がった。

「いいや。また三日後に来る」

「はい。お疲れ様でした。それではお気をつけて」

ほら、また。その言葉がなぜか気に食わない。そのときエリーゼが意外なことを言った。

「次回の診察でおしまいです。もういらっしゃらなくても大丈夫ですよ」

リンデンは顔をしかめる。

「どういう意味だ？　来なくていいだと？　もう来るなということか？」

急にロンの声の調子が低くなった。不快感をあらわにした声に驚いたエリーゼは答えた。

「い、いえ……もうほぼ治りましたので。あと一度、来ていただければ、通院の必要はありません。何か不安な点でも……？」

治療が終わるというのに、なぜそんな反応をするのか。喜ぶべきことではないのか？　まだ治りきっていないような気がして不安なのだろうか？

エリーゼは患者（ロン）を安心させようと柔らかく微笑んだ。

「だいぶよくなっていますので、そんなに心配なさらなくても大丈夫ですよ。病院にかからず、健康でいるのに越したことはありませんから。医者にかかりっきりになるよりもいいでしょう？　処方したお薬をきちんと飲めば完治しますので、ご安心ください」

そうまで言われたら、リンデンはもう何も言えなかった。

「……ああ」

そうしてその日の診察を終えたのだった。

リンデンは超常能力を解いて本来の姿に戻ったあと、すぐに皇宮に帰り、業務をこなした。多くの分野の国政に携わっているため、仕事は山積みだ。実のところ診察のために三日に一度テレサ病院に行くのも無理があった。なんとか病院に行く時間を作るため、いつも以上に時間に追われていた。

(もう来なくていいとは)

リンデンは顔をしかめた。客観的に考えれば、不機嫌になるようなことでもない。病が治って病院に行かなくてもいいのだから、むしろ喜ぶべきことなのは自分でもわかっている。だが、どうにも喜べないのだ。

「殿下」

そのとき聞き慣れた声がして、リンデンはその方向に顔を向けた。

「何かお気に召さないことでもあったのですか？」

凜々しく彫像のように整った眉目秀麗な顔立ち。冷ややかだが美しい外見は、よく研がれた宝剣を思わせた。エリーゼと同じ白金髪を見て、皇太子はその人物の名前を呼んだ。

「レン」

エリーゼの兄、クロレンス侯爵家嫡男のレン・ド・クロレンスだ。皇室騎士団の銃騎士団副団長で帝国屈指(くっし)の気功騎士団(オーラナイツ)の次期幹部。それと同時にリンデンが最も信頼(しんらい)を置く側近であり、唯一(ゆいいつ)の親友でもある。

「殿下、お顔色がすぐれないようですが、またどこか具合でも悪いのではないですか？」

「いや、平気だ。身体は大丈夫だ」

リンデンは首を横に振った。身体はたしかによくなった。侍医(ベン)がくれた薬を飲んでいたときは、ちっとも効果がなかったのに、エリーゼが処方してくれた薬を飲んだら、嘘(うそ)のように身体が軽くなった。今はもうなんともないくらいに。だが、そのこともリンデンは気に入らなかった。

(なんでこんなにすぐよくなったんだ？　いったいどんな薬を処方したら……)

すぐに効果があったのはよかったが、なぜか気に食わないのだ。完全に治ったら、もうエリーゼを訪(おとず)れる理由がなくなるからでは決してない。

「では、第三皇子殿下に関する何かですか？」

「いや、たいしたことではない。気にするな」

「そうおっしゃらずに、お話しください。何かお困りでしたら、力になりますよ」

お前の妹(エリーゼ)のせいだとも言えず、リンデンは内心ため息をついた。

「レン」

「はい、殿下」

「お前の妹は、何が好きなんだ？」

「……は？」

レンの目がきょとんとしている。

「ええと……それは、どういう……？」

「偶然、世話になったのだ。特別な感情があってのことではないから気にするな」

リンデンは訊かれてもいないのに、まるで釈明するかのように言った。

(礼はせねばな。ランドルについても、私の治療についても)

そう、これはたんなる礼儀だ。特別な感情をこめた贈り物をするのでは決してない。皇室の一員として、世話になったのなら礼は返さねばなるまい。リンデンはそう考えた。

「何が好きなのだ、お前の妹は？」

レンは悩んだ。

(あいつの好きなもの……？)

考えても、特に思いつかない。軍人気質で妹の好きなものなど考えたこともなかった。それにいつも叱ってばかりで、仲良く会話したこともなかった。なので思いついたままを答える。

「――食べ物が好きですかね」

「何？」

「中でも苺ケーキが好きだったかと」

「……」

まったく役に立たない答えだ。感謝の印が苺ケーキだと？

「他にはないのか？」

「マンゴープリンとバナナタルトも好きだと思います……牛乳は嫌いで――」

「いや、そういうものではなく、もっと贈り物としてふさわしいものだ！」

「……」

黙り込んでしまった親友を見て、リンデンは舌打ちした。この仕事バカめ。ちっとも役に立たないではないか。

「何かないのか？　お前はご令嬢に告白するとき、どんな物を贈るんだ？」

「……」

やはり答えがない。

（――訊く相手を間違えたな）

リンデンは自分を責めた。第三皇子の取り巻きをはじめとする政敵相手には容赦ない毒舌を際限なく吐けるレンだが、一つだけ苦手なことがあった。

まさに女性に関することだ。気がきかず無愛想で軽口もたたけない毒舌家のレンは、恋愛に関しては完全に奥手だった。今まで女性の手を握ったこともないと聞く。

だからと言って、リンデンも親友をとやかく言える立場ではなかった。似たもの同士なのだから。

仕事ばかりしてきた彼もまた、女性の手を握ったことなどなかった。

（とはいえ異母弟に訊くわけにもいくまい）

リンデンは、この皇宮で、いや、ロレージ一の色男と言われる第三皇子を思い浮かべた。ミハイル・ド・ロマノフは継承順位第二位の三男で〝剣帝〟という異名を持つ、正式な第三皇子だった。

(ミハイル)

リンデンの表情は冷ややかだった。政敵といえど、恨んでいるわけではない。ただ〝あの日〟の事件を起こし、自分からすべてを奪って地獄に突き落とした〝彼ら〟を許すことは絶対にできない。

そのとき、レンが彼らしくもない、おずおずとした口調で言った。

「殿下、宝石はいかがでしょう?」

「宝石?」

「はい。思えばエリーゼは、小さい頃からキラキラしたものが好きでした。ドレスもいつも宝石のついたものを好んでいましたし」

「宝石か。なるほど」

リンデンはうなずいた。たしかに誠意を示すにはちょうどいいだろう。女性なら皆、好みそうな気もするし。

(だが、エリーゼもそうだろうか?)

テレサ病院で働くエリーゼの姿を思い浮かべた。地味な診察衣をまとうだけで、宝石はおろか、ちょっとした装飾品すら身につけておらず、それでも美しく輝いていた彼女。あまり宝石はふさわしくないような気もしたが、信頼する部下でありエリーゼの兄でもあるレンの言葉を信じることにした。

リンデンは侍従に命じてすぐに贈答用の宝石を手配した。光り輝く赤いルビーのネックレスだ。そして三日後の最後の診察を終えたあと、エリーゼに感謝の印として差し出した。

「お受け取りできません」

エリーゼは一秒もためらうことなく断った。

「……」

すげなく断られ、リンデンはしばし言葉を失った。

「なぜだ？」

「こういったものが欲しくてランドル様やロン様を治療したのではありません」

「たんなる礼に過ぎん」

「承知していますが、私は医者です。患者を治療するのは当然です。仕事をしただけですので、このような過分なものは頂けません」

そう言いながら、相手を思いやってエリーゼは優しく笑った。

「お気持ちはありがたいですが、そのお気持ちだけで十分です」

ちょっとした菓子折り程度なら、誠意として喜んで受け取ったかもしれないが、どう見てもこんな高価なルビーのネックレスなど受け取れるわけがない。職業倫理に反する。前の世界で医者として慎ましく暮らしているときでさえ、こんな〝ほんの気持ち〟は決して受け取らなかった。

「わかった。余計なことをしてすまなかった」

「気を悪くされたのなら申し訳ありません。お気持ちだけありがたく頂戴いたします」

しかしリンデンは首を振った。

「いや、まったく気にしていない」

気分を害すどころか、むしろ予想どおりとでも言えようか。仕事バカのレンのアドバイスに頼ったときから予感はしていた。ただ、自分の知っている、わがままで贅沢ばかりを好んでいた幼いエリーゼがこれほどまで変わったのに驚いただけだ。正直、少し感心したくらいだ。

「ではどうしたらいい？」

「何がです？」

「私は、借りは作らない。世話になった君にどう返せばいい？」

「それは診察料だけで結構ですよ。貴族の方なので多めに請求させていただいてますし……」

リンデンは唇を引き結んだ。

「あの程度の診察料で？　そういうことではないというのはわかるだろう？」

「いえ、それで十分なのですが……」

「欲しいものはないのか？　礼をしないなどありえない」

借りを作ったというより、借金の取り立てのような高圧的な声音だった。しかたなくエリーゼは言った。

「どうしてもとおっしゃるのであれば、苺ケーキでお願いします」

「は？」

「私、苺ケーキが大好きなんです。もしもまた偶然にお会いする日があれば、そのときには苺ケーキをごちそうしてください。できればパイク街の〈ビアベーカリー〉のものを。そこのケーキってとっても甘いのに爽やかでおいしいんですよ」

「……」

リンデンが口を閉ざすと、エリーゼは本心だとでも言うように続けた。

「冗談ではありませんよ。私、苺ケーキには目がなくて。でも家だとお継母様が身体によくないからとあまり食べさせてくれないんです」

兄のクリスが見たら、胸がキュンとするほど可愛らしい声だろう。いつも本物の大人よりも大人びた姿を見せていたエリーゼが、そのときだけは年頃の少女のように見えた。

「マンゴープリンは？」

「え？」

「マンゴープリンは好きか？」

「あ、はい！　それも好きです。でもどうしてそれを……？」

「バナナタルトも好きだろう？　牛乳は嫌いで……」

エリーゼは目を丸くした。なぜそんなことまで知っているのだろう？

そのときだった。エリーゼは目を疑うような光景を見た。決して笑わなそうな、目の前の男がうっすらと笑みを浮かべたのだ。

「わかった。そうしよう。パイク街のビアベーカリーの苺ケーキだな。他にマンゴープリンとバナナタルトもごちそうしよう」

その笑顔にエリーゼの胸がときめいた。やり直しの人生。エリーゼは気づかなかったが、一度目の人生も含め、これまでの人生で初めて目にする、男性の心からの微笑みだった。昔、あれほどまでに欲していた笑顔――。

「思う存分食べさせてやろう。これからな」

ついに明日は生誕祭だ。ロレージ全体が一週間続く生誕祭の準備に浮かれていた。

テレサ病院も生誕祭の期間は休診で、救護所で救急患者のみ受け入れるため、見習いのエリーゼも休暇を取った。

「ねえ、あなた、この服はどう？　おかしくないかしら？」

「そなたは何を着ても似合うよ」

「そんなこと言わないで、よく見てくださいな」

「ううむ、本当にどれも似合っているのに、何を選べと言うんだ？」

「面倒だからそうおっしゃってるんでしょう!?　ちゃんと見てください」

「い、いや、本当にどの服だろうと、そなたは美しいよ」

いつもならパーティーにはあまり関心を示さない継母も、嬉しそうに生誕祭のパーティーに着ていくドレスを準備している。エリーゼは、そんな両親の仲睦まじい姿を微笑ましく見ていた。

（今度こそ守ってさしあげないと）

一度目の人生で継母は病でこの世を去った。だが、今度はそんなことにはならないだろう。なんていったって私がついているのだから！

（まだ発病前だけど、絶対見逃さないわ！）

エリーゼは昔の記憶をたどった。継母が病に倒れるのはあと数年後だ。

そのとき、クリスがエリーゼを呼んだ。

「リゼ、お前は準備しないのかい？」

「もう終わっています。以前選んでおいたドレスを着ていくつもりなので」

「そうなの？」

クリスは首を傾げた。去年までは生誕祭のたびに浮かれてはしゃぎまわっていたのに、今年はやけに澄ました顔をしている。それもそのはず、エリーゼは生誕祭のパーティーなどに興味はなかった。むしろ行きたくもなかった。

（行ったところで、何もいいことなんてないし）

それどころか、十六歳の年の生誕祭は最悪だ。皇太子との婚約発表があったのだから。

（あのときは、あれから悲劇が始まるなんて思ってもいなかったわね）

もう一つ、行きたくない理由がある。

（試験勉強しないといけないのに……）

医師試験の日が差し迫っていた。生誕祭が終わってから二週間後にあるのだ。いくら前世の医学知識があるとはいえ、手を抜くわけにはいかない。

（前の世界との違いについてはちゃんと押さえておかないと。以前の知識で答えたら、間違い扱い

になっちゃうかもしれないし）

できることなら、納得のいくまで勉強をしたかったが、あまりにも時間が足りない。

（パーティーには顔だけ出して、すぐ戻って来よう。家で勉強するほうがよっぽど大事だわ）

まるでガリ勉のような思考だ。

「リゼ、何か悩み事？」

「い、いえ何も……」

「そう？」

クリスは肩をすくめた。

「でも少し顔色が悪いよ。大丈夫かい？」

そう言いながら妹の額に手を当てた。

「あれ？　少し熱があるんじゃない？」

エリーゼは首を傾げた。熱がある？

「平気です。心配しないで、クリス兄様」

「いいや。顔色が悪いのもおかしい。一生懸命なのはいいけど、無理しすぎなんじゃないのか？」

「そんなことありません。本当に大丈夫ですから」

心配そうなクリスを前に、エリーゼは力強く否定した。

「ほら、ぴんぴんしてます」

「いいや、少し休め。さあ、本を読むのはそこまでにして、おとなしく部屋で寝ていなさい」

クリスはエリーゼが読んでいた医学書を無理やり閉じた。

「お兄様、本当に大丈夫ですって。あと少しだけ読んだら寝ますから」

「だめだ！」

「クリス兄様、ねえ？　お願いします、ね？」

エリーゼは、クリスの腕にすがりついて愛嬌を振りまいたが、こういうことに関してクリスは厳しかった。

「だめだ！　今日はもう休むんだ。ただでさえ身体が弱いのに、風邪でも引いたらどうするんだ？」

どうにもできず、エリーゼは兄に寝室まで連れて行かれた。

「大丈夫なのに……」

「リゼはいい子だろ？　本は兄様が預かっておいてやるから、今日はもうゆっくり休むんだ。わかったな？」

クリスは蕩けるような笑顔でにっこり笑うと、エリーゼの部屋に山積みにされていた本をすべて持っていってしまった。行政府での仕事さばきが半端ないと言われている兄らしく、まったく隙がない。そうして強制的に休まされたエリーゼはため息をついた。

（やっぱり無理してるのバレたか）

夜まで病院で働き、家に帰ってからは朝方近くまで勉強していた。身体の丈夫な人間ですら厳しいスケジュールだ。疲れていないといえば嘘になる。実のところ数日前からめまいもした。

（前の世界と比べたら、この程度どうってことないのに）

前世でインターンや研修医として働いていたときは、もっときついスケジュールでも耐えられた。三日間で三時間しか寝なかったときもあれば、二日間何も食べずに働き続けたこともある。自分だけじゃない。他の人もそうだった。

（それでも耐えられたのに。たしかに高本葵のときより今の身体は弱いわね。すぐ熱出すし）

エリーゼは目を閉じた。

（一晩眠れば、体調も回復するでしょう。寝ようっと）

だが、回復するどころか悪化した。

「うぅっ……」

目を覚ましたエリーゼは堪らず呻き声を漏らした。

「苦しい……熱が……」

全身火照っているのに悪寒がした。典型的な発熱症状だ。頭も痛くてふらふらする。

（なんだろう？　上気道感染かな？）

やはり最近の無理がたたったのだろう。

（よりによって今日は生誕祭のパーティーなのに……）

エリーゼは深くため息をついた。今日は生誕祭の初日だった。帝都で暮らす高位貴族は必ずパーティーに参加しなければならない。そのとき部屋の扉がノックされ、クリスが入って来た。

「リゼ！　起きたかい？　身体はどうだい？　そろそろ準備する時間だろ？」

優しく話しかけてきたクリスの顔がこわばった。どうも妹の様子がおかしいことに気づいたようだ。

「リゼ？」

「あ……お兄様……」

慌ててエリーゼの額に手を当てたクリスが驚く。ずいぶんと熱が高い。

「まったく！　ちょっと待ってろ！」

クリスが急いで部屋を出て行くと、エリーゼは朦朧としながら寝台に横たわった。

（苦しい……）

しばらくすると、クリスがクロレンス侯爵家の主治医を連れて戻ってくる。父も一緒だ。

「エリーゼ！」

娘の姿を見た侯爵は顔をこわばらせた。エリーゼは心配ないというように微笑む。

「だ、大丈夫です」

しかしそれが余計に痛々しく見えて、侯爵の怒りに火をつけた。

（テレサ病院のやつらめ！　よくも可愛い娘をこき使ってくれたな！　生誕祭が終わったらただじゃおかないぞ。全員減給だ！　特にあのグレアムとかいうやつは、クビだ、クビ！）

名宰相だ、貴族の鑑だと称賛されている侯爵だが、娘のこととなると親バカ丸出しでぎりぎりと奥歯を噛みしめる。

「では診察しますね」

一緒に入ってきた主治医がエリーゼに近づく。エリーゼは先に自分で推察した診断を伝えた。

「症状からすると上気道感染だと思います」

その言葉に主治医はやや目を瞠った。正確な医学用語だったからだ。

「一度確認させてください」

そして簡単な診察をした。熱は三十八・七度と高く、主治医はうなずく。

「そうですね、お嬢様のおっしゃるとおり、上気道感染のようです」

「大丈夫なのか⁉」

「大丈夫なのですか？」

父と兄が同時に訊いた。二人の心配でたまらないという顔に、主治医は微笑んで答える。

「はい。上気道感染は、いわゆる風邪ですから、安静にしていればよくなるでしょう。ただ、熱が高いので当分の間はおつらいと思いますので、お薬を処方いたします。忘れずにお飲みください」

処方薬を渡して主治医は帰っていった。エリーゼが薬を飲もうと見てみると、鎮痛剤と解熱剤だった。

(熱はこれ以上、上がらないわよね？　薬を飲んで少しよくなるといいんだけど)

父が厳しい口調で言った。

「エリーゼ」

「はい」

「今後、病院で働くのは禁止する」

「ええっ？」

(どうして急に⁉)

「体調を崩したのは働きすぎが原因だろう？　お前は身体が弱いんだ！　いつかこうなると思っていた。もう病院には行かさん！」

「お、お父様。働きすぎなのではありません。試験勉強を少し頑張りすぎてしまっただけなんです。病院では決して無理などしておりません」

「だめなものはだめだ！」

厳めしい顔に似合わず心配性な父を、エリーゼは汗をだらだらと流しながら宥めねばならなかった。

「これからは絶対に無理はしませんから。風邪も引きません。だから怒らないでください、お父様。ね？　ね？　いいでしょう？」

そうして愛嬌たっぷりに説得してようやく父の怒りを静めることができた。隣で兄のクリスが心配そうに訊いてきた。

「生誕祭のパーティーには行けそうなのか、エリーゼ？」

「はい、貴族としての義務ですから」

「とても大丈夫そうには思えないが……」

「大丈夫ですよ。風邪くらいで欠席するわけにはまいりません」

他でもない生誕祭の初日だ。それにエリーゼは、一般の貴族ではなく帝国の名高いクロレンス侯爵家の令嬢だ。倒れて入院したならまだしも、たんなる風邪で休むわけにはいかない。しかし父は、きっぱりと言った。

「行かなくてもよい。誰にも何も言わせん。クロレンス侯爵家の大事な娘が病気だというのに」

「お父様……」

「陛下に何を言われようと、私が責任を取る」

娘を心配する父の愛を感じた。エリーゼは幸せそうににっこりと笑う。

（一度目の人生では厳しい姿しか見せてくれなかったのに）

以前の人生ではこんな幸せを感じられなかった。だからこそ今こうして感じられる幸せが、家族が、とても大切に思えた。今度は絶対に手放さない。

「大丈夫です。おとなしく座っているだけで、陛下の祝辞が終わったらすぐに帰ります。未成年ですし、特にすることもないでしょうから」

宰相である父と行政府の高官であるクリスはパーティーの最中もすべきことがあるだろうが、エリーゼには特にすることはなかった。

（前回は婚約発表のせいでせわしなかったけど、今回はそんなこともないし）

いずれにせよ前世とは違い、今回の生誕祭の主役は自分ではない。ただ静かに座って待ち、すぐに帰ってくればよい。エリーゼはそう考えていた。

だが、エリーゼは知らなかった。この生誕祭のパーティーで起こることを。そしてそこで自分が何をするのかを。まったく想像もしていなかった。それこそ、この場の誰もが予想もつかない大事件を起こすのだった。

「ブリチア帝国、万歳（ばんざい）！」

「ロマノフ万歳！　ミンチェスト皇帝（こうてい）陛下、万歳！」

街中が祝賀ムードだ。ロレージの市民たちは、皇室から振（ふ）る舞（ま）われた肉や麦酒（ビール）、葡萄酒（ワイン）に歓喜（かんき）の声をあげる。皇宮（こうぐう）で開かれる生誕祭のパーティーとは別に、市民たちはおのおの祭り気分を味わっていた。

「街も賑（にぎ）わっていますね」

「喜ばしい日だからな。そういえばクリスよ、今回の準備ではずいぶんと尽力（じんりょく）したそうだな。ご苦労だった」

「とんでもない。父上こそ大変だったのではないですか？　クセフ遠征（えんせい）のせいで財政府からの風当たりがかなり強いようですが」

宰相と行政府の官僚（かんりょう）はそんなふうに言葉を交（か）わした。

「レンはどうした？」

「兄上は騎士団からそのまま会場に行くそうです。近頃は第一次クセフ遠征軍に関する討議でかなり忙しいようで。黒の大陸の西北部をフレスガード共和国が平定したことで状況が変わったとか」

「そうか」

皇宮に向かう馬車の中で父子は国政について話し合う。その間、継母は娘を心配そうに見つめていた。

「大丈夫、エリーゼ？」

「はい、お継母様」

「陛下の祝辞が終わったらすぐに帰りましょう。私と一緒に」

「お継母様は、ゆっくり楽しんでいらしてください。せっかく楽しみになさっていたのですから」

「あなたが熱を出しているというのに、それどころじゃないわ」

「私は本当に大丈夫ですから。ただの風邪なのでそんなに心配なさらないでください」

しばらくすると馬車は皇宮のパーティー会場へと着いた。エリーゼはクリスにエスコートされて馬車を降りる。地面に足を下ろすと、頭がくらくらしたが、なんとか平気なふりを装った。

「リゼ、決して無理してはいけないよ？」

「ええ、わかっています。私のことは気にせず、どうぞお兄様の任務を頑張ってください」

「任務？　なんの？」

エリーゼはにっこりと笑って言った。

「いつもお一人じゃないですか。今年の生誕祭こそは、素敵なご令嬢を見つけてくださいませ。お継母様もお父様も口にはしませんが、ずっと待っているんですよ」

「エリーゼ、お前ってやつは！」

妹の言葉にクリスは顔を赤らめた。隣で兄妹の会話を聞いていた継母も口を挟む。

「そうよ。エリーゼの言うとおりだわ。あなたもレンも、ちっとも色っぽい話がないんだから。他のご令息たちはもっと若い頃から恋愛だのロマンスだの口にしているというのに。仕事もいいけれど、仕事ばかりじゃ困りますよ」

「は、継母上……」

「うおっほん、そうだぞ。父も同じ思いだ。私がお前の年頃のときは、それはそれはモテたというのに」

その言葉に継母が父を睨みつけた。

「あなたっ！」

今の姿からは想像もつかないが父は若かりし頃、それなりに色男だったらしい。真偽のほどは不明だが。

「ごほんっ、とにかくお前もレンも少しは恋愛に関心を持て。孫の顔が見られるのはいったいいつになることやら……」

「……わかりましたよ」

クリスはげんなりしながら答えた。そんなクリスを見て皆でくすくす笑い合ったあと、会場の大広間に入った。

「クロレンス侯爵家がお見えになりました！」

侍従が大声でそう叫ぶと、帝国一の名門、クロレンス侯爵家の登場に巨大な会場中の視線が集まった。

「宰相がいらっしゃるぞ」

「隣の青年は行政府の次期副大臣と目されるクリス様だな。その隣の美しいご令嬢は誰だ？」

「誰って、エリーゼ様だろう？」

「ああ！　帝国一の美女と噂の……たしかに評判どおりの美貌だ」

　皆がエリーゼを見つめた。誰もが感嘆するほどエリーゼは美しかった。柔らかな白金髪、白い肌、宝石のような青い瞳。控えめながらも気品ある淡い色のドレス。着飾らなくても人形のように可愛らしいのに、綺麗に粧った今の姿はまるで絵の中の妖精のようだった。顔色がやや青白かったが、それすらもその華奢で可憐な魅力を引き立てている。

　誰もがしばらくエリーゼに見惚れていた。エリーゼはその視線に応えるように微笑む。はにかんだような美しい笑みだった。視線を一身に浴びながらもエリーゼは思っていた。

(早く帰りたい。パーティーなんて嫌いだわ。手術のほうがずっとマシよ)

　一度目の人生では飽きるほどパーティーに参加した。食事、酒、おしゃべり、殿方、ダンス！　振り返れば、なんと虚しいことか。手術室で手術するほうがずっとやりがいがあるうえに楽しい。生死をさまよう緊張感！　消えかけた命を救うやりがい！　今では自分の人生になくてはならないものだ。

そのとき、一人の中年男性が彼らに近づいて、父に声をかけた。

「久しぶりだな。クロレンス卿。ウェールでも噂は聞いているよ」

「閣下」

穏やかな印象のその男は、ブリチア島でロレージの西方ウェールの大貴族、ハーバー公爵だった。

「ハーバー公爵閣下、お初にお目にかかります。クロレンス侯爵家の次男クリス・ド・クロレンスと申します」

「君の話もよく耳にしておる。将来有望だとな。頑張っているようだな」

そうしてしばらく話をしていた父と兄は、公爵に気遣いながら別の場所へと移動した。ウェール地方について話すことがあるのだろう。

継母も久しぶりに会った友人に連れられてどこかに行ってしまった。おかげで、自然と一人になったエリーゼは、ずきずきと痛む頭を押さえて、会場を見渡す。

（どこか隅のほうに休めるところはないかしら？）

以前なら体調が悪くてもどうにかしてパーティーを楽しもうとしただろうが、今はさほど興味もない。いっそのこと外に出て座っていたかったが、来たばかりなのにそうするわけにもいかなかった。

（あ、あそこなら休めそう）

エリーゼは人目につかない隅に向かった。

「はあ……」

壁際まで行くと、エリーゼはため息をついた。少し歩いただけで頭がくらくらする。身体の節々が殴られたように痛くて、どこでもいいから横になりたかった。

(早く帰りたい……)

しかし皇帝陛下の祝辞が終わるまでは、まだだいぶ時間がある。はたしてそれまで耐えられるだろうか。

そのとき、室内に華々しくファンファーレが響いた。

「皇太子殿下のご入場です!」

エリーゼが驚いて振り向いた。

(殿下がこんな早くから?)

皇太子リンデン・ド・ロマノフは一度目の人生でエリーゼの夫だったため、その性格はよく知っている。彼はパーティーが大嫌いで、いつもは終わる間際に姿を現していた。それなのに今回はもう参加するなんて予想外だった。

「皇太子殿下にご挨拶申し上げます!」

普段と違うのはそれだけではなかった。大勢から挨拶をされながら、皇族の席につくと、周りに立っている者たちをよそに、何やらきょろきょろと辺りを気にし始めたのだ。まるで誰かを探しているかのように。

「どなたかをお探しですか、殿下?」

周りの大臣たちも不思議そうな顔をしている。遠く離れた隅のほうからその様子を眺めていたエリーゼも首を傾げた。

(誰か探してるのかしら?)

そしてその瞬間。皇太子の視線が大勢の人混みの狭間から、まっすぐにエリーゼのいる広間の片隅に釘付けになった。

その視線とぶつかった気がしたエリーゼは、一瞬たじろいだ。

(もしかして、私を見てる……?)

エリーゼはそう思ったが、

(まさかね……)

とすぐに否定する。誰だかわからないほど遠く離れているのだ。エリーゼだということもわからないだろうし、わかったとしてもそんなにじっと見つめる理由がない。

周りを見てみたが、エリーゼの他には侍従たちが何人かいるだけだった。とりあえず自分を見ているわけではないだろうと思ったエリーゼは視線を外す。

(そういえば、彼もパーティーに来るわよね? いつ頃来るのかしら)

リンデンを見てふとその人物が気になった。

(女好きだからいつも早く来てはご令嬢たちに声をかけていたのに、今日は姿が見えないわね)

そんなことを考えていたエリーゼの口元に笑みが浮かんだ。

リンデンの異母弟でロレージ一の色男。そして一度目の人生でエリーゼの唯一の友だち。

（本当に不思議ね。近づきたい人とはひどく離れて、一番遠ざけないといけなかった人とは友として過ごしていたなんて）

どちらにせよ、もう自分は皇室とは無関係の医者の人生を歩むのだから、リンデンだけでなく彼とも関わることはないだろうが、一度くらいはまた会いたかった。もはや自分だけの思い出になってしまっているけれど、彼との縁も大切だったのだ。

「あら、これはこれは……お久しぶりでございますね、エリーゼ様」

そのとき、女の高い声が聞こえてきた。声の主のほうを向くと、神経質そうな印象の貴族令嬢がエリーゼを見つめている。

（――誰だっけ？）

「あの……失礼ですが、どちらのお家の……」

「なんですって？　わたくしが誰かわからないとおっしゃるの？　はっ、信じられない！」

令嬢は目を怒らせた。エリーゼは戸惑うばかりだ。

（全然、思い出せないわ……どうしよう？）

相手からすれば数カ月ぶりなのだろうが、今のエリーゼにとっては三十年以上の時を経ている。通りすがりの人まで覚えていられない。それでも、痛む頭を絞ったら、かろうじて思い出せた。

「……バーモント伯爵令嬢」

「あら？　思い出してくださったの？　光栄ですこと。まあ、前にエリーゼ様がおっしゃったように、クロレンス侯爵家に比べればちっともたいした家柄ではございませんが」

エリーゼは混乱した。どうやら嫌みを言われているらしい。

（バーモント伯爵家――貴族派の代表の一つね）

バーモント伯爵家は、チャイルド侯爵家を筆頭とする貴族派閥の一つだった。皇帝派の代表格であるクロレンス侯爵家とは当然ながら対立関係にある。

（社交界でも皇帝派と貴族派に分かれて、事あるごとにいがみ合っていたっけ……）

政治的な問題は、社交界の令嬢たちにも影響していた。以前のエリーゼは、皇帝派貴族の令嬢のトップとして貴族派の令嬢たちと幾度となく衝突していた。もちろんそれは、皇太子との婚約が発表されたあとのことで、現時点でエリーゼはまだ社交界ではさほど知られているわけではない。成人の儀も迎えておらず、性格が悪いだけで他人を惹きつけるようなカリスマ性もなかった。

（それにしても、バーモント伯爵令嬢に私は何をやらかしたんだろう？）

こうしてわざわざ嫌みを言いに来るということは、きっと自分はこのご令嬢に何かしたのだろう。

（なんだろう……？）

必死で考えてようやく思い出した。

（――あれか）

たいしたことではなかった。とはいえ当事者からしてみれば相当不愉快だったのだろう。エリーゼは自身の無礼を詫びようと声をかけた。

「あの……」

「何かしら？」

「バーモント伯爵家に対するこれまでの無礼な発言についてまことに申し訳ありません。私が軽率でした。心よりお詫び申し上げます」

エリーゼは頭を下げた。

「……！」

思いもよらない謝罪にバーモント伯爵令嬢は唖然とする。皮肉ってやったのに、まさかこんな態度を向けられるとは想像もしていなかった。あの傲慢で高飛車なクロレンス侯爵令嬢が、謝罪？自分をからかっているのかとも思ったが、その言葉には本心が感じられた。

「謝ったからと言って不快に思わせてしまったことには変わりありません。申し訳ありません。自分でも幼稚だったと思います。お許しいただけたら嬉しいです」

「い、いえ。そこまでおっしゃっていただいたのですから、こちらも水に流しましょう」

エリーゼの丁重な謝罪にたじろいでしまったバーモント伯爵令嬢は言葉を和らげた。

（いったいどうしたというの？）

彼女の知るエリーゼは決してこんな人間ではなかった。性格の悪さもそうだが、クロレンス侯爵家であるプライドが半端なく、こんなに従順に頭を下げるなんてありえなかったのだ。だが、エリーゼの思いは違った。

（ひどいことをしたなら謝るのが礼儀よね。恥知らずなほうが家の名誉に泥を塗ることになるのだから）

自分の過ちについてはいくらでも謝れる。それでプライドが傷つくなどとは微塵も思わない。むしろ、悪いとわかっていながら、見て見ぬふりをするほうが矜持を傷つけると思っていた。

そのとき。また別の声が聞こえた。

「お久しぶりですこと、エリーゼ様。お元気でしたか？」

普通の貴族とは違い、堂々としていてハキハキとした声だった。

エリーゼは目を瞠った。二度の人生を経たあとでも、この声は鮮やかに記憶に残っている。そちらに目をやると、やはりそこには記憶の中にはっきりと残る顔が自分を見つめていた。

すらりと高い身長、ほっそりしていながらも肉感的な身体、やや色濃い肌は健康的で爽やかな魅力を放っている。病弱そうなエリーゼとはまったく異なるスタイルの美女だ。

「チャイルド侯爵令嬢」

彼女こそが貴族派の長であるチャイルド侯爵家の令嬢だった。

「嬉しいですわね。わたくしの名前は覚えていてくださっているなんて」

ユリエン・ド・チャイルド。ユリエンが笑みを浮かべて言った。バーモント伯爵令嬢のときとはまったく印象が違う。当てこすりではなく、本当によかったと思っているような声音だ。実際に皮肉のつもりで言ったのではないだろう。ユリエンはそんな娘ではなかったから。

（ユリエン様――）

エリーゼは複雑な思いで彼女を見つめる。毒蛇のようなチャイルド侯爵とは違い、ユリエンとはいろいろと愛憎の入り交じる仲だった。

（仲がいいとは言えなかったけど……）

むしろ最悪だった。家同士の対立のせいもあるが、二人の仲が悪くならざるをえなかったのにはもう一つの理由がある。ユリエンもまた、皇太子に片思いをしていたのだ——そう、エリーゼの恋敵だったのである。

(本当にこれでもかというくらいやり合ったわね)

どちらか一方が死ぬまで敵対する。当時はそれが当たり前だと思っていた。

(そうまでする必要が本当にあったのか、今となっては疑問だわ)

エリーゼは胸が締めつけられるような気がした。前の世界でも、時折ユリエンのことを思い出した。家同士の立場に縛られ、同じ男を愛しただけで、客観的に見たらユリエンはなかなかに素敵な女性だった。金貸し業を営むチャイルド侯爵の娘とは思えないほどに。

(私じゃなくて彼女が皇后になっていたらよかったのかもしれない)

そんなことすら思った。ユリエンがリンデンと結婚していたら、私のときみたいな悲劇は起こらなかっただろう。貴族派も皇帝派にある程度は取り込めただろうし。

(今世では彼女が皇太子妃になるというのもいいかもしれないわね。あんなに殿下を慕っているのだし)

政治的な立場があるためその可能性は低いが、自分は選択肢から抜けるのだから、まったくありえない話ではないだろう。ユリエンが殿下を想う気持ちは本物だったのだから。

「何を考えていらっしゃるの？」

ユリエンが訊いた。エリーゼは、笑みを浮かべながら答えた。

「いいえ、なんでもありません。お目にかかれて嬉しく思います、ユリエン様」

「……」

ユリエンは首を傾げた。エリーゼの口調に合点がいかなかったのだ。いつもの生意気さが控えめなのはわかるとしても、声に落ち着きのある喜びが滲んでいたからだ。

（何？　わたくしの勘違いかしら？）

しかしそうではなかった。エリーゼはユリエンに会えて本当に喜んでいたのだ。エリーゼ自身もそんなふうに感じるなんて意外だった。

（昔はあんなに仲違いしてたのに、久しぶりに会うと嬉しいものね。なんだかんだで情が移ったのかしら？）

ユリエンはそんなエリーゼを見て、咳払いをする。

「今日のエリーゼ様はいつもと少し違いますわね」

実のところ、ユリエンがエリーゼに声をかけたのは仲良くおしゃべりでもしようと思ったからではない。むしろ会うたびに嫌がらせをしてくるエリーゼにひと言ガツンと言ってやろうと思ったからだ。それなのに、反応があまりにも予想外で拍子抜けしてしまった。手に負えない野良ネコが従順なウサギにでも変わってしまったような気分だ。

二人は少しの間黙ったまま互いを見つめた。ユリエンは探るような視線で、エリーゼは柔らかな笑顔を浮かべて。すると、ひとしきりエリーゼの様子をうかがっていたユリエンが、エリーゼの顔色が悪いことに気づいた。

「顔色がすぐれないようですが、どこか具合でも悪いのですか？」

「はい、少し風邪気味で……」

「無理はいけませんわよ。近頃の風邪はひどいらしいですから」

そう言ってから、ユリエンはしまったと思った。こんな言葉を交わす間柄ではないのだ。しかし、エリーゼの反応はいつもと違った。

「お気遣いいただきありがとうございます。ユリエン様も、どうかご自愛くださいませ」

素直な感謝の言葉。ユリエンは奇妙なものを見るようにエリーゼを見つめる。いったい、あなたは誰なのだとでも言うように。

「では、お身体大事にしてくださいませ」

ユリエンはそう挨拶すると背を向けた。その瞬間、エリーゼが意外にも声をかけた。

「あの、ユリエン様！」

「はい？」

「その……」

エリーゼは口ごもった。それをユリエンが怪訝そうに見るが、エリーゼは首を振った。

「……い、いえ。なんでもありません。どうぞ、楽しんでいらしてください」

本当はユリエンともう少し話していたかった。エリーゼは凜として美しい彼女が気に入ったのだ。父親とは違い仁愛の心を持ち、最期の瞬間まで気品を失わなかった彼女。それがエリーゼの記憶にあるユリエンだった。エリーゼ同様に悲惨な最期を遂げたけれど、エリーゼとはまったく異なる気質の女性だった。

(友だちになれたらいいのに)

医者になって、休みのときには彼女のような友人と一緒にお茶したり、ケーキを食べたりできたらどんなに楽しいだろう。だが、両家は仇敵同士だ。そんなことは望めない。

「はあ……」

ユリエンは黙ってため息をついた。

「なぜそんな目で見るの?」

「い、いえ……」

ユリエンはわけがわからないというようにエリーゼの瞳を見つめる。いったいどうしてそんなまなざしを向けてくるのか。しかたなくユリエンは言った。

「そんな顔しないでくださいな。また機会があったら、お茶でも飲みましょう」

「……!」

その言葉にエリーゼが明るい笑顔を見せた。

「はい。ぜひお願いします!!」

もちろんこの先、二人にそんな機会が訪れることはほぼないだろう。それでもいつか、偶然に街中で出会ったら、一度は一緒にお茶をしたかった。

「ふう、それでは失礼するわ」

「はい、お元気で」

「あ、そうだ、エリーゼ様」

「……？」

「今日発表される主役はどなたかご存知？」

「え？　なんの……？」

「皇太子殿下の婚約者よ。今日、皇帝陛下の祝辞のあと、発表があるって聞いたわ」

エリーゼは首を振る。

「私にはわかりません」

「本当に？」

「はい」

しかしユリエンはその言葉を信じず、疑わしそうな顔でエリーゼに訊いた。

「ひょっとしてあなたじゃなくって？」

「……！」

エリーゼの表情がこわばった。前回の婚約発表のことを思い出したのだ。

「バッキム公爵令嬢、プロシエン公国の公女、スフェナ王国の王女、ハプスブルエン王家の王女……候補はいろいろいるけれど、実際のところ、一番有力なのはエリーゼ様、あなたではなくて？」

「そんな、私ではありません」

エリーゼは強く否定した。一度目の人生ではそうだったが、今世は違う。そんなことは起こらないはずだ。

「そうなの？」

ユリエンはそれ以上訊かなかった。ただため息をつく。

「どなたかはわからないけれど、うらやましいわ」

その声には深い悲しみが滲んでいた。彼女は皇太子を愛しているのだ。だが、彼女と皇太子の間にはロミオとジュリエットよりも大きな壁があった。決して乗り越えられない壁が。

「無駄話をしてしまったわね。とりあえず、あなたは早く休みなさいな」

「はい。ユリエン様。ありがとうございます」

ユリエンが立ち去ると、エリーゼは柱にもたれて目を閉じる。ユリエンとの再会は嬉しかったが、おしゃべりを終えたあとは、めまいがひどくなっていた。

（少し休もう。ああ、帰りたい……）

隅にいるおかげで、あまり気に留められなくてよかった。終わりまでずっとこうしていたい。

だが、エリーゼは知るよしもなかった。誰にも見られていないどころか、大勢の視線がちらちらと彼女に注がれていたことに。

今日のエリーゼは本当に美しかった。風邪のせいで顔色はよくなかったが、むしろそれが彼女の

魅力を引き立てている。数多くの貴族令嬢の中でもひときわ目立つ華。

大広間の貴族令息たちはそんなエリーゼを見てときめいていた。だが、彼女に近寄る者はいなかった。なぜならば、まもなく発表される皇太子の婚約者は、彼女かもしれないと思っていたからだ。もちろん候補者はたくさんいるが、やはり一番の有力候補はエリーゼだろう。


「気に入らんな」

そんな状況から離れたところで、彼女を見つめて不愉快そうな表情を浮かべている男がいた。皇太子のリンデン・ド・ロマノフだ。

(じろじろ見過ぎだろう)

エリーゼを見つめる男たちが気に入らない。パーティーを適当に楽しめばいいものを、何をそんなにエリーゼばかり見つめているのか。不機嫌な皇太子は、エリーゼにも不満を抱いていた。

(なぜあんなに着飾って来た？　あんな格好をしたら男たちにじろじろ見られるではないか)

生誕祭のパーティーなのだから、着飾るのは当たり前なのだが、無性に気に入らなかった。

「殿下、何かご不満でも？」

親友のレンに訊かれてリンデンは首を振る。

「なんでもない」

「もしや殿下に無礼を働いた者でも？　名前をお教えいただければ、私が処理してまいりましょう」

（――お前の妹（エリーゼ）のせいだがな）

そんなことを言えるはずもなく、リンデンは唇を引き結んだ。

「レン」

「はい」

「お前の妹だが、具合でも悪いのか？」

超常（ちょうじょう）能力を有し、気功騎士（オーラナイト）でもあるリンデンは常人よりも遥（はる）かに遠目がきく。遠くの隅にいるエリーゼの顔色が悪い。普段から色白ではあるが、今日はいつにも増して蒼白（そうはく）に見える。ずっと柱に寄りかかったまま動かないでいるのもおかしい。

「さあ、わかりません」

やはりレンは妹について知らなすぎた。あまり関心もないようだ。役に立たない友を見やって、ため息をついたリンデンは迷った。

（行ってみるか？）

しかし自分のいる場所とエリーゼのいる場所では遠すぎる。ほぼ広間の端（はし）から端を移動することになってしまう。そのうえ自分を取り巻く大臣たちのせいで、どうにも身動きが取れなかった。

（なぜあんな隅にいるのだ？　まったく気に食わん）

エリーゼへの不満がさらに一つ増えた。だがそのとき――。

「……！」

リンデンは眉（まゆ）をひそめた。絵画のように美しい男がエリーゼにダンスを申し込んだのだ。

（なんだ、あいつは⁉）

男の正体に気づいたリンデンは顔をこわばらせた。

「宝石のように美しいお嬢さん（レディ）、私と一曲踊（おど）っていただけませんか？」

一瞬、何を言われたのかわからなかった。頭もずきずきするし、ダンスを申し込まれたのなんて久しぶりだったからだ。

「レディ？」

「あ……わたくし、ですか？」

「ええ、もちろん」

エリーゼは目を瞬（しばた）かせた。街を歩けば、すれ違（ちが）った女性たちが振り返りそうな美丈夫（びじょうふ）だった。柔和（にゅうわ）な印象で、栗色（くりいろ）の髪が自然にカールしている。だが、ブリチア帝国人ではなさそうだ。

（――フレスガード人？）

何よりも言葉の発音が独特だった。男がエリーゼに話しかけた言葉は、ブリチア語ではなく巻き舌の多い西大陸本土のフレスガード語だったのである。昔からの大国であるフレスガード共和国の言葉は、西大陸各国の貴族社会では公用語のように使われているため、エリーゼも無理なく理解することができた。

「あなたは……？」

「美しいあなたに心奪われた、ルイと申します。フレスガード共和国の使節の一員としてパーティーに参加いたしております」

その名を聞いたエリーゼは表情を硬くした。

「……ルイ様、ですか？」

「ええ、そうです」

男はにっこりと笑いながら答える。しかしエリーゼは予期せぬ人物との出会いに頭が混乱していた。

（嘘でしょ!?　ルイですって？）

エリーゼはその男を知っていた。知らないわけがなかった。

（たしかに昔見た肖像画にそっくりね。同姓同名とかじゃなくて、間違いなく本人だわ）

エリーゼは無意識のうちにつぶやく。

「――砂漠の……サソリ？」

男の表情が一瞬固まったが、すぐに笑顔に戻った。

「麗しい女性が口にするにはふさわしくない名ですね。どうぞルイとお呼びください」

砂漠のサソリ、ルイ・ニコラス！　フレスガード共和国の総統シモン・ニコラスの一人息子で、広大な黒の大陸の西北部を平定したフレスガード共和国一の名将だ。

（モンセル王国を利用してクセフ遠征軍の背後を突く策略を立てたのも、たしかこの男……）

エリーゼの助言がなかったら、この男の計略でクセフ半島への遠征軍は壊滅していただろう。それだけではない。近いうちに起こる、のちの第二次クセフ遠征でも、この男のせいで帝国軍がどれほどの被害を受けたかしれない。一度目の人生で兄のクリスが死んだのも、クリスの部隊がこの男の罠にはまり全滅させられたからだった。

（どうしてルイ・ニコラスが生誕祭のパーティーに？　もともと共和国も帝国も、互いの国には親善使節団を送っていなかったはずなのに）

以前の記憶と国際情勢が頭の中でつながり、すぐに思い当たることがあった。

（まさか……⁉）

エリーゼは驚きのあまり身体をのけぞらせた。どうか思い過ごしであってほしい。しかしルイがわざわざブリチア帝国を訪れる理由は他にはない。

「なぜ……わたくしに？」

「美しい女性とダンスをするのは、どんな男にとっても光栄なこと。それに昔からあなた様に一度お目にかかりたいと思っていたのです」

「わたくしに、ですか？」

ルイが微笑んだ。口角だけを上げた笑みを浮かべて。

「私の計画を阻んだブリチア帝国の稀代の軍師がどなたなのか、気になっていたのです。こんなにもお美しいご令嬢だとは想像もしておりませんでした」

エリーゼは顔をこわばらせる。

（私がモンセル王国の動きを予測したのを知ってる……？）

エリーゼは、ルイの目を見つめた。絵画のような目元がエリーゼを見据えている。まるで獲物を見つけた蛇のように目を光らせて。

ルイがそっと手を差し出した。

「麗しきレディ、私と踊ってくださいませんか？」

「……」

エリーゼはためらっていた。正直、踊りたくない。体調も悪いし、相手が共和国のニコラスだなんて、前世のクリス兄様の敵じゃないの！

しかし、特別な理由もなくダンスを断るのは無礼にあたる。相手の身分がさほど高くなければたいして問題にはならないだろうが、ルイは共和国の王子にも匹敵する高貴な身分だ。三十年の独裁を敷いている総統の息子で、次期総統と有力視される男なのだ。

（うう……誰か止めに入ってくれないかなあ……）

しかたなくエリーゼはルイの手に自分の手を添えた。だがそのとき、突然冷たい声が響いた。

「その手を離せ」

「……！」

「手を離せと言っている！」

漆黒の髪に超常能力を含んだ金色の瞳。彫像のように美しく、凍てつくように冷たい印象の男——皇太子が二人を見つめていた。

（殿下がなんでこっちに……？）

　エリーゼは驚きながらも、膝を曲げて小さな礼をした。

「皇太子殿下、お久しぶりでございます」

　恭しく挨拶をしたエリーゼとは異なり、ルイはまるで親友かのように馴れ馴れしい口調で軽く挨拶しただけだった。

「黒の大陸で二年前にお目にかかって以来ですね。お久しぶりです、殿下。いや、殿下ではなく黒の大陸での呼び名〝空帝〟とお呼びしたほうがよろしいですか？」

　しかしリンデンはルイには目も向けず、未だにエリーゼの手を離さない彼の手を睨んでいた。

「――離せ」

「はい？」

「聞こえなかったのか？　その手を離せ」

　いつにもまして底冷えのする口調だった。

　ルイは顔をこわばらせる。しかしすぐにふてぶてしい笑顔を見せた。

「なぜです？　このブリチアでは美しい女性にダンスを申し込んではいけない決まりでも？」

「嫌がっているではないか」

「は？」

「貴殿の目は節穴か？　嫌がっているのがわからないのか？」

「……！」

とうとうルイの顔から笑みが消えた。ルイの睨めつけるような視線に、エリーゼは困ったような表情を浮かべる。

(いったいこの状況はなんなの……?)

もちろんルイと踊るのは嫌だったし、誰かが止めてくれないかとも思っていた。

(それにしても、どうして殿下が?)

しかもかなり不機嫌そうだ。前世で夫婦だったからかリンデンの気分は手に取るようにわかる。いつもどおりの冷たい表情だが、あれはかなり怒っているときの顔だ。

(何にそんなに怒っているのかしら?)

「——これは気がつかず失礼いたしました」

ルイが皮肉な笑みを浮かべる。そして肩をすくめると、大げさに膝を曲げてエリーゼに挨拶した。

「麗しきレディ、私はこれで失礼いたします。もしまたお目にかかる機会がございましたら、そのときは改めてダンスにお誘いしてもよろしいでしょうか?」

「あ……はい」

「その日を心待ちにしております。またいつか、お目にかかれるでしょう」

ルイはフレスガード共和国の儀礼に則って挨拶をし、去って行った。そしてその場にエリーゼとリンデンが残される。

「……」

「……」

エリーゼは気まずそうにリンデンを見つめた。

「あの……ありがとうございます、殿下」

「何がだ？」

その言葉にエリーゼは困った。

（たしかに、お礼を言うのも変よね……）

いくら相手が気に入らなかったとしても、パーティーでのダンスは日常的なことだ。むしろ割って入るほうがおかしい。それでもありがたかったのだ。あの男と踊るのは本当に嫌だったから。だからエリーゼは正直に答えた。

「あの方と踊るのは気が引けたものですから」

「礼には及ばん」

リンデンがそっぽを向いて答えた。

「たんにあいつが気に入らなかっただけだ。君を助けようと思ったわけじゃない」

「そうですか……それでも、ありがとうございます」

エリーゼはリンデンがなぜ止めに入り、不機嫌だったのかに少し納得した。

二年前、黒の大陸でのアンジェリー戦争で、帝国軍は共和国軍と戦った。リンデンもルイも、互いの命を狙っていただけに、二人の間には深い溝がある。顔を見るだけでも嫌悪感を抱くほどに。

（それにしても、もとからこんな個人的な感情で動く人だったっけ？　感情をあらわにすることなんてほとんどなかったのに。それだけルイ・ニコラスが嫌いなのね）

しかし、エリーゼはそれ以上考えることはできなかった。リンデンが予想外の言葉を発したからだ。

「エリーゼ嬢」

「はい、殿下？」

「私と踊ってくれるか？」

「……え？」

エリーゼは驚いてリンデンを見つめた。素っ気ない金色の目が、自分を見つめている。

（今、ダンスを申し込まれた？　殿下に？）

目を丸くしていたエリーゼにリンデンがもう一度言った。

「エリーゼ嬢、私と一曲踊ってはくれないか？」

華やかな令嬢、豪華な食事、芳醇なワイン――パーティーを彩るものは数多あったが、その中でも一番の注目がダンスだった。甘美な音色に合わせて若い男女が心を一つにして軽やかに繰り広げるアンサンブル。たんなる動作ではなく、感情であり物語であり芸術だった。そしてまさにこの瞬間、皇宮の大広間でもう一つの芸術が花開く。

「おお、皇太子殿下が……」

「本当に殿下が？」

周囲の人々が驚き、二人を見つめた。広間の真ん中で皇太子が可憐な少女とともに音楽に合わせて踊っているのだ。

「殿下のダンスが見られたのはいつ以来だろう？」

「最近ではまったくなかったように思うが、これは珍しい」

「ところで一緒に踊っているご令嬢はどなたなの？」

「宰相閣下の愛娘、クロレンス侯爵令嬢のようだ」

会場中が二人を見つめている。

「それにしても……」

誰かがつぶやいた。

「美しいなあ」

魅了されたような声。

「素晴らしいダンスだ」

その言葉は皆の気持ちを代弁しているようだった。

二人のダンスは誰もが見惚れるほどに美しかった。優しくもスピード感のある音楽に合わせつつ、節度を保ちながらも力強さのある男性のリードに従い、淡い色のドレスを着て軽やかにステップを踏む少女。上品であり、そして気取らず、優雅である一方できびきびとしたダンスだった。

「まあ……なんて素敵なの」

「殿下はダンスがお上手なことで有名だが、あのご令嬢もなかなかだな」

「そうだね。まだ成人もしていないらしいじゃないか」

男女問わず、皆が二人のダンスを感嘆混じりに眺めている。

「二人の息が合わないと、あんなふうに踊れないのに、見事だな」

「本当に息ぴったりね。うらやましいわ」

ダンスは互いの息が合わなければならない。二人のダンスは何度も一緒に踊ったことがあるように自然だった。まるでおしどり夫婦のような息の合い方だ。

「二人は前から何度も一緒に踊ったことがあるのでは？」

「ええー、まさか」

恋人や夫婦ではない限り、一人の相手と何曲もダンスを踊ることはない。

「わからないわよ。クロレンス侯爵家のご令嬢なんですから、殿下とお会いになることもあるのではないかしら？」

「たしかに、それもそうね。ねえ、今日発表される婚約者って、それこそあのエリーゼ様なのでは？」

貴婦人たちはそんなおしゃべりをしながら想像を膨らませた。とはいえ彼女たちの予想はあながち間違ってはいない。今のエリーゼにとって、リンデンとのダンスはこれが初めてではないどころか、前世で二人は夫婦だったのだから。


そんな人々の視線を一身に集めながら、エリーゼは物思いに耽っていた。

(殿下とのダンスなんて久しぶりね)

一度目の人生では片思いだったが、彼のパートナーとして過ごした日々は九年にも及んだ。ダンスは大嫌いな彼だったが、皇太子として踊らなければならないこともあり、そのたびにエリーゼと息を合わせていた。

(リードの仕方は相変わらずね)

リンデンのダンスはその性格がよく表れていた。無愛想で規則正しくそれでいて力強い──。皇族の彼らしい完璧(かんぺき)なダンスだったが、ついていくのは大変だった。

(このリードについていこうと必死で練習したっけ……)

初めてリンデンとダンスを踊って大恥(おおはじ)をかいたあと、それこそ足に血が滲むほどに猛(もう)練習した。彼にふさわしいダンスを踊れれば、自分のことを見てくれるかもしれないと期待を抱いて。

(──もう昔のこと)

当時のことを思い出して、胸に哀(かな)しみが広がった。

(まあ、今日は特別な日だし。殿下とこうして踊ることはもうないでしょう)

なぜ自分(エリーゼ)をダンスに誘ったのかわからなかった。どうしても必要な場合以外は絶対に踊らなかったのに。しかも、今の自分とリンデンは特別な間柄というわけでもない。

(考えても無駄(むだ)ね。ああ、頭痛い。早く家に帰りたい……)

そのとき急に音楽のテンポが速まり、リンデンのリードが変わった。

「何を考えている?」

うっすらと不快感のこもった低い声。

「いえ……何も……」

その瞬間。リンデンの手がエリーゼの腰にまわされる。エリーゼは驚いて息を呑んだ。リンデンはエリーゼを自分の胸に引き寄せると、小さな声で言った。

「集中しろ」

「はい……」

ドクンドクン。

もうなんとも思っていないはずなのに、突然身体が密着したせいだろうか？　腰に感じる手、鼻腔をくすぐる匂いにエリーゼの胸が高鳴った。

「あ、あの……殿下」

「なんだ？」

「も、もう少し……」

「何が言いたい？」

エリーゼを引き寄せたまま、リンデンはせわしなくリードした。何かに腹を立てているかのように。ひたすら力強く――。

（なんなの、急に……）

前世ではこんなふうにリードされたことなどほとんどなかった。エリーゼは戸惑いながらも、必死にステップを踏む。

一方でリンデンは、そんなエリーゼを金色の瞳で見下ろして苛ついていた。

（なぜこんな表情をしている？　なんだ、この苦々しい表情は？　私と踊りながらいったい何を考えているんだ？　私と踊るのがそんなに嫌なのか？）

そんな気持ちがそのままダンスに表れた。柔らかさが消え、荒く激しいリードが続いた。だが観客たちはそんな姿にさえも感嘆した。

「おお、さすが殿下！」

「力強い！」

躍動的で力強く男らしいダンス。そしてその動きに無理なくついていくエリーゼに視線が集まった。

「エリーゼ様も本当にたいしたものだ。あんなに若いのに殿下のダンスにあれほど息を合わせられるなんて」

「そのとおりだわ。さすがクロレンス侯爵家のご令嬢ね」

リンデン自身もやや驚いてエリーゼを見つめた。青白い顔の少女は、さほど困った様子もなく自分のリードにステップを合わせている。しかもそれがあまりにも自然で、まるで心を一つにして踊っているようだった。

こんなに息ぴったりにダンスを踊れる相手は初めてだ。こんなパートナーとなら何度でも踊れるだろう。

そうして音楽も一段落し、二人のダンスは止まった。リンデンは名残り惜しい気がしつつも、エリーゼを離す。

「ありがとうございました、殿下」

エリーゼがやや上気した顔で言った。

「……」

リンデンは少しの間黙ったままエリーゼの顔を見つめていた。やはりわけがわからない。フレスガード共和国の計略を見抜いたその見識、信じがたいほどの医学の実力、それにこんなダンスの腕前まで？　知れば知るほど、疑問ばかり湧いてくる。そうして不思議そうにエリーゼを見つめていたリンデンは、彼女の顔色が悪いことを思い出した。

「――具合が悪いのか？」

エリーゼは首を横に振った。

「いえ、大丈夫です、陛下」

しかしそう言うエリーゼの様子はつらそうに見えた。

(そういえば少し前から？)

リンデンは手袋を外し、エリーゼの額に手を当てた。

「……！」

「きゃあ！」

突然のスキンシップに周囲から驚きの声が漏れる。

「で、殿下？」

エリーゼはぎょっとしてまごついた。だが、その瞬間、リンデンの表情が険しくなった。

「熱があるじゃないか！」

エリーゼの額は高熱で火照っていた。ダンスのときは手袋をして服にしか触れていなかったため気づけなかったのだ。

「いつからだ？」

「つ、つい先ほど……」

リンデンは内心ため息をついた。顔色が悪いとは思っていたが、こんなに熱があるとは思っていなかった。知っていたらダンスになど誘わなかったというのに。

(病院であんなに無理するからだ、ったく！)

リンデンは、ロンに扮してエリーゼの診察を受けていたときのことを思い返した。エリーゼはいつも大勢の患者たちの中で孤軍奮闘していた。あんなか細い身体で大丈夫なのかと心配になるほどに。

(無茶ばかりするから、こんな熱を出すんだ！)

リンデンは怒りがこみ上げるのを堪えて言った。

「ついてこい」

「え？」

「こっちに来い！」

「で、殿下、ここは？」

エリーゼは当惑しながら訊いた。

リンデンに連れてこられた場所は、皇族専用の休憩ラウンジだった。いくら侯爵家の令嬢とはいえ、礼儀上、この部屋に入るわけにはいかなかった。この国を統べるロマノフ家専用の空間なのだから。だがリンデンはそんなことなど気にも留めていないようだ。

「座れ」

「で、ですが……」

「二度も言わせるな。これは命令だ。座れ」

そう言われてエリーゼはしかたなくソファに腰かけた。実のところ、体調が悪い中でずっと立っていてつらかったのだ。

「ふう……」

寝台かと思うほどに座り心地のよいソファだった。上質で柔らかな繻子の布地がエリーゼの身体を包み込む。

（このまま寝たい……）

朝まで、いや、せめて陛下の祝辞が始まる直前まで。そんな気持ちをくみ取ったかのようにリンデンが言った。

「ここで少し寝ていろ」

「……」

「もしロマノフ家の人間が来たら、私の名を出せばいい」

エリーゼは驚いた顔をした。ぜひともそうしたいけれど、リンデンの行動が腑に落ちなかった。

(いったいどうしちゃったわけ……?)

「で……殿下。お気遣いいただきありがとうございます」

いまだにむすっとしているリンデンに言った。

「あの……でも、どうして……何か理由でもあるのでしょうか?」

リンデンが唇を引き結んだ。

「どういう意味だ?」

「いえ、その……」

エリーゼは言うか言うまいか悩んだものの、言葉を呑み込んだ。

――殿下は私がお嫌いなのに……。

そう、自分はリンデンに嫌われている。前世ではその事実を痛感し、苦しんだ。その苦痛に耐えられず、だんだんと心が歪んで、引き返せないほどに変わってしまった。そうして結局は悲劇を迎えたのだ。

するとリンデンが言った。

「悪かった」

「え？」

「知らなかったとはいえ、熱があるのに無理に踊らせて悪かったと思っている。その詫びの代わりだ。特別な理由があってのことではないから、気にするな」

「あ……なるほど」

エリーゼはうなずいた。どこかおかしいような気もしたが、深く考えないことにする。それに、頭が割れるように痛い。

「腹は減ってないか？」

「えっと……少し……」

熱のせいで朝からほとんど食べていなかった。今も食欲はあまりなかったが、少しだけ口寂しい気がした。

(食事は入らないけど、スイーツとかなら食べたいかも……)

そう思っていると、リンデンが言った。

「苺ケーキでも持ってこさせよう」

エリーゼは目を丸くする。まさに今、エリーゼが一番欲しているものだった。苺ケーキなら五個はいける。

「嫌いか？」

「いえ、好きです！」

「そうか。話しておくから、食べたら少し寝ろ。祝辞まではもう少し時間がある」

そう言うとリンデンは会場に戻ろうと背を向けた。

「殿下」

「なんだ？」

エリーゼは頭を下げて礼を言う。

「いろいろとお気遣いいただきありがとうございます」

「いや、君のためではないから気にするな」

エリーゼは微笑んだ。

「それでも、ありがとうございます。パーティー、楽しんでくださいね」

リンデンは少しの間、動きを止めた。何か言おうと口を開きかけたが、また閉じてしまった。

エリーゼが怪訝そうな表情を浮かべた途端、リンデンが頭を振る。

「……いや、君もゆっくり休め」

そうして部屋を去っていった。エリーゼは首を傾げる。

「ゆっくり休め？」

前世で彼と夫婦だったときにも、何度も熱を出したことのあるエリーゼだったが、こんな言葉をかけられたことなど一度もなかった。そもそも労ったり、心配したりするような性格でもなかったのだ。

（今日はやっぱり変だわ）

そうしてエリーゼは考える。

（誰が婚約者に決まったんだろう？）

予定どおり発表するようだから、きっと誰か別の人に決まったはずだ。

（誰であっても、幸せになってくれたらいいわね）

一度目の人生での別れは最悪だったけれど、それでも一時は夫婦だったわけで、自分の愛した男だ。今世では幸せになってほしい。

（わあ……）

しばらくすると侍従がお盆に何かを載せてやって来た。エリーゼの好きな苺ケーキだ！

エリーゼは具合が悪いのも忘れてごくりと唾を飲み込む。エリーゼの好きな、パイク街の〈ビアベーカリー〉の苺ケーキにそっくりだった。

ケーキを一口、口に含んで幸せを感じる。

（おいしい。ビアベーカリーと同じくらいに）

さすが皇宮だ。ロレージで一番おいしいと有名なビアベーカリーの苺ケーキのように高級感のある深くて甘い味わいを出せるなんて。見た目だけでなく、味も同じくらい似ていた。すると、隣にいた侍従が笑顔で訊いた。

「お味はいかがですか？」

「とってもおいしいです」

「先日、皇室の方からの依頼で、新しいパティシエが入ったんですよ。なんでもパイク街のビアベーカリーで働いていたそうです」

「え……」

そういうことか。

(どうりで似た味だと思った。ビアベーカリーのパティシエが作ってたの？　それじゃあ、これからはビアベーカリーに行っても、今までの苺ケーキは食べられないってことね……。残念。もう皇室以外の人間には味わえないのかあ……。ビアベーカリーのケーキが好きな人が皇室にいたなんて。その方は思う存分召(め)し上がれていいわね)

エリーゼは名も知らないその誰かをうらやむのだった。

第七章　予期せぬ大事件

どのくらい眠っていただろう？　エリーゼは誰かに優しく揺り起こされた。

「――さん、お嬢さん」

「……」

「お嬢さん」

「……！」

エリーゼは眠りから完全に覚めて、大きく目を開く。

「あ……眠ってしまいました」

苺ケーキを食べてソファにもたれたら、そのまま眠り込んでしまったらしい。

（くらくらする）

まだ痛む頭を押さえて意識を集中させると、優しそうな中年の貴婦人が自分を見つめていた。

「目が覚めましたか？　お疲れのところ起こしてしまって申し訳ないのだけど、もうすぐ陛下の祝辞が始まりますよ」

「あ……ありがとうございます」

そう言いながらエリーゼは考えた。

（この方はどなたかしら？　見たことある気がするけど……）

ここは皇族専用の休憩ラウンジだ。きっと皇族かその親戚だろう。エリーゼはすぐにその貴婦人の名前を思い出した。

（そうだ、この方は……）

エリーゼは慌てて挨拶をする。

「ハーバー公爵夫人、お初にお目にかかります。クロレンス侯爵家のエリーゼと申します」

「ああ、クロレンス侯爵令嬢でしたか」

「お手数をおかけしてしまい申し訳ございません」

「いいのよ。具合が悪いのでしょう？　楽にしてくださいな」

「いえ、とんでもない」

ハーバー公爵夫人は、ブリチア島でロレージの西方ウェールの大貴族、ハーバー公爵の奥方だ。しかも皇族の親戚である。

「申し訳ないんだけれど、少し肩を貸してくださるかしら？」

「はい、もちろんです」

皇族の血を引く公爵夫人の瞳は金色だった。ただ、少しぼんやりと薄い色合いだった。皇族に受け継がれている超常能力は、その力が強いほど瞳の色が濃い。〝雷帝〟と称され、歴代屈指の超常能力を有する皇帝の瞳はかなり濃いが、皇太子の瞳はさらに色濃い。

(殿下は、超常能力だけで言ったら歴代最高——いえ、歴代最高なのは超常能力だけじゃないわね)

今後、第三皇子との政権争いに勝利して、皇帝となるリンデンは、名君と呼ばれたミンチェストを凌ぐ統治力を発揮する。エリーゼは処刑されたために見ることはできなかったが、リンデンの統べるブリチア帝国がどれほどの繁栄を極めたのか、想像もつかなかった。

(皇太子殿下の唯一の汚点は、第三皇子殿下との政権争いのあとの貴族派の粛清かもしれないわね……)

当時は多くの血が流れた。ロレージの悲劇と呼ばれるほどに。リンデンの身になって考えれば、しかたのないことだった。それはわかっている。でも、悲しい出来事に変わりはない。エリーゼとは気持ちを分かち合えなかったけれど、あのときのリンデンはとても苦しんでいた。側で見ているだけでもその苦しみは骨身に染みるほどだった。

リンデンにとってどうしようもないことだったのはわかっている。でも、すでにボロボロに傷ついていた彼の心は、あの悲劇で完全に壊れてしまった……。

(そのうえ私みたいな皇后がいたせいで……)

心苦しさが胸に広がった。でも今世では自分が皇后になることはない。それだけでも彼にとってはいいことだろう。

「こういう感じでよろしいですか?」

「ええ、ありがとう。どうしても足が震えてしまってね……」

エリーゼは公爵夫人の様子を確かめた。たしかに足を前に出すたびにわずかに震えている。竦み足だ。この特徴的な症状に、ある病名が頭に浮かんだ。

(パーキンソン病……)

実はエリーゼは、公爵夫人についてはあまり知らなかった。エリーゼとリンデンの婚約後まもなく、突然この世を去ってしまったのだ。そのときの死因は窒息死だった。

(パーキンソン病は、神経細胞の減少によって身体の運動機能が衰えていく病気。この病気のせいで喉の嚥下機能が衰えて、食べ物を喉に詰まらせて亡くなったんだわ)

エリーゼは考えた。

(とてもいい人そう。どうにかして助けられないかしら?)

病に冒された人を目の前にすると医者としての本能がうずく。だが、パーキンソン病にはいくらエリーゼとはいえ治療法がなかった。

(前の世界でも進行を遅らせることはできても、完治はしない病気だったし。窒息となると、その場に私が居合わせていなかったら助けられないし……)

食べ物を喉に詰まらせた場合、一、二分以内に処置しなければならない。側に医者が、それも応急処置に長けた医者がいないと助けることが難しい。

(何か方法はないかしら？　考えておかないと)

公爵夫人が亡くなったのは、たしかこの時期だったというのはかすかに覚えている。だからといって前世と今世でまったく同じ瞬間ということはないだろう。嚥下機能の衰えで食べ物が喉につまるのは確率的なことだ。少し遅くなるかもしれないし、この生誕祭の真っ最中に起きる可能性だってある。

（大事にならないといいけれど）

そんなことを考えながら大広間に戻った。

「ありがとう、エリーゼ嬢。また会いましょう」

「はい、夫人」

皇帝陛下の祝辞を前に、貴族たちは各自の席について待っていた。エリーゼも家族のもとへと向かう。

「リゼ、どこにいたんだ？　探したよ」

「あの……少し休んでいたんです。ごめんなさい、お兄様」

「身体の調子はどう？」

「少しよくなりました」

「もうすぐ陛下が祝辞を読まれる。待っていよう」

「はい、お父様」

これさえ終われば家に帰れると思うと、エリーゼは安堵のため息をついた。

（今日は勉強なんてせずにさっさと寝てゆっくり休まなくちゃ）

「皇帝陛下のご入場です！」

ファンファーレとともに貴族一同が礼をした。そして祝賀用の礼服を着た皇帝陛下が聖典を手に壇上に上ると、慈愛の表情を浮かべて会場を見渡す。

「この場にいるすべての者に神の祝福があらんことを。それではまず神への感謝と祈りを捧げよう」

生誕祭のパーティーで祈りを捧げるのは五百年前からの伝統だった。ブリチア帝国がブリチア王国だった頃から受け継がれている。

皇帝が壇上で聴衆に背を向け、背後に掲げられていた大きな十字架を見上げた。十字架の上には茨の冠が載せられている。そしてひざまずくと、古の言葉で祈りを捧げた。

その後、祝辞が述べられた。内容は例年とほぼ変わらず、帝国の繁栄と祝福を願うものだった。

(そろそろ終わりね。あとちょっとの辛抱よ)

エリーゼは内心ため息をついた。頭がくらくらして今にも倒れそうな気分だった。だがもう少しで祝辞も終わり、あとは皇太子の婚約発表を残すだけだ。

(婚約発表なんてすぐ終わるでしょ。終わったらさっさと帰ろうっと)

そうして気を引き締める。

「――以上だ」

ようやく祝辞が終わった。いつもであれば、皆で生誕祭の開催を祝い、パーティーが再開するが、今年は違った。あと一つ残っている。

「今日は皆に伝えることがある。皇太子リンデンの婚約者についてだ」

とうとう発表の瞬間が来た。皇帝の声は先ほどよりも穏やかだった。この発表は皇室の慶事を伝える略儀だったからだ。誰もが期待に満ちた顔で発表を待つ。

いったい婚約者になるのは誰なのか？

「だが、先に言っておかねばならんことがある。この発表に先立ち、一つ考慮が足りなかった点があったということだ。婚約者となるご令嬢がまだ成人の儀を迎えていない」

風邪のせいでぼうっとしながら聞いていたエリーゼは、その言葉にぎくりとして皇帝を見つめた。

（え……ちょっと待って、どういうこと？　いえ、まさか……他のご令嬢のことよね？）

成人していない令嬢は自分一人じゃないはずだ。バッキム公爵令嬢も、スフェナ王国の王女だって――。

（いや、まさかね……）

エリーゼは不安な気持ちを宥めた。皇帝が言葉を続ける。

「もちろん、成人の儀の前でも婚約を発表することに問題はないが、私がそのご令嬢と個人的に約束をしてしまったものでな……。婚約発表は成人の儀のあとに行うと」

エリーゼの手が震えた。

（い、いったいどういうこと？）

そのときだった。皇帝が視線を一点に向けた。クロレンス侯爵家、いや、エリーゼに。

エリーゼと目が合うと、皇帝はにっこりと笑った。

「それゆえ皆には申し訳ないが、婚約発表はクロレンス侯爵令嬢が成人の儀を迎えたあとに行うこととする。それまでどうか待っていてくれたまえ」

会場中の視線がエリーゼに集まり、エリーゼは目の前が真っ暗になった。

(な、なんなのよ、いったい……こんなのありえない！)

そのあとのことは、あまり記憶になかった。

屋敷に戻ったエリーゼは、身体がガタガタ震えた。賭けまでしたのに、あの場であんなことを言うなんて！　もちろん、皇帝が賭けを反故にしたわけではない。厳密に言えば、婚約発表はしていないのだから。


――婚約発表はクロレンス侯爵令嬢が成人の儀を迎えたあとに行うこととする。


しかし、これでは発表したも同然だ。誰がどう聞いたって、エリーゼが婚約者だと思うだろう。百人いれば百人全員が、婚約者はエリーゼだと考えるはずだ。

(お父様はまさか知っていたの？)

だが父も知らなかったと思う。皇帝陛下の言葉を聞いたとき、エリーゼと同じくらい驚きの表情を浮かべていたのだから。皇帝の右腕であるだけにその心中はだいたい想像がついていたかもしれないが、こんなふうに出るとは思っていなかったようだ。

(このままじゃだめだわ)

絶対に前世と同じ暮らしを繰り返すわけにはいかない。それは皆にとっての悲劇なのだ。自分にとっても、家族にとっても、リンデンにとっても！　それに自分には絶対に譲れないものがある。

医者として生きること！

エリーゼとしての記憶もあるし、今もエリーゼとして生きてはいるけれど、中身と意識は外科医としてのほうがずっと強かった。絶対に医者の道を諦めることなどできない。

（陛下に直談判するしかないわ）

エリーゼは唇を噛んだ。自分の人生がかかっている。このまま黙っていたところで解決できることではない。

（明日の生誕祭パーティーに陛下がいらっしゃるときに突撃しなきゃ。このままじゃ絶対だめ）

その夜、なかなか寝つけずにいたものの、眠りにつくと夢を見た。前世のエリーゼの人生——つまり、一度目の人生の夢だった。


——地獄で詫びるんだな。


凍えそうなほどに冷たい言葉。二度と繰り返したくない、思い出したくもない記憶。数多くの過ちの果てに、断頭台の刃が落ちてくる——その瞬間、エリーゼは目を覚ました。

「——はあっ、はあっ！」

エリーゼは激しく息を吐いた。

「夢……」

はっきりと感じた断頭台の刃のおぞましい感触に思わず首を撫でた。間違いなく夢なのに、この夢を見るたびに現実のことのように苦しかった。あの、処刑された瞬間のように。

「はあ……」

エリーゼは寝台の脇に置いてあった水を飲み、激しく鼓動する胸を落ち着けた。気づけば全身汗びっしょりだ。

（エリーゼの身体に戻ってからはほとんど見てなかったのに……）

前世の高本葵のときには何度も何度もこの悪夢にうなされた。まるでトラウマに苛まれるように。この夢を見るたびに、はっきりと思い出すあのおそろしい感触。前世の苦痛にどれほど涙を流したかわからない。夢を見たくないばかりに、眠らない夜を過ごした日々も数知れない。医者の仕事に没頭したのも、この苦痛から逃れようとあがいていただけなのかもしれない。患者のことに集中していれば、前世のことを思い出さなくて済んだから。

（……ぜったいに繰り返さない）

エリーゼは窓の外に目を向けた。身体の調子はさらに悪くなっていたが、病床に伏している場合ではなかった。

（今日、陛下に話さないと）

エリーゼは鎮痛剤と解熱剤を飲み、気合いを入れた。今日こそは気をしっかり保っていなければ。

（手遅れになる前に絶対になんとかしないと）

そうエリーゼは決心した。

（そうでなくても、もう新聞で私が皇太子の婚約者だって騒がれちゃってるし）

皇太子の婚約者発表は今年の生誕祭の一大関心事だった。どの新聞社も皇帝陛下の発表をすぐに号外として報じている。


〝皇太子殿下の婚約者は、クロレンス侯爵令嬢！〟

〝クロレンス侯爵令嬢、生誕祭パーティーで一躍ヒロインに！〟


この程度ならまだ生温いほうだった。

〝次期ファーストレディは、クロレンス侯爵令嬢エリーゼ様！〟


もう皇太子と結婚でもしたかのような記事も数え切れないほどあった。前世の婚約発表のときの報道とほぼ同じ反応だった。もはや帝国中がエリーゼの名を知っている。

「ああ……しっかりしなさい、エリーゼ」

このままでは賭けに関係なく既成事実になってしまう。そうなる前になんとか状況を変えねばならない。エリーゼは気合いを入れ直して、ふたたびパーティー会場へと赴いた。

会場に到着すると、多くの視線がエリーゼに注がれた。まるで主人公が登場したかのようだ。

「おっ、クロレンス侯爵令嬢、おめでとうございます！」

「わたくしはエリーゼ様が選ばれると思っていましたわ」

　皆エリーゼの周りに集まってきた。まだ婚約者として正式に発表されたわけでもないのに、成人の儀さえ終われば婚約者になると思っている。皆、次期皇太子妃、ひいては次期皇后となる令嬢に顔を覚えてもらおうと近づいてくるのだ。

「いえ、正式な発表ではございませんから。あとで陛下のお考えが変わることもあるかもしれませんし……。ですので、まだお祝いしていただくわけにはまいりません」

　エリーゼはやんわりと否定した。本人としては、本当にやめてくれと言いたいのだが、人々の受け取り方は違う。

（悪い噂ばっかりだったけど、嘘だったみたいね）

（事実上、婚約者に決まったも同然なのに、なんて控えめなんだ！　昔聞いた噂と違うぞ？）

（さすが皇太子妃になるお方は違うわ）

　人々はエリーゼが謙遜しているだけだと思って、感嘆の目で見つめた。加えてその美貌、慎ましやかな態度、礼儀正しい言動。彼らの目に映るエリーゼは、これまでの噂とは異なり、まさに皇太子妃にふさわしい女性だった。

「噂って、あてにならないわね」

「やはり実際に会ってみないとわからないもんだな」

　エリーゼを見た人々はささやいた。

「さすが陛下だ。人を見る目があるなあ。帝国一の名門クロレンス侯爵家の、あのようなご令嬢をお選びになるとは」

「まったくだ。本当に皇太子殿下とよくお似合いだ」

そんなささやき声を耳にしたエリーゼは身悶えた。

違うのに。本当に違うんだってば！　そう大声で叫びたかったが、今となっては、言ったところでどうにもならないだろう。

（一刻も早く陛下と話さなくちゃ）

すべてはそれにかかっている。一般市民に言ったところでなんの意味もない。エリーゼは大勢に囲まれながら人形のような張りついた笑みを浮かべて陛下を待った。周りに集まった人のあまりの多さに、昨日よりも頭が痛くてくらくらする。

そうしてじれったい時間を過ごすと、ようやく待ち人が現れた。

「皇帝陛下のご入場です！」

ファンファーレとともに皇帝が会場入りした。いつもと同じように温和な笑みを浮かべている。

エリーゼは唇を噛みしめた。陛下は何人かの大臣と一緒にいた。現皇宮の女主人となる第一皇妃の姿は、例年どおり見えなかった。

（今はまずいわね。もう少し待たないと）

エリーゼは人々と談笑する陛下と個人的に話せる機会をうかがった。

そのときだった。柔らかな声がエリーゼを呼んだ。

「あら、クロレンス侯爵令嬢。また会えましたね」

優しそうな貴婦人。皇室の親戚であるハーバー公爵夫人だった。夫人は金色の目を細めた。

「公爵夫人、こちらこそまたお目にかかれて嬉しゅうございます」

エリーゼは挨拶をする。

「昨日はお帰りになったあと、ゆっくり休めましたか？」

「はい、おかげさまで」

公爵夫人は付き添いの侍女の手を借りていた。もともと皇宮の生誕祭パーティーに貴族の個人的な使用人を伴うことはできないのだが、公爵夫人は皇族でもあり、病気のせいで歩行に支障があるため許可されているようだ。

「これからあなたと親戚になれるなんて嬉しいわ。皇太子殿下のこと、よろしくお願いしますね。とっても可愛らしいお方なのよ」

エリーゼはぎこちない笑顔を浮かべる。

(可愛らしい……？　殿下が？)

殿下には一番似合わない単語だ。しかし夫人は本当にそう思っているようで、にこにこしながら続けた。

「今は少し無愛想だけれど、幼い頃は本当に優しくて、愛らしかったのよ。わたくしのところにちょこちょことやって来て、元気に遊んでいたのが昨日のことのようだわ」

そう言うと喉が渇いたのか、飲み物を口に含んだ。その途端――

「ゴホッ、ゴホッ」

むせたのか、突然、咳き込み始めた。

「夫人！」

エリーゼの顔が青ざめた。一見、よくある光景にも思えたが、医者としてのエリーゼには違って見えた。

（パーキンソン病による嚥下障害ね。治せる病気じゃないけど、嚥下障害での窒息死は防がなきゃ）

前世の公爵夫人は、そのせいで命を落としている。進行具合を鑑みると、いつそうなってもおかしくない。誤嚥を予防しなければ。

（折を見て予防法をお教えしないと）

エリーゼはそう心に決めた。窒息は事故のようなものなので、いつどこで起きるかわからない。そのため、手遅れになる前に予防法について話そうとエリーゼは考えた。

ようやく咳が止まった夫人が言った。

「はあ……苦しかった」

「大丈夫ですか、夫人？」

「ええ、もう大丈夫よ。そうそう、実はお伝えすることがあってお声がけしたのよ」

「なんでしょうか？」

「陛下があなたとお話しになりたいそうなの」

エリーゼの表情が硬くなった。ついに、陛下に直談判できるのだ。自分の運命がかかっている。

皇帝陛下は、大広間につながる二階の部屋のバルコニーで佇んでいた。広間側にせり出す室内のバルコニーから、会場全体を見渡しているようだった。

「帝国の太陽ミンチェスト皇帝陛下、エリーゼ・ド・クロレンスにございます」

エリーゼは今にも爆発しそうな感情を押し殺し、恭しく挨拶をした。皇帝はエリーゼのほうを振り向くと、にっこりと笑った。

「こうして話すのは久しぶりだな、エリーゼ。一カ月半ぶりくらいか？」

「はい、陛下」

「病院での仕事は大変そうだな。ずいぶんと痩せたのでは？」

「そんなことはございません」

「そんなことなくはないだろう？　顔色が悪いぞ。心配だ」

「お心遣いありがとうございます」

皇帝は舌打ちした。

「エリーゼ」

「はい、陛下」

エリーゼはおとなしく頭を下げて皇帝の言葉を待った。たんなる世間話をするために呼んだわけではないはずだ。きっと昨日の件についてのことだろう。だが、皇帝の口から出たのは予想外の言葉だった。

「実はそなたに頼みがあるのだが、聞いてくれるか？」

「……どうぞお聞かせくださいませ」

「この前淹れてくれた茶を、もう一度淹れてはくれぬか？」

のんきにお茶など淹れている気分ではなかったが、陛下の頼みだ。断ることはできない。エリーゼは恭しく答えた。

「もちろんでございます、陛下。少々お待ちくださいませ」

エリーゼは侍従に茶葉などの必要な物を用意させ、内心ため息をつきながらお茶を淹れた。

（はあ……いったい陛下は何をお考えなのかしら？）

わけがわからなかった。だが、静かにお茶を淹れていたおかげか、高ぶっていた感情がだんだんと落ち着いてくる。

（とりあえず、しっかり話さなきゃ。このまま流されてはだめよ）

沸かした湯を茶葉に注ぐと、お茶の香りが漂った。まるで東方の国を思わせる芳醇な香りに皇帝が口を開く。

「そなたは知らんだろうが、この前そなたが淹れてくれた茶を飲んだあと、どれほどあの味が恋しくなったことか。そなたのレシピどおりに淹れさせても、ちっとも同じにならなかったのだ。いったいどうやったらこんな深い香りを出せるのか……」

「もったいなきお言葉でございます。むしろわたくしの未熟な腕前のせいで、陛下のお口を惑わせてしまわないか心配にございます」

エリーゼは謙遜して答えた。皇帝はエリーゼの差し出したお茶を手に取り、ゆっくりと口に含んだ。

「——やはり、さすがだ」

静かに笑みを浮かべながら、お茶の味を楽しんだ。そうしてしばらく静寂が流れた。香り高いお茶のおかげだろうか。広間側のバルコニーの下では、華やかなパーティーが開かれているというのに、この部屋だけ切り離された世界のように感じた。

エリーゼはドレスのスカートの上で拳を握りしめた。はやる気持ちを抑え、陛下の言葉を待つ。

皇帝がティーカップを置いて言った。

「エリーゼ」

「はい、陛下」

「私に訊きたいことがあるのだろう?」

皇帝が優しく言った。エリーゼは喉をごくりと鳴らした。ついにこのときが来たのだ。この会話がこれからの自分の運命を左右するかもしれない。しっかりしなければ。

「はい、陛下。畏れながら、一つおうかがいしてもよろしいでしょうか?」

「ああ、申してみよ」

「先日の賭けはどうなっておりますでしょうか?」

鼓動が高鳴った。成人の儀までに医者としての価値を証明すれば皇太子との婚約を取りやめる、という賭け。エリーゼにとっては、とんでもなく不利な条件だが、勝つ自信はある。いや、絶対に勝つつもりだ。

(でも陛下が賭けをなかったことにしたら……?)

考えたくもないが、そうされたらもうどうにもならない。

「どうしてそんなことを?」

だが皇帝は昨日のことなどなかったかのように訊き返した。

「——え?」

「もちろん、まだ有効だ」

「……!」

「そなたと個人的にした賭けとはいえ、私は西大陸のみならず全世界をまとめるブリチア帝国の皇帝。二言(にごん)はない。ゆえに、案ずるな」

そうきっぱりと言われたエリーゼは戸惑(とまど)った。

(なら、昨日の発表はなんだったの?)

皇帝がにこやかに続けた。まるでいたずらっ子のような表情だ。

「正式な発表はしておらんだろう?」

「……」

「婚約式を挙げたわけでも、ましてや正式に発表したわけでもない。そなたが賭けに勝ちさえすれば、いくらでも取り消せる。安心しなさい」

「ですが……」

エリーゼは口ごもった。たしかに陛下の言うことは間違ってはいない。正式な発表はまだなのだ。婚約式も挙げていないのだから、取り消そうと思えば取り消せるのだろう。でもそんなことをしたら皇帝の威厳に傷がつくのではないか。誰よりも尊ばれるべき国の象徴の威厳が。

「ですが……大丈夫なのですか？」

「それは私の問題だ。心配無用。ロマノフの名にかけて、そなたの名誉は必ずや守ろう」

皇帝はたいしたことなどないとでも言うように答えた。

「それに、老いぼれておっても、こんなことくらいで私の権威は傷つかん」

「……！」

「権威というのは民を想う気持ちから生まれるものだからな。そうだろう、エリーゼ？　そういう点では、私は結構やり手だと思うがな」

皇帝が笑顔で言った。そう、これこそがロマノフ皇室の帝王学なのだ。

統治とは奉仕であり、
皇帝の権威は民を想う心に始まる。

この原則を守ってきたからこそ、多くの王家が滅びる激動の時代にも、ロマノフ皇室は絶対的な権威を誇り、民から絶大なる支持を受けているのだ。

「ところでエリーゼ」

「はい、陛下」

「そなたが賭けに勝ったときのことばかり心配しているということは、ずいぶんと賭けに勝つ自信があるようだな？　だが、どうしたものか……」

　皇帝が意地悪そうに言った。

「私も絶対に負けるつもりはないぞ」

「……！」

「もう一度正確に言っておこう。〝皇太子妃、ひいては皇后になることよりも、医者として価値のあることを成し遂げること〟が条件だ。だが、医者としてどんな業績を残せば、ブリチア帝国の皇后となるよりも価値があるのか、私にはわからん。そなたが成人の儀までにそのような業績を残せるかどうかもな」

　エリーゼは皇帝の真意を悟った。陛下は〝業績〟と言ったのだ。

（ちょっとやそっとのことを成し遂げたくらいでは、絶対に認めないということね）

　それに判定を下すのは陛下だ。陛下が違うといえば、その時点でエリーゼの負けだ。誰もが認めざるをえない、皇帝陛下ですら否定できない功績を残さなければ、勝つことはできない。それも成人の儀までのあと数カ月以内に。

　皇帝の考えに気づいたエリーゼは表情を硬くした。

(――それでも負けない)

エリーゼは拳を握りしめた。負けられない。必ず勝たなければ――。そのとき皇帝が優しく言った。

「ところでエリーゼよ。気にならんかね?」

「……?」

「なぜ私が昨日あんなことを言ったのか。そなたが賭けに勝ちさえしなければ、状況は何も変わらぬというのに。そうだろう?」

エリーゼは黙ったまま耳を傾けた。皇帝はしばらく黙ったのち、言葉を続けた。

「そなたを心から皇太子妃に迎えたいと思っているからだ」

「……!」

「そなたには我が皇室の一員となってほしい。皇太子妃となり、リンデンを支え、私とも父娘になってほしいのだ。その思いで少々欲張ってしまった」

皇帝の本心からの言葉にエリーゼは戸惑ってしまった。

(どうしてそこまで私のことを……?)

エリーゼは皇帝の瞳を見つめた。一度目の人生と同じだった。エリーゼの未熟さをすべて受け入れ、いつも可愛がり、愛してくれた。それがどうしてかはわからなかった。

(親友の愛娘だから? それとも慎ましやかな姿を見たせい?)

そうじゃない。それだけじゃ説明がつかない。何か違う理由がありそうなのに、見当もつかない。

（全然わからないわ）

皇帝が言った。

「そこでそなたに提案がある」

「なんでしょうか？」

「私たちの賭けをここら辺で終わりにしないか？」

「……！」

「そなたはどう思っておるかわからんが、私は本当にそなたを大切に思っておる。だからこそ、そなたが病院などで苦労する姿を見たくないのだ。最初からこんなに無理をするとわかっておったら、賭けなどしていなかった。すぐに諦めるだろうと思っておったからな」

皇帝が慈愛に満ちた目でエリーゼを見つめた。心からエリーゼを案じている。これから家族になるエリーゼがこれ以上苦労するのを見たくなかったのだ。

「陛下……」

エリーゼは心苦しそうな声で言った。陛下の気持ちはわかる。本当の理由はわからないけれど、陛下が自分を心から家族として迎え入れたいと思っているのはわかった。でも、それはあってはならないことだ。皆のためにも。絶対に。そんなことをしたら皆が不幸になってしまう。それに自分はどうしても医者になりたい。医者になるのを諦めるなんて想像もつかない。

「わたくしは……」

エリーゼは自分の思いを伝えようと口を開いた。

だがその瞬間。大広間のほうから突然の悲鳴が響(ひび)いた。

「きゃあああっ！」

「大変だ！　誰かっ！　公爵夫人が！」

　皇帝とエリーゼは驚いてバルコニーに向かった。そして大広間の状況を見て目を瞠(みは)った。顔面蒼(そう)白(はく)のハーバー公爵夫人が喉を押さえながら倒れていたのだ。

　皇帝がすぐに指示を出した。

「おいっ！　誰か医者を呼べ！　早くしろ！」

　そのとき、皇帝の隣(となり)にいた唯一の医者が、夫人のもとへと駆(か)けていった。エリーゼだ。

（大変！　時間がない！）

　エリーゼは唇を噛みしめた。

（窒息だわ！　二分以内に処置しないと！）

　夫人が喉を詰まらせたのだ。先ほど見た状況からして間違いない。

（不安が的中したわね。こんなにもすぐに）

　エリーゼは必死で階段を駆け下りる。広がったドレスの裾(すそ)が邪魔(じゃま)で、手で持ち上げた。貴族令嬢にあるまじき格好だが、そんなことにはかまっていられない。直前に陛下と話していた内容すら、もう頭になかった。あるのはただ一つ。公爵夫人を助けなければ、という思いだけだ。

（急げ、急げ、急げ！　一秒でも早く！）

　よりによって二階にいるときに起こるなんて！　短い階段だったにもかかわらず、気の遠くなるほど長く感じた。公爵夫人のもとに着いたときには一分近く経っていた。

「はぁっ、はぁっ」

息を切らして駆けつけたエリーゼを見て、人々が驚いた。

「え？　クロレンス侯爵令嬢？」

「どいてください！」

「……!?」

「早くどいてください！　早く！　時間がないんです！」

普段の物腰柔らかな姿からは想像もつかない迫力だった。夫人を取り囲んでいた人々は、思わず後ずさりして夫人から離れた。エリーゼはすぐに公爵夫人の状態を確かめる。

「夫人！　しっかりしてください！」

肩を強く叩いて刺激を与えたが、反応がなかった。完全に意識を失っている。

（なんてこと！）

しかも顔色がすでに青紫色になりつつあった。それどころか指先から足先のほうまで全身の肌の色が変わりつつある。酸素不足によるチアノーゼの症状だ。

（いったい、何を詰まらせたの？）

素早く周りのテーブルを確かめると、肉料理や数多くのデザートが目に入った。エリーゼはすぐに公爵夫人を後ろから抱え込んで立たせる。

（できる限り強く！）

抱え込んだ両手で夫人の腹部を一気に突き上げて圧迫し、異物を取り除くハイムリッヒ法を試した。しかし、いくらやってみても反応がない。

(この方法じゃだめだわ！)

何を詰まらせたのかわからないが、腹圧を加えるだけでは効果がなかった。

(どうしよう？)

あと三十秒、いや、その時間すらもないかもしれない。早くしないと夫人が命を落としてしまう。

そのとき、エリーゼの目にある物が映った。

(あれなら……)

よし、あれならなんとかできる！　だが、ほんの一瞬、一秒にも満たない刹那、エリーゼはためらった。あれを使ったら、きっと大変な騒ぎになるという思いが頭をよぎったのだ。だが、夫人の命には代えられない。

(ええい、あとのことはどうでもいいわ。なんとかなる。命を助けるのが先よ！)

エリーゼはテーブルの上のナイフを手にした。周囲から悲鳴があがる。

「お、おい！　それをどうするつもりだ！」

「ナイフを放せ！」

エリーゼはナイフをメス代わりにして喉の中央を切り開き、空気の通り道を確保しようとしていた。そう、気管切開術だ。

(危険ではあるけど……)

ナイフで喉を切るのだから、危険でないはずがない。頸動脈を傷つければ即死だ。

（でも他に選択肢がない）

エリーゼはすぐに気管切開術を始めた。あと三十秒以内には終えないとならない。

公爵夫人の頭を後ろに倒して固定すると同時に、ナイフを持っていない手で喉仏、頸切痕、輪状軟骨の位置を確かめた。

（甲状腺、血管、神経全部を避けられる位置。高くも低くもなく、深く切りすぎてもだめ）

エリーゼの指先が第三気管軟骨輪をとらえた。

（ここだ！）

エリーゼはすぐにナイフを動かす。喉の切開でも迷いはなかった。迷っていたら患者が助からない。今必要なのは、ためらいのない決断力！

「お、おい、誰か止めろ！」

「近づかないで！」

周りのざわめきの中、エリーゼは叫んだ。

「邪魔しないで！　絶対に夫人を助けますから、待っていてください」

切実な叫びだった。人々がたじろいだ瞬間、ナイフが夫人の喉に突き刺さった。

ピッ！

跳ねた血がエリーゼの顔とドレスを汚し、貴族令嬢たちの悲鳴があがった。

「きゃあっ！」

しかしエリーゼは瞬きもせずに続けた。

(三センチ！　短すぎず長すぎず、深すぎてもだめよ)

気をつけなければいけないのはそれだけではない。生命に直結する気管に下手に触れてはならない。そのため本当ならば全身麻酔をかけたあとに落ち着いて行わなければいけないのだが、そんな時間はなかった。エリーゼは全神経を集中させてナイフを一気に下に引く。

ザッ！

ふたたび血があふれ出し、広間は大騒ぎになった。

「おいっ！　早く止めろ！　何してる！」

そのときエリーゼは心の中で叫んでいた。

(よしっ！　あとは空気の通り道を確保するだけ)

一刻を争う中でも、無事に切開できたのだ。

切り開かれた部位から何やら食べ物が少し見えた。喉を詰まらせた原因はこれだろう。ここまでかかった時間は約十秒。

(まだ終わりじゃない)

気道を確保するチューブを差し込まなければならない。前の世界なら気管切開専用の医療用のカニューレを差し込めばよかったが、ここにあるはずもない。周りを見回したエリーゼは、テーブルの上にあった硬い竹筒を見つけ、切開部分に差し込んだ。

(お願いだから、呼吸をして！)

できることはすべてやった。エリーゼは公爵夫人の呼吸が回復するのを必死に祈った。空気の通り道を作ったのだから、そろそろ公爵夫人の呼吸が戻らないといけない。万一、戻らない場合には、人工呼吸を含む心肺蘇生法を行わねばならないが、生存率が格段に下がる。

(お願い!)

永遠にも感じる数秒が過ぎた。

「――ふう」

公爵夫人の気管に開けられた穴を通して呼吸が回復した。その音を聞いてエリーゼは安堵のため息をつく。

「はあ……」

かろうじて命を救うことができたのだ。

(よかった……)

エリーゼの額に汗が流れた。あまりに緊迫した状況に、汗が噴き出ていたのだ。それだけでなく、夫人と密着した状態で急いで気管切開術を行ったため、顔にもドレスにも血がついていた。

しかし、それを拭う余裕はなかった。周りを見ると、皆、驚愕と混乱に満ちた目でエリーゼを見ていた。それも当然だろう。皇室の親戚である公爵夫人の喉にナイフで傷をつけたのだから。何やら救命処置のような感じではあったが、皇族の身体に傷をつけたことは事実だ。

(この世界じゃ、気管切開術なんて試したこともないわよね……)

葵の世界でなら珍しくない医療行為だが、ここではそうはいかない。迫り来る嵐にエリーゼは目を閉じた。

（これは、だいぶやらかしたわね）

皇族の身体を傷つけた罪で、いや、下手すると皇族殺害未遂（みすい）の罪で重罰（じゅうばつ）を受ける可能性もある。

（でもどうしようもないわね。何もしなかったら公爵夫人は助からなかったし）

助けられる能力がなかったならまだしも、あるのに見捨てるわけにはいかない。外科医の魂（たましい）が宿っているのだ。そんなことは絶対にできない。そうして次の瞬間――。

ザッ、ザッ。

重たい軍靴（ぐんか）の音が聞こえ、エリーゼの首元にひやりとする金属が突（つ）きつけられた。

皇室近衛兵（ロイヤルガード）だった。エリーゼに剣（けん）を突きつけた兵士が冷たい声で言う。

「ご同行いただきます」

突きつけられた剣が断頭台を思い出させ、肌が粟立（あわだ）った。しかし、恐怖（きょうふ）を押し殺し、エリーゼは穏やかにうなずいた。

「わかりました」

兵士は少し目を見開いた。喉元（のどもと）に剣を突きつけられているのに、あまりにも落ち着いた声だったからだ。その様子に気づくこともなくエリーゼは思っていた。

（何も悪いことはしてないんだから大丈夫よ）

誤解されてもしかたない状況だったが、患者の命を救うために行ったことだ。だから怖（お）じ気（け）づく必要などない。ただ、連れて行かれる前に、必ず指示しておかなければならないことがあった。

「その前にお願いがあります。公爵夫人の傷口をきちんと消毒するようにお医者様にお伝えください」

「……今なんと？」

兵士は聞き間違いかと思い訊き返した。剣を突きつけられて、引っ立てられそうになっているというのに、何を言っているのか。しかし聞き間違いではなかった。それどころか詳しく説明された。

「一刻を争っていたため、消毒せずに処置したんです。このままだと感染症になりかねないので、皇宮のお医者様に必ず患部を消毒するようお伝えください」

「……」

「では参りましょう」

兵士は戸惑った表情でエリーゼを連行した。困惑していたのは近衛兵だけではなかった。会場中が驚きと混乱の目でエリーゼの後ろ姿を見つめていた。

今年の生誕祭はそうして混乱と驚愕の中、幕を下ろした。

深夜、皇宮の御前。重苦しい雰囲気の中、一人の男がひざまずいている。

「何とぞご寛恕くださいますようお願い申し上げます、陛下！」

帝国で最も尊敬されている貴族、クロレンス侯爵家の当主にして宰相を務めるクロレンス侯爵だ。侯爵は、普段とは異なり沈痛な面もちをしている。そうするしかなかった。一人娘のエリーゼが皇族の身体を傷つけるという重罪を犯すとは！

「どうかお許しください！　陛下もご存知でしょう？　我が娘はそんなことをするような子ではございません。エリーゼが公爵夫人の身体を傷つけたとしても、それは決して害意があってのことではないはずです！」

あのとき、公爵夫人が倒れ、エリーゼがナイフで夫人の喉を切ろうとした瞬間、クロレンス侯爵は心臓が止まる思いだった。

（いったい、何を……!?）

止めることもできなかった。あっという間の出来事だったのだ。隣でその光景を見ていたクロレンス侯爵夫人は、あまりの衝撃に卒倒してしまい、侯爵自身も動転した。愛しの一人娘が、目に入れても痛くないほど大切な娘が、公爵夫人の殺害未遂犯になるとは！　大声で否定することもできない。会場にいた全員が一部始終を目撃していたのだ。

（違う！　これは何かの間違いだ！　我が娘が皇族殺害未遂犯だなどありえない！）

常に謹厳実直な侯爵だったが、このときばかりは落ち着いていられなかった。

（エリーゼは、公爵夫人を助けようとしていたに違いない！）

自分はこの目で見ていたのだ。エリーゼが現れる直前、公爵夫人が喉元を押さえて倒れるのを。医学のことはわからなくても、喉を詰まらせたのだと推測するに十分な状況だった。それに、エリーゼは、ナイフを手にする前に夫人を後ろから抱え込んで腹を突き上げ、救命措置をしているようにも見えた。それが急に正気を失いナイフで夫人を傷つけようとするなんてあるだろうか？　絶対に夫人を助けようとしてのことだったはずだ。クロレンス侯爵はそう固く信じていた。

（問題は全員がそう思っているわけではないということだ）

侯爵はため息をついた。事実、エリーゼはナイフで夫人の喉を切ったのだから。そんな治療法など聞いたこともないし、見たこともない。前後の状況を知らない人から見れば、大罪だ。たとえエリーゼが夫人を助けようとしていたのだと認められても、まだ問題は残っている。

なにせ夫人は皇族の一員だ。医者でもないエリーゼが、正しいかもわからない方法でその身体に重傷を負わせたという罪は免れないだろう。

「陛下、どうか、どうか、ご斟酌賜りますようお願い申し上げます！」

侯爵は頭を下げ続けた。この事件の最終審判を下すのは皇帝だからだ。エリーゼの処遇は皇帝陛下の判断にかかっていた。

「お許しくださるのであれば、どんな対価もいといません。我が侯爵領のグランビア島を返納いたします。いえ、クロレンス侯爵家のすべてを捧げてもかまいません。どうかご諒恕くださいませ！」

侯爵は娘のためにすべてをなげうつ覚悟だった。自尊心も、財産も、爵位でさえも。そのどれも、娘には代えられない。何よりも娘を愛していた。

「もうよい。顔を上げろ、宰相」

それまで黙って聞いていた皇帝が言った。いつもの温和さは消え、その表情は険しかった。

「私がエリーゼにそんな重罰を下すと思っているのか？　エリーゼは私にとっても家族同然の大切な娘だ。私だってエリーゼがそんなことをするとは思っておらん」

皇帝もわかっていた。当時の状況を考えれば、エリーゼが公爵夫人を救おうとしたのだということは。それを証明するかのように、夫人は一命を取り留めた。息ができず、あと一歩のところまで死が迫っていたというのに。喉に傷痕は残ったが、容態は悪くない。

（エリーゼが救ったというのが正しいだろう）

ナイフで喉を切るという前代未聞の治療が功を奏したのはたしかだった。処罰どころか褒賞を与えるべき状況だ。

（問題は皇族の身体に傷をつけたということ。しかも医学的に立証されていない方法で……）

実のところ、それもさほど大きな問題ではなかった。そうしなければ命を落としていたかもしれない状況だったのだから。命を救ったのに、皇族の身体に傷をつけたと非難するなどありえない。それこそ、溺れかけた人間の腕を引っ張り上げて助けたのに、そのせいで腕に痣ができたと責めるのと同じだ。

皇帝はそんな狭量な人間ではなかった。それに医学的に調査すれば、彼女のおかげで夫人が助かったことが明らかになるだろう。そうなれば処罰ではなく褒賞が与えられるべきだ。こんなふうに——。

〝皇族の命を救ったクロレンス侯爵令嬢に皇室勲章授与！〟

しかし皇帝は硬い表情で頭を振った。

（そうするわけにはいかない）

重罰を科すつもりはまったくなかった。エリーゼを大切に思っているということもあるが、罪のない、むしろ夫人の命の恩人だというのに、どうして罰を与えられようか？　もしこんなことをしたのが他の誰かだったら、迷わず褒賞を与えただろう。

しかし皇帝が悩むのには他に理由があった。

（処罰は科さずとも、何かしらの落ち度は見つけねばならん）

その理由は自明だった。エリーゼを医者にさせないためだ。

（かえってよかった。この機に病院での仕事も辞めさせよう）

そもそもエリーゼが医者になるのには反対だ。そしてこの騒動でその思いを確固たるものとした。

（こんな危うい仕事をこれ以上させるわけにはいかん）

のちに皇后となる娘がナイフで喉を切るなど！　あのときエリーゼの身体にどれほど多くの血が跳ねたかわからない。その姿を見て皇帝は心が沈んだ。

（調査団に当時の状況を徹底的に調べるように言わねばな。医学的に少しでも問題があれば、それを理由に医者への道は諦めさせる）

皇帝は口を開いた。

「エル」

「はい、陛下」

「もし夫人を助けた処置に問題がなければ、エリーゼには褒賞を授けよう。だが、少しでも問題が見つかれば……」

皇帝は宣言した。

「私とあの娘の賭けはこれで終わりだ。これ以上病院で働くのを禁ずる」

もちろん皇帝はこの調査に介入するつもりはなかった。最高の名医たちで構成される調査団は、可能な限り公正かつ客観的に当時の処置を調査するだろう。

（これくらいで十分だろう。一つの落ち度もなく完璧な処置など、エリーゼには無理だろうからな）

皇帝はエリーゼの救命処置が完璧だとは思わなかった。医学的に少なからず問題があるに違いない。調査団がその問題点をくまなく洗い出してくれるだろう。

（今すぐ調査団を組むよう言わねばな）

皇帝は侍従を通じて命令し、医学研究院からは計三名の医者が選定された。結果が出たらエリーゼに病院勤務を禁じようと心に決める。

だが皇帝は知らなかった。三人のうち二人に次の人物が含まれていることを。

皇室十字病院の院長で皇宮侍医のベン、そしてテレサ病院の教授で医学界きっての若き天才グレアムだ。二人とも医学に人生を捧げた医学者だ。

彼らは皇帝の命を受け、すぐさま調査に乗り出した。

翌日の夜遅く。皇宮の奥まった場所に位置する灰色の塔に暗い夜の帳が下りていた。
ここは百願の宮――別名〝血の塔〟とも呼ばれ、罪を犯した皇族が幽閉される場所だ。今回の事件で、エリーゼはこの百願の宮に囚われていた。
新たな客人が連れてこられたが、塔の中は変わらず静かだった。エリーゼは、悔しい、許してほしいといった、囚人にありがちな泣き言一つ漏らさず、死んだように寝台に横になっているだけだった。監視の皇室近衛兵までも心配するほどに。そうして時間だけが過ぎ、日付も変わり、静寂の中で夜が更けていった。
しかしその静けさの中、ぼんやりとした影が百願の宮へと吸い込まれていく。

しっかりと起きている皇室近衛兵もまったく気づかないほど密やかな動き。その影は狭い塔のある場所へと歩みを進めた――エリーゼが囚われている部屋だ。

静かに部屋の中に入った影に、うっすらと月明かりが当たる。その光に照らされた顔は、皇太子リンデン・ド・ロマノフその人だった。寝台で眠っているエリーゼを見つめるリンデンは顔をしかめた。

(まったく愚かなことを……)

先刻の生誕祭パーティーでエリーゼが起こした事件を思い浮かべた。

(何かあったらどうするつもりだ!)

もちろんリンデンもエリーゼが公爵夫人を救おうとしていたのはわかっていた。それでも怒りがこみ上げてくる。いったいどう責任を取るつもりで、あんなことをしたのか。怖いもの知らずめ。遠い親戚である夫人を助けてくれたことには感謝する。だが、あのとき見た光景を思い出すたびに腹が立った。

(まったく、見るたびに気に食わん)

何度思ったことだろう。本当に気に入らない。なんやかんやと気づけば彼女のことを考えていることも、どうにも彼女が気になってしまうことも、なぜか不安になってしまうことも、ふと思い出してしまうことも、全部。

「はあ……」

リンデンはため息をついた。

（まったくどうかしている……この気に入らない娘に会いに、こんなところにまで来るとは）

自分でもわけがわからなかった。当然のことながら、この百願の宮は、容易く侵入できる場所ではない。人目を盗んで入るには、超常能力の一つである影歩きを使わなければならず、相当な危険を冒していた。今この百願の宮には自分と同じくらい強力な超常能力を有する人間がもう一人いたからだ。

その人物に感づかれないようにするのは簡単なことではなかった。いや、今頃すでに気づかれている可能性のほうが高い。なぜそこまでしてエリーゼに会いに来たのか。あまりにも気に食わないから？　何度も自分の前に現れては苛つかせるから？　仕事が手につかないから？

ちっともわからない。ただ、ずっとエリーゼのことが頭から離れず、気づけば百願の宮に向かっていた。無意識のうちに。

（エリーゼ）

リンデンは眠るエリーゼを見つめた。月明かりのせいか、少し青ざめたような顔色をしている。

リンデンの胸に熱い感情がこみ上げた。切なくて、もどかしくて、しびれるほどに痛い、得体の知れない気持ちだった。

「ふっ、のんきによく寝られるものだな。外ではどれほど皆がやきもきしているかも知らずに……」

人形のように美しく小さくて青白い、庇護欲をくすぐる可憐な少女。少しの血を見ただけでも卒倒してしまいそうに見えるのに、よくあんな大胆なことをしたものだ。

（今回だけじゃない）

脾臓摘出手術を成功させたのも彼女だ。それにリンデンは、エリーゼがテレサ病院で多くの重病人を治療しているのも知っている。

（本当に、こんな身体で信じられないな）

でもその姿は、思いのほか自然だった。しかも、美しかった。こんなか細い身体からは想像もつかない、患者を救うのだという力強い意志が、そして患者が回復したときの明るい笑顔が、彼女を輝かせていた。

パーティーで着飾るのとはまったく別次元の美しさだった。か細いのに誰よりも強靭な、目を離せなくする、そんな美しさだ。

「ふう……」

リンデンは急にもどかしさが胸に広がり、深く息を吐いた。エリーゼを見ていると、胸が締めつけられる。正体のわからない渇望で胸が塞がれたような息苦しさを感じた。

「もう具合はよくなったのか？」

エリーゼが昨日、高熱を出していたのを思い出す。額に汗が滲んでいるのを見る限り、まだ熱は下がっていないようだ。

「自分が体調を崩してどうする。そんなふうでどうやって患者の世話をするというのだ」

やはり気に入らなかった。熱を出しているというのに、毛布を片側に寄せているなんて。リンデンは毛布をきれいにエリーゼの身体にかけてやった。毛布が薄いと心の中で文句を言いながら。

そのときエリーゼが消え入りそうな声でつぶやいた。

「だめ……」

「……！」

リンデンは驚いてエリーゼを見つめた。だが、起きたわけではないらしい。

（夢を見ているのか？）

エリーゼの顔が苦痛で歪んだ。

「いや……だめ……」

胸が苦しくなるほどつらそうな呻き声だった。

「死なないで……お願い……お願い……」

眦から一筋の涙が流れた。

「……！」

リンデンは思ってもみなかったエリーゼの姿に、動けなくなってしまう。涙まで流すなんて、いったいどんな夢を見ているのか。「死なないで」と言ったか？　誰のことだ？　悪夢を見ているだけだと言うには、あまりにもつらそうな表情を浮かべている。

そのまま動けずに、リンデンはエリーゼの顔を見つめていた。それ以上の寝言をつぶやくことはなかったが、目元には今にもこぼれ落ちそうなほどに涙がたまっている。

「ふう……」

リンデンは手を伸ばして指先でエリーゼの涙を拭った。そして少しためらったあと、言った。

「どんな夢を見ているのかは知らんが……そんな苦しそうな顔をするな」

こっちの胸が苦しくなる。

リンデンは背を向けて、扉へと歩いていく。月明かりが届かない場所に入った瞬間、リンデンの身体が暗闇へと変わった。超常能力の影歩きへと変わったのだ。リンデンは部屋を出る前に、もう一度エリーゼを振り返った。

「いい夢を見ろ」

その言葉を残してリンデンは百願の宮を離れた。


リンデンが人知れず出ていったときだった。百願の宮の屋根の上で誰かがつぶやいた。

「兄上の影歩きなんて久しぶりだなあ。そんなに婚約者に会いたかったのか？　恋愛なんてまったく興味ないと思ってたのに、そんな面もあるとはね」

若い男だ。塔の頂で横になっているのに、驚くべきことにその身体は空中に浮いていた。まるで透明な魔法の絨毯にでも乗っているかのように。

男はにやりと笑う。

「まあ、ここに一緒に囚われているのも何かの縁だ。僕も挨拶に行こうかな？　医者になりたいんだっけ？　お医者さんってお酒好きが多いらしいけど、兄上の婚約者もお酒好きなのかな？」

そうひとりごちる男の名はミハイル・ド・ロマノフ。第三皇子で皇太子の政敵。そしてロレージ一の色男で西大陸最強の気功騎士、別名〝剣帝〟と呼ばれる男だった。

医学研究院から派遣された三人の調査団は公爵夫人の傷口を徹底的に確かめた。

「なるほど、こういうことか」

皇宮侍医のベンがつぶやいた。

「君も同じ意見か、ファロン卿？」

「はい、子爵様」

グレアムはうなずいた。ローズデール病院の主任教授カイルだけは不満げな表情だったが、彼もまた二人の意見に同意した。

「私も同じ考えです」

「では、調査はこれで終わりだな？　陛下に報告しよう」

そうして調査団は結論を下したあと、皇帝に謁見した。

「陛下、調査結果をお伝えにまいりました」

「ああ、大儀だった。調査はすべて終わったんだな？」

「はい、終了いたしました」

同席していたクロレンス侯爵はハラハラしながら彼らの報告を待った。まさか皇帝がエリーゼに重罰を下すことはないだろうが、調査結果次第ではまだわからない。

一方で皇帝（ミンチェスト）は期待しながら言った。今度こそエリーゼとの賭けを終えられると思ったのだ。

「さあ、報告してくれ。どうだったのだ？　クロレンス侯爵令嬢の救命処置には当然、いろいろと問題があったのだろう？」

ほんのわずかでも問題があったなら、それを理由にエリーゼの病院勤務を辞めさせるつもりだった。

（今度こそ諦めさせられる。のちの皇后となる娘が医者を目指すなど、ありえんからな）

この際、婚約発表も早めてしまおうと思っていた。成人の儀（ぎ）まで待つ必要もなかろう。

すぐにベンが口を開いた。ところがその声はどこかおかしかった。何やら興奮を抑（おさ）えているような……。

「——これは奇跡（きせき）です」

「……何？」

ミンチェストは思わず訊（き）き返した。

「完璧なのです、陛下！　それこそ完璧な処置でございました！」

「……それは、どういう意味だ？　喉をナイフで切（き）り裂（さ）く処置が完璧だと？」

「はい。そうしていなければ公爵夫人は命を落としていたでしょう。夫人が助かったのはひとえにクロレンス侯爵令嬢の処置のおかげと言えます」

「しかし、危険極（きわ）まりない処置であっただろう？　最悪の場合、そちらが致命傷（ちめいしょう）になったのでは？　そんな危険な処置が本当に適切だったと言えるのか？」

ベンはミンチェストの気も知らず、興奮しながら説明した。

「だから奇跡なのです！　以前から気道が塞がれた場合には喉を切開するという意見がございました。ただ、あまりにも危険なため試すまでには至りませんでしたが。しかし、夫人に対する処置は、今まで医者たちの頭の中だけにあった完璧な気管切開術だったのです。周囲の器官を一切傷つけず、傷口の大きさも過不足なく、ちょうど必要な分だけ。あの緊急時にこれほどの処置を行うとは脱帽でございます。聞くところによると十秒ほどしかかかっていないとか」

「……ゴホン」

ミンチェストはきまり悪そうに咳払いした。

「それはいったいどういうことだ？　完璧な処置？　たんなる偶然ではないのか？　いささか讃えすぎに思うが」

「わたくしどもも初めはそう考えておりました。これを見るまでは――」

そう言ってベンは何かを取り出した。一枚の紙切れだ。子どもが落書きでもしたかのような文字がびっしり書き込まれていた。

「それはなんだ？」

まったく読めない文字に、ミンチェストは顔をしかめる。

「陳述書でございます」

「陳述書？」

まさかこの汚い文字はクロレンス侯爵令嬢が書いたものなのか？　しかもどうしていきなり陳述

書など出してくるのか。

　ベンは興奮冷めやらぬ声で説明した。

「ただの陳述書ではございません。クロレンス侯爵令嬢がどのような意図、方法でその処置を行ったのかということが書かれているのですが、まるで医学論文のようです」

「何？　医学論文？」

「これを読めば、喉と気管の解剖学的な関係を正確にとらえ、最も安全な位置で、手術するうえでどうしても必要な部分だけを切開し、施術したということがわかるのです。これこそ申し分のない知識と迅速な判断力、果敢な行動力があってこその処置です。それを十秒もかからずにやってのけるとは！　わたくしどもの中にもこのようなことができる医者はおりません。それを十六歳の少女が⁉　驚かずにはいられません。この陳述書は刑事部で保管するのではなく、医学発展のために論文として発表すべきでございます。それほどに素晴らしい処置なのです」

　あまりの絶賛にミンチェストはしばし言葉を失った。ベンは本当にきちんと調査したのかと疑いたくなるほどに。

（あやつは、新しい医学知識に触れると興奮しすぎて周りが見えなくなる癖がある。思い込みもあるかもしれんな）

「横にいるそなたの名は？」

　ミンチェストは、気難しそうな印象の若い美丈夫に視線を向けて訊いた。たしか医学界の若き天才と呼ばれている男だったか？

「グレアム・ド・ファロンにございます」

「そなたの考えはどうだ？」

「不肖ながら申し上げますと――」

グレアムは低い声で答えた。

「帝国医学界にもう一人の稀代の天才が現れたと思っております」

「……はっ！」

ミンチェストは唖然とした。しかし、グレアムの言葉は本心だった。彼もまた調査をしながら、驚かざるをえなかった。自身の弟子ローゼを連想させるくらい天才的な処置だったからだ。

（ローゼ以外にもこんな天才がいたとは！）

自分はいくら努力しても凡才の域を出られないというのに、虚しさがこみ上げた。もちろんベンもグレアムもローゼとエリーゼが同一人物であることをまだ知らない。

「ははっ、信じられん。カイル、おぬしの意見はどうだ？」

ミンチェストはローズデール病院の主任教授カイルに訊いた。ローズデール病院は、貴族派の長チャイルド侯爵家が所有しており、仇敵である皇帝派の長、クロレンス侯爵家の令嬢に対して公正な、いや、不利な判定を下すだろうとミンチェストは考えていた。カイルならば、敵対する皇帝派のクロレンス侯爵令嬢を褒めたりするはずはない。

しかし、カイルですらも皇帝の期待を裏切り、次のように述べた。

「……問題点は見つかりませんでした。認めがたいですが……子爵様とファロン卿の言うとおりです」

「それでも何かしら問題があったのではないか？　大きくはなくとも、小さな問題の一つくらいは、あったであろう？」

どんな些細なことだろうと偏見だろうと、問題点を挙げろ、とでも言うようなまなざしで、ミンチェストは貴族派のカイルを見つめた。だが、カイルははっきりと首を横に振った。

「問題点は一切ございません。クロレンス侯爵令嬢は、非の打ちどころのない処置で公爵夫人の命を救ったのです。処罰ではなく、褒賞を授けるのが妥当に思われます」

「……」

ミンチェストは口を引き結んだ。貴族派のくせになぜこんなにも正直でまっすぐなのか。一方、隣で聞いていたクロレンス侯爵は、喜色をあらわにしないよう必死に堪えていた。

（ああ、よかった。本当によかった）

しかも〝天才的な処置〟だと言うではないか？

（見ているか、テレサ？　やはり私たちの娘だ）

娘が病院で苦労するのは嫌だが、このような称賛を聞いて喜ばずにはいられなかった。この調査結果からするに、娘が処罰されることはないだろう。

かたやミンチェストは不機嫌だった。

「エリーゼに褒賞を授けるのが妥当だと？」

「はい、陛下。公爵夫人が助かったのは、ひとえにクロレンス侯爵令嬢のおかげです。その功績にふさわしい褒賞を授けるべきだと考えます」

ベンは続けた。

「わたくしどもは今回のことを医学界で発表するつもりです。クロレンス侯爵令嬢の陳述書の内容は、今後、気道が塞がれるなどして気管切開が必要な患者を治療するうえで大きな助けとなるでしょう」

聞けば聞くほど素晴らしい処置と言えた。皇族の命を救ったのだから、少なくとも勲章が授けられるだろう。こういう場合の勲章はすでに決まっていた。

皇室に大きく貢献した者に与えられる〝皇室薔薇勲章〟だ。

各新聞社でもすぐさま報じられるだろう。


〝皇太子の婚約者、クロレンス侯爵令嬢に勲章授与。奇跡のような処置で公爵夫人の命を救う!〟

〝クロレンス侯爵令嬢、皇族の命を助けた功績で皇室薔薇勲章授与!〟


こんな見出しが想像できた。しかもこのことでエリーゼが叙勲を受ければ、帝国史上、最年少かつ初の女性の受勲者となる。

それだけではない。皇室薔薇勲章は騎士爵とともに授与される。つまり今回の出来事でエリーゼには騎士爵が与えられることになるのだ。それに伴い、エリーゼには〝デイム〟の称号が授けられる。成人も迎えていないたった十六歳で。

（頭が痛いわい）

しかも医学界でも発表するとは、医者たちの間でも一躍、時の人となってしまう。ミンチェスト個人としては不本意だが、どうしようもない。

（夫人を寵愛するハーバー公爵がどんな反応を見せることやら……）

エリーゼにすぐさま礼をしたいと言うのを、調査が終わるまで待つようにと、なんとか止めていたのだが。

それに新聞社の反応も心配だ。特ダネを狙う記者たちが調査結果を今か今かと待っている。こうした結果が出た今、どんな内容の記事が出るかは想像に難くなかった。どこもかしこも感動の物語のような記事を書き連ねるに違いない。

そのときベンがおずおずと口を開いた。

「陛下、僭越ながら一つお願いがございます」

（まったく、今さら何を……）

ミンチェストはため息をつきながら答えた。

「――申してみよ」

「その……クロレンス侯爵令嬢に会わせていただきたいのですが、よろしいでしょうか？」

「……？」

「この件について話を聞きたいのです」

「……！」

「お許しいただけるのであれば、こちらのファロン卿とともにお会いしとうございます。非常に有益な話が聞けると考えておりますので」

隣のグレアムも恭しく頭を下げた。グレアムもクロレンス侯爵令嬢には一度会ってみたかった。自分が唯一認めた弟子のローゼに匹敵するほどの天才に。どんなご令嬢なのか。

「……好きにするがよい」

皇帝の許可を得たベンとグレアムは、近々日程を合わせてクロレンス侯爵令嬢に会いにいくことにした。そんなことをエリーゼ本人は知るよしもなかったが。


その頃、百願の宮にいたエリーゼは、囚われの身であることも忘れて、一心に勉強していた。

(身体もだいぶよくなったみたいで、よかった)

二日ほどぐっすり寝たおかげだろうか。体調はずいぶん回復していた。エリーゼは少し前に面会に来た兄のクリスに試験勉強に必要な医学書を持ってきてくれるように頼んでいたのだ。今回の判決が下されるまで、どうせすることもないのだから、と。

「エリーゼ！　お前ってやつは、まったく無茶ばかりして！」

クリスには散々叱られた。だが、兄は医学書を文句も言わずに持ってきてくれた。

(それにしても、レン兄様の反応は意外だったわね)

一番上の兄、レンもほんの少しだけエリーゼに面会に来た。そのときに言ったのだ。

「よくやった」

「……!?」

毒舌の兄から発された言葉に、エリーゼは耳を疑った。しかし、空耳ではなかった。

「公爵夫人を救おうとしてのことだとわかっている。危険ではあったが、助かったのだから、よくやったな」

その言葉にエリーゼは顔がほころんだ。前世でも今世でも初めてレンに褒められたのだ。

「もう少しの辛抱だ。お前のおかげで夫人が助かったのは皆わかっている。すぐに判決も出るだろう」

そう言ってレンは騎士団へと戻っていった。最近はクセフ遠征のことでずっと忙しいようだった。

(レン兄様……)

エリーゼは兄の後ろ姿をぼんやりと眺めた。

(どうかご無事でいてくださいね)

パーティーで出会った、フレスガード共和国のルイ・ニコラスのことを思い出した。正確なことはわからないが、あの男がわざわざやって来た理由はただ一つ。

(黒の大陸の西北部がフレスガード共和国によって平定されたからでしょうね。前世よりも時期が早いけど)

なぜ時期が異なったのかはわからないが、そのせいで共和国がクセフ半島に兵力を注ぎ込む可能性が高くなった。もしそうなれば帝国も兵力増強のため、銃騎士団副団長のレンも参戦することになるだろう。

（でもクリス兄様まで参戦しないわよね……）

一度目の人生でクリスは、戦況の悪化により参戦を余儀なくされ、そのせいで命を落とした。

今世ではそんなことは絶対に起こさせない。

（レン兄様は大きな功績を挙げるでしょうけど……）

それでも心配なことに変わりはない。銃弾が飛び交う戦場。最悪の場合には命を落としかねない。

今世も前世と同じになる保証はないのだから。

（たとえ参戦することになっても、どうか絶対に無事でいて）

エリーゼは祈った。だが、このときのエリーゼにはクセフ遠征がどうなるのかわからなかった。

そして自分の運命がどう絡んでいくのかも。今後の人生がどうなるのかも。まったく想像がつかなかった。


そうして家族みんなに会ったあと、エリーゼは残り少ない試験の日まで勉強にいそしむことにした。

（囚われたのがむしろよかったわね。そうでなきゃパーティーやら病院の仕事やらで勉強する暇もなかっただろうし）

百願の宮に囚われたことで皆には不憫に思われたが、エリーゼにとってはむしろ好都合だった。

心置きなく勉強できるのだから。この機会を逃す手はない。

（それに判決もきっと悪くはないだろうし）

公爵夫人を助けようとしてのことだと皆わかっているだろうし、腕のいい医者たちが夫人の傷口を確かめてくれるはずだ。そうすればどういうつもりであんなことをしたのかきちんと明らかになるだろうから、さほど心配はなかった。

(とりあえずはグラハム各論を復習して、フレミング薬学もやらないとね)

もちろん内容はすべて理解している。むしろ自分の頭の中にある知識のほうが正確だ。長年研究されてきた、葵の世界の医学が頭に入っているのだから。だが、これは試験なのだから、出題者の意図した内容、つまりはブリチア帝国の医学水準に合わせて問題を解かなければならない。

(医者としての価値を示すためにも、高得点を狙わないと)

エリーゼは、生誕祭パーティーのときの陛下との会話を思い出した。並大抵の業績では認めないのだから、もう諦めて皇太子妃になれと示唆された。でも、絶対に諦めるつもりはなかった。自分とリンデンとの結婚は全員にとって悲劇を招く。それに自分は医者になりたいのだ。絶対に賭けに勝って医者になってみせる。

(みんなにはもう皇太子殿下の婚約者みたいに思われちゃってるけど、それでも諦めない)

そうしてエリーゼは意を決して勉強した。前は天才外科医として名を馳せたのだ。エリーゼの学力は群を抜いている。食事の時間を除いて、いや、食事の時間も惜しんで、勉強に集中した。

そんなある日の夜のこと。エリーゼがかじりつくようにして本を読んでいると、一人の男が部屋に入ってきた。

キイィッ。

古い扉が音を立てて開いたが、エリーゼはまったく気づく気配もない。本に集中しすぎて聞こえなかったのだ。部屋に入ってきた男は、肩をすくめた。

「あのぉ……」

「……」

「もしもーし、コンコン」

口でもノック音を言ってみたが、それでもエリーゼは気づかない。男はにやりと笑った。いたずら心に火がついたのだ。わざと足音を立てずにエリーゼの後ろに立つ。やはりエリーゼは気づかない。男は腰をかがめて、エリーゼの耳元でささやいた。

「何をそんなに真剣に読んでるんです、義姉上？」

「きゃあぁっ！」

エリーゼはびっくりして悲鳴をあげた。突然のことに心臓が口から飛び出しそうになった。

「だ、誰⁉」

逃げるようにして椅子から立ち上がり、後ずさる。あまりに集中していて、この状況に頭が追いつかずにいた。

男はそんなエリーゼの姿が可愛らしいと思った。大きな青い目を丸くして自分を見つめる姿がとても愛らしかった。誰が見ても抱きしめたいと思うだろう。

「お久しぶりです、義姉上。公式の場以外で会うのは初めてですよね？　僕はリンデンの異母弟ミハイルです。この悲劇の塔にこうして一緒に囚われているのも何かの縁なので、ご挨拶しにまいりました」

第三皇子のミハイル・ド・ロマノフ。皇太子リンデンの政敵だ。ミハイルはやや大げさに挨拶すると、エリーゼの反応をうかがった。

（自分の夫になる男の政敵を前にして、いったいどんな反応をするかな？）

驚くか？　顔をこわばらせるか？　それとも感情を押し殺して笑顔を見せるか？

だが、エリーゼの反応はそのどれでもなかった。ただ、想像もしていなかった人に会ったように大きく目を瞠るだけだ。

ミハイルは怪訝な表情を浮かべる。

（あれ？　何でこんな顔を？　まあ僕がここに来るなんて予期してなかっただろうけど……）

しかもただ驚いているわけではない。そのまなざしには、驚きを超えた驚愕、そして懐かしさとなぜか切なさが浮かんでいた。

（なんだ？）

ミハイルが眉をひそめた瞬間、エリーゼが彼の名を呼んだ。震える声で、そして思いもよらない愛称で。

「う、嘘……ミ、ミル？　本当にミルなの？」

「……！」

ミハイルは目を剝いた。

（ミルだと？　どうしてその名を……）

その名を呼ぶのはこの世でただ一人――いや、今ではその人ですらも自分のことを〝殿下〟と呼ぶだけで、その名を呼ぶことはなかった。

ミハイルの驚いた表情にエリーゼは何かを悟ったように、頭を下げて礼をした。

「い、いえ。申し訳ございません、第三皇子殿下。クロレンス侯爵家の長女、エリーゼ・ド・クロレンスにございます」

しかし、その恭しい礼がどうでもよく思えるほどのことが起きた。エリーゼの目から涙がこぼれ落ちたのだ。

ぽたっ。

その涙にミハイルは困惑した。

(え、え？　何？　なんで泣いて――)

「あ、義姉上？」

「も、申し訳ございません、殿下。目にゴミが入って……。どうかお気になさらないでくださいませ」

エリーゼは、言葉をつかえながら急いで涙を拭った。そしてミハイルに向かって微笑みかけた。どう見ても無理やりつくった、見るだけで心が痛くなる笑顔だった。

「もう一度、ご挨拶させてください。クロレンス侯爵家のエリーゼと申します」

エリーゼは自身の失態を責めた。彼を見た途端に涙を流すなんて。しかも〝ミル〟と愛称で呼んでしまった。きっと、変に思われたことだろう。だが、どうしようもなかった。

（ミル――）

ミハイル・ド・ロマノフ。皇太子の政敵であり、一度目の人生でのエリーゼの唯一の友。決して仲良くなる間柄ではなかったのに、不思議と彼とは親しかった。心の友とも言えるほどに。

ミハイルと初めて会った日のことを思い出す。まだ悪女と呼ばれる前、そこまでひねくれてはいなかった頃のことだ。そのときエリーゼは皇宮の裏庭で泣いていた。リンデンとの関係が上手くいかなかったからだったと思う。偶然、その場を通りかかった第三皇子が泣いているエリーゼを見て近寄ってきたのだ。

「あれ？　義姉上、泣いてるの？」

ミハイルは困った表情を浮かべた。政敵である兄の妻が泣いているのを見て、どうしていいかわからないようだった。そしてため息をついて言ったのだ。

「僕、泣いている女性を放っておけないんだよね」

ミハイルは冗談めいた口調でエリーゼを慰めた。傷ついていたエリーゼはそれがとても嬉しかった。そのあとも、何度もミハイルと出くわすことがあり、そのたびに彼はにやりと笑って言うのだ。

「泣き虫の義姉上だ！　最近は泣いてないの？」

そうして二人は自然と親しくなっていった。政治的なことを考えれば想像しがたいことだったが、エリーゼにとってミハイルは唯一心を許せる友となった。そんな彼に予期せず再会し、感情を抑えられなくなってしまった。

「ねえ、さっきはなんで泣いたの、義姉上？　僕が美男子すぎて感動しちゃった？」

エリーゼが落ち着きを取り戻すと、ミハイルはからかうように訊いた。エリーゼはどうとも答えられず、黙って笑う。

（たしかにイケメンよね）

リンデンが冷たく彫像のような美しさであるならば、ミハイルにはそれとは違った美しさがあった。まるで豪華な、それでいて快活な花を思わせた。金髪に金色の瞳のミハイルには、光り輝くような華々しさがある。厳しい鍛錬によって引き締まった身体はしなやかでありながらも力強く。ロレージ一の色男らしい魅力ある風貌だ。

「ふむ……」

ミハイルは納得がいかなそうに顎をさすった。

（いったいなんだ、あのまなざしは？）

エリーゼはしとやかに微笑んでいるが、女性については百戦錬磨のミハイルは見抜いていた。そのまなざしに浮かぶのが懐かしさと切なさであることを。

（互いに遠目にしか見たことないはずなのに……女の子は大好きだけど、クロレンス侯爵令嬢と熱い時間を過ごした覚えはないんだけどなあ？）

ミハイルは、付き合った女性の中にエリーゼがいたか考えてみたが、やはりいない。もちろん全員を覚えているわけではないが、こんな綺麗な娘を忘れるはずはなかった。

（なんなんだろう？）

とりあえずその日の挨拶はそれで終わった。ミハイルは疑問に思いながらも、自分の部屋へと戻っていく。

「エリーゼって言ってたっけ？」

ミハイルは寝台に横になりつぶやく。

「ちょうど一人で退屈だったし、まあいいか」

どうせすることもないのだから、彼女についてもっと知ろうと決めたのだった。

その日以降、ミハイルは退屈しのぎにエリーゼの部屋を訪れた。皇太子の政敵である自分を疎むだろうと思っていたが、意外にもエリーゼは快く迎えてくれた。時折、持ち込んだお茶を淹れてくれたりもして、その香りと深い味わいを気に入ったミハイルは、何度もエリーゼの部屋に顔を出した。

(不思議と話も合うし――)

ミハイルは首を傾げた。どうもエリーゼは自分に親しみを感じているらしい。言葉には出さないが、そんな感じがした。そのため、自分もエリーゼに親しみが湧いた。

「あの……殿下。囚われの身で、そんなに歩き回っては……」

部屋の外に立つ皇室近衛兵が困ったように引き止めたが、ミハイルはにっこりと笑って図々しげに言う。

「なんだよ、僕の幽閉場所は百願の宮だろう？　百願の宮の中なんだからいいじゃないか。それにもうすぐ二人ともここから出るわけだし」

そうして二人は同じ塔に幽閉されている間に急速に仲を深めた。政敵の兄の妻になる少女とこんなに仲良くなってもいいのだろうかと悩むほどに。だが、ミハイルは人付き合いに関しては、政治的な関係といった些末なことを気にするような小心者ではない。

「何を読んでるんです、義姉上？　その本、面白いんですか？」

「勉強してるんです。もうすぐ試験があるので……」

「僕にはさっぱりわからないや。こんな難しい本、よく読めますね。ところで本当に医者になるつもりなんですか？」

「はい、医者になります」

「ふーん。そういえば、ハーバー公爵夫人を助けたのも義姉上なんだそうですね？　すごいじゃないですか」

ミハイルは不思議そうなまなざしでエリーゼを見つめた。この小柄で可憐な少女がいったいどうやってそんなことをしたのだろう？　当時は大騒ぎだったけれど。

「それじゃあ、結婚はどうするんです？　兄上の婚約者なんでしょう？」

エリーゼは普段の優しい口調から一変して、強く否定した。

「いいえ、それは間違いです。私と皇太子殿下は、婚約も結婚もいたしません」

「ふぅーん……」

ミハイルは不思議そうな表情を浮かべた。

(そうなのか？　でも陛下はそうは思ってなさそうだけど)

「ですから、殿下も私のことは義姉上ではなくエリーゼとお呼びください。リゼでもかまいません し」

ミハイルは素直に言うとおりにした。

「わかったよ、リゼ」

エリーゼ、リゼ。どことなく響きが綺麗だなと思いながら、ミハイルは名前を呼んだ。そしてしれっとため口に変えた。まあ、自分は皇子だし、エリーゼよりも年上だからかまわないだろう。

翌日ミハイルは、勉強中のエリーゼにある物を差し出した。

「なんです、これは？」

「飴だよ」

「飴？」

「うん。東方では重要な試験の前に飴を食べる風習があるんだ。だからリゼも、これを食べて必ず合格してね」

「ふふふっ、ありがとうございます」

そういえばミハイルは昔、一年ほど東方の国で武者修行(むしゃしゅぎょう)をしていた。

(武者修行という名の家出だったわね。若いのに東方だけじゃなくて西大陸本土や黒の大陸まで三年間も。当時は皇宮が大騒ぎになったたって聞いたけど)

だから東方の風習にも詳(くわ)しいのだ。

(そういえば前の世界でもたしか韓国(かんこく)では試験前に飴を食べるって聞いたことあるけど……)

エリーゼは礼を言って、飴を食べた。歯が痛くなりそうなくらいの甘(あま)さがちょうどエリーゼ好みだった。その姿を笑顔で見つめていたミハイルが意外な提案をしてきた。

「義姉上、いや、リゼ」

「はい?」

「今夜一緒に飲まない?」

「……!」

「ちょうど、いい葡萄酒(ワイン)が手に入ったんだ。陛下が隠(かく)し持(も)ってたやつをこっそり拝借しちゃった。本当は一人で大事に飲もうと思ってたんだけど……」

そう言ってミハイルはにっこりと大きな笑みを浮かべた。

「急にリゼと一緒に飲みたくなっちゃった」

「で、でも囚われの身でお酒なんて――」

「別に関係ないよ。外に出るわけじゃないし、お酒を飲むな、とも言われてない。リゼは言われたの？」

（いや、普通は誰もそんなことしないし）

だが、ミハイルは堂々としていた。

「言われてないだろ？　だから大丈夫」

「……」

「いいだろう？　リゼはお酒嫌い？　フレスガード帝国時代から皇室に受け継がれてきた秘蔵のワインだよ」

「ですが……」

〝フレスガード帝国〟は、フレスガード共和国で市民革命が起きる前の国名だった。

エリーゼもお酒は嫌いじゃない。エリーゼの身体に戻ってからは一度も口にしていないが、葵だったときには、それなりにお酒が好きだった。でも本当にいいのだろうか？

「私は未成年ですし……」

「それならなおさら飲んでみなきゃね！　成人する前にある程度飲んでおかないと、成人の儀のときに酒に飲まれちゃうよ。成人の儀では絶対たくさん飲むことになるだろうから。それにリゼ、成人なんてもうすぐじゃないか。問題ないだろ？」

いや、そういう問題じゃないような……？　なんだか言いくるめられているような気がして、エリーゼはため息をついた。

（明日、医学研究院からお客様がいらっしゃるみたいだけど、飲んでも大丈夫かしら？）

気管切開術について話し合うため、明日、医学研究院から客人が来るとの連絡を受けていた。

（まあ、気管切開術について話すだけだから、少しくらい飲んでも平気よね？）

そんなことを思いながら、エリーゼは言った。まさかその客人がベンとグレアムだとは知るよしもなく――。

「わかりました。でもほんの少しだけですよ」

「わかってるって。でも飲み始めたら、絶対にもっと飲みたくなると思うけど？　この〝フレスガード帝国〟シリーズは、それこそ絶品だからね」

「そうですか……」

そうして思いがけずして百願の宮で酒宴が開かれた。しかも皇室近衛兵までもが酒肴を用意してくれたのだ。

「――どうぞお召し上がりください」

エリーゼが、こんなことをして大丈夫なのかという視線を向けると、皇室近衛兵はそれとなくその視線を避けた。

その顔は〝私もよくわかりません〟と言っているようだった。

「いつかこのワインがなくなっていることに気づいて腹を立てる陛下に、乾杯！」

「……そういえば殿下が今ここに幽閉されているのも、生誕祭で使われる儀礼用のワインをこっそり飲んだせいではありませんでしたか？」

そのとおりだった。儀礼酒を盗み、市民たちと街で飲み明かしていたのだ。それに激怒した皇帝が第三皇子を百願の宮に幽閉したのだった。

「ふんっ、そんなこと知らないね！　美人は付き合うためにいるんだし、美酒も飲むためにあるんだ。儀礼のためだけに使って捨てるなんて、もったいないだろう？」

屁理屈もいいところだが、なぜか愉しくてエリーゼは笑った。

「ふふっ、わかりましたよ、殿下」

「さあ、それじゃあ本当に乾杯」

チンッ！

グラスの澄んだ音が響き、ワインがきらめいた。今は作られていないフレスガード帝国シリーズのワインは、不思議なことに黄金色だった。ワインを飲んだエリーゼは感嘆する。

（おいしい！　さすがフレスガード帝国シリーズね）

このシリーズは至高のワインとも評されている。曇りの日の多いブリチア島ではとうてい真似のできない味だ。同じく名酒とされるポルトーのワインですらこのシリーズには及ばない。

（このワインをまた飲める日が来るなんて）

実のところエリーゼがこのワインを飲んだのはこれが初めてではない。前世でも一度飲んだことがあるのだ。それもミハイルと一緒に。

「おいしいだろう？　さあ、もっと飲みなよ。まだまだあるからね」

「はい」

やはり一口ではすまなかった。それほどおいしいのだ。そのうえ前の人生でミハイルと一緒に飲んだ思い出が頭に浮かび、少し哀しくなって、ワインがさらに進んだ。

(やっぱりミルは少しも変わってないわね)

陽気に笑うミハイルを見つめて、エリーゼは思った。ワインの度数が高かったせいだろうか、それとも少女の身体だったせいだろうか、数杯で酔いが回ってしまった。

前世でもミハイルは、いつも自由で愉快で悪意を抱くこともなく、皆を愛情で包んだ。皇太子が市民から尊敬される存在であったとすれば、第三皇子は市民から愛される存在だった。

思い出すと笑ってしまうような愉快な行動、身分も気にせず平民たちと気安くお酒を酌み交わす人柄、誉れ高き帝国最強の気功騎士——それがミハイルだった。

帝国市民は皆、彼を慕っていた。数々の女性たちとの浮名も、その魅力の一つと言えた。その市民からの絶大なる人気が、ミハイルにとっての政治基盤となったのだ。だが、それはミハイルが意図してそうしていたわけではない。彼の気質がそうさせていただけだった。

(そんなミハイルだから私とも友だちになれたのよね)

エリーゼは寂しく思った。皆から無視されても、ミハイルだけがなんの色眼鏡もなく自分を見てくれた。だから、彼が大切だった。

(でも、止められないんだろうな……)

ミハイルの最期を思い出し、心が重くなった。結局、ミハイルは死んでしまう。いくら前世で起こったことを知っているからといって、これだけは防げない。そうなることを決して望んでいるわけではない。でも変えられることと変えられないことがある。まるで抗えない運命のように。これは避けられない道なのだ。

（ミハイルが皇位継承権を放棄できれば……）

だがそれはありえない。エリーゼは知っている。ミハイルがどんな気持ちで皇位継承権にすがっているのか。本当はなんの興味もない皇帝の座に、彼がどれほどの想いで命を懸けているのか。すべて知っていた。

だからこそ悲しかった。やりきれないその理由が悲しくて、悲劇の最期を迎える彼の未来に、胸が締めつけられた。そんな彼の最期の瞬間が頭をよぎり、エリーゼは唇を噛みしめた。あのときのミハイルの笑顔を思い出し、胸が張り裂けそうになる。

「リゼ？　どうしたの？」

「……」

「リゼ？」

驚いたミハイルが訊いたが、エリーゼは答えられなかった。口を開いたら涙がこぼれてしまいそうだったからだ。

あのときのミハイルの最後の言葉――。

――義姉上、実は、聞いてほしいことがあるんだ。

――なあに？

だが、ミハイルはそれ以上何も言わなかった。ただ別れの挨拶だけをして、いつもと変わらない陽気な顔で去って行った。

（あのとき、何を言おうとしていたの？）

ずっと心に残っていたけれど、もう誰にも訊けない。

エリーゼが黙り込んでしまうと、部屋は自然と静けさに包まれた。エリーゼはグラスに残っていたワインを一気に飲み干す。胸が焼けるような熱さを感じ、少し心が落ち着いた。

「ごめんなさい。急に酔いが回ってしまったみたいで……。もう大丈夫です」

ミハイルはしばしエリーゼを見つめた。どこか納得いかないまなざしで。

ワインをグラスに並々と注ぐと、安酒を呷るようにひと息に飲み干した。それを見たエリーゼが驚きの表情を浮かべると、ミハイルは言った。

「嘘つきだね」

「……！」

「僕はバカじゃないよ？　まだ成人の儀も迎えてない小娘の分際で、なんでそんな悲しそうな顔をするのさ？　まるで、何度も人生を生きた人みたいに」

エリーゼがゆっくりと首を横に振った。

「嘘ではありません。本当にお酒のせいなんです。私、お酒は強くないので……お気になさらないでください」

そのはっきりとした口調にミハイルはふてくされたように口を尖らせた。

「まったく、見た目は可愛いのに、中身は可愛げがないんだから。年寄りじみたこと言って……。そうやって二人で抱え込むと、病気になっちゃうよ」

エリーゼは微笑んだ。ミハイルがため息をついて尋ねる。

「兄上のせい？　兄上に冷たくされてるの？」

「……！」

エリーゼは慌てて否定した。

「い、いえ。まったく関係ありません」

「何が関係ないのさ？　あの兄上が女の子に優しいわけないだろう？　恋愛なんておろか、女の子の手を握ったこともない初心な男なんだから。ロレージで、無愛想でつまらない男選手権を開いたら、きっと兄上が一位になるんじゃない？　で、二位はリゼの兄上のレンかな」

その言葉にエリーゼは声を出して笑った。天下の皇太子にむかって初心とは。まあ、あながち間違いとは言えないが、ミハイルらしい言い方だった。

「それより僕の婚約者になるのはどう？　僕なら兄上と違って、リゼを大切にするよ」

「ご冗談を。殿下に恋する大勢の女性のうちの一人になるなんて嫌ですからね？」

エリーゼの言葉にミハイルはがっかりしたような表情を浮かべて言った。

「何それ？」

「殿下に恋する女性を一列に並べたらロレージ市内を一周してしまうらしいじゃないですか」

「そ、そんなのは言いがかりだよ。僕は本気の恋しかしたことないのに」

「はいはい、わかりました。でも私はご遠慮させていただきます」

ミハイルがわざとふくれっ面をするので、エリーゼはくすくすと笑った。実際、ミハイルの言葉は嘘ではなかった。ほとんどは彼に魅了された女性が、先に言い寄っているのだから。強いて言うならば、ミハイルのその美貌と魅力が罪なのだ。

そんなこんなで重苦しかった雰囲気が少し明るくなった。二人は互いにお酌をしながら、ほろ酔い気分であれこれと語り合った。

「だから僕が東方の国で！」

お酒で気分をよくしたミハイルが、三年間の武者修行の武勇伝を語った。エリーゼからしてみれば、前世で何度も聞いた話だったが、また聞くのも楽しかった。

皇室内では家出と言われているが、その武者修行は実はすごいことだった。三年の旅を終えて、ミハイルは西大陸最強の剣士、そして〝剣帝〟と称されるようになったのだから。しかも剣帝という異名は西大陸ではなく、武術の最高峰とされる東方の国の武人たちが畏敬の念を込めて付けたものだった。自国の武人ならまだしも異国の男に、である。ロレージの中心街では、当時のミハイルの家出を英雄叙事詩よろしく演劇にまでしてしまった。

「それでさ、東方には悪の集団がいたわけ。東方の国はさ、西大陸全土に匹敵するぐらい国土が広くて、中央政府の目が届かないとこがたくさんあるんだ。それで剣龍っていう剣客と僕が――」

ミハイルは楽しそうにあれこれ語り、エリーゼは懸命に相づちを打つ。そうして夜が更けていき、ワインも底をついて浮かれた気分でいたときにミハイルが言った。

「リゼ、一つ訊きたいんだけどさ」

「なんです？」

ミハイルはエリーゼの瞳を見つめて言った。

「リゼはなんで医者になりたいの？」

先ほどと違い、真剣な口調だった。

「そんなことを訊いてどうするんです？」

「うーん、たんに興味があるだけさ。クロレンス侯爵のご令嬢がわざわざ苦労して医者になる必要なんてないだろう？　人の命を助けたいっていう志は尊敬するけど、リゼ以外にも医者はたくさんいるじゃないか。君にとって、そこまでするほど意味があることなの？」

ミハイルの言うことには一理ある。帝国には医者がたくさんいる。もちろん、エリーゼのように最先端の医学知識を持つ者はいないだろうが。他人からすれば、高位貴族のクロレンス侯爵令嬢が医者になりたいというのはとうてい理解できないだろう。

（それでも……）

エリーゼは、逆に訊き返した。

「――殿下、失礼ですが、私も一つおうかがいしていいですか？」

「うん？　何？」

「殿下はどうして、剣術を身につけたのですか？」

その問いにミハイルは考え込んだ。

「殿下は皇族なのですから、剣の腕などさほど必要ないでしょう？」

そうだ。ほとんどの皇族は、剣術をお遊び程度に習うだけだ。皇太子のリンデンは相当な腕前になるまで鍛錬したものの、それも例外だった。

なぜ必要ないのか？　皇族は強力な超常能力を有しているため、剣術はたいして意味がなく、何よりも時代が変わっていた。

今は銃と大砲の時代だ。剣の時代ならまだしも、今は個人がどれほど強くとも戦争では限界がある。それにもかかわらず、ミハイルは剣の腕を磨いた。それも剣帝と呼ばれるほどの境地に達するまで。

超常能力があれば剣術を容易く身につけられるわけではない。超常能力、気功、剣術は、どれもまったく別物だ。これほどまでにその腕を高めるには、血の滲む努力があったに違いない。なぜそこまでしたのか？

ミハイルはつぶやくように答えた。

「――それはただ、剣が好きだから」

理由は一つ。たんなる〝好き〟ではなく、魅了され、抜け出せず、心乱れるほどに好きだから。

エリーゼはその答えににっこりと笑った。

「私もです」

「……！」

「私も、好きなんです。医者の仕事が」

エリーゼは前世で医者になろうと決心したときのことを思い出した。最初は、一度目の人生での過ち(あやま)を償(つぐな)おうと選んだ道だった。でも手術室に入るたびに、その緊張感(きんちょうかん)に浸(ひた)るたびに、命を吹(ふ)き返(かえ)す場面を経験するたびに、その仕事の虜(とりこ)になっていった。

「大好きなんです。他の何よりも。この仕事ができないなんて考えられないくらい。だから私は医者になりたい」

虜になったというよりも〝中毒〟になったといったほうが合っているかもしれない。もうこの仕事をせずには生きていけない。

（もし陛下との賭けに負けて――）

「医者になれなかったとしたら……人を救う仕事ができない人生を歩まなければならなかったとしたら……」

そうなったなら――。

「私は鳥籠(とりかご)の中の鳥と同じ――魂(たましい)を失ってしまうでしょうね」

だからこそ陛下との賭けに勝たなければならないのだ。大空を舞(ま)う鳥のように、自由に飛びたい。そうして幸せになるのだ。

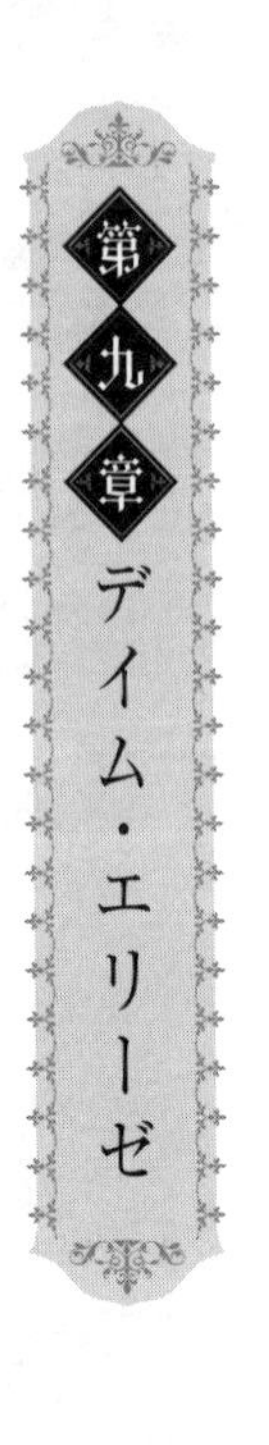

酒宴はお開きとなった。正確に言えば、酔いが回ったエリーゼが眠ってしまったのだ。

「あーあ、寝ちゃった」

寝台に運ぼうと、ミハイルはエリーゼを両手で抱え上げる。

「リゼってば、ちょっと軽すぎじゃないか？　僕の婚約者だったら黙ってないんだけど」

きっと毎日おいしいものを食べさせるだろう。絶対にこんな痩せすぎのままにはさせない。

「まったく、全部兄上のせいだね。そうじゃなきゃ結婚は絶対にしないなんて言われないよ」

ミハイルはエリーゼを寝台に寝かせて頭を撫でた。柔らかい白金髪の感触が心地よかった。

「こんなに可愛いのに。僕が兄上だったらリゼを大切にするのになあ。絶対離さないように」

すやすやと眠る姿がとても可愛らしかった。ワインのせいか、白い肌が少し紅潮し、さらに愛くるしさを増していた。

「まあ可愛いだけじゃないんだけど」

ここ数日間のエリーゼの姿を思い浮かべる。いろんな姿を見せてくれたが、一番印象深かったのは先ほど話してくれた、医者になりたいという強い意志だった。

――医者になれなかったとしたら、私は鳥籠の中の鳥と同じ。魂を失ってしまうでしょうね。

ミハイルも皇帝とエリーゼとの賭けのことを知っていた。あんな条件では皇帝が勝つに決まっている。

「はたしてどうなることやら」

ミハイルは笑みを浮かべた。そして窓の外に目を向けて、暗闇を見つめた。何もない漆黒の闇。

「とにかく、兄上」

皇太子を思い浮かべながらつぶやいた。

「ちゃんと大切にしないとだめだよ、自分の腕の中にある宝石は。失ってからじゃ遅いんだから。そうだろ？」

虚空に向かって、冗談めかしてつぶやいた言葉だった。もちろん答えは返ってこない。ミハイルはくすくす笑うと、眠っているエリーゼに挨拶した。

「僕は明日ここを離れるから当分は会えないね。それじゃあ元気で。また会おう、リゼ」

そして続けた。

「楽しみにしてるよ」

翌日、目を覚ましたエリーゼは二日酔(ふつかよ)いになっていた。

（うう、頭が……）

気をつけていたつもりだが頭が割れるように痛く、胸焼けもひどかった。

（あんなに飲むなんて、バカだわ）

エリーゼはため息をついて、とりあえず水を飲んだ。いつもお酒を飲むときはいいのだが、飲んだ翌日が問題だった。

「エリーゼ様、お目覚めになられていますか？」

皇室近衛兵(ロイヤルガード)が扉(とびら)の外から呼びかける。

「はい、なんでしょう？」

「面会のお客様がおいでになりました。お通ししてもよろしいでしょうか？」

今日は医学研究院から客人が来る予定だったことを思い出した。それなのに二日酔いとは……。

（もっと抑(おさ)えておけばよかった）

後悔(こうかい)先に立たずだ。

「あ、はい。どうぞお通しください」

「失礼いたします」

扉が開き、三人の男が入って来る。そしてエリーゼの顔を見るや、目を剝いた。

「……！」

入って来たのは、皇宮侍医のベンとエリーゼの師グレアム、さらにはテレサ病院の院長ゴートまで！

「え……ローゼ？」

三人とも状況がつかめていないようだった。部屋を間違えたのだろうか？　なぜこんなところにローゼが？　と、その顔が語っていた。

ゴートが皇室近衛兵に訊いた。

「我々はクロレンス侯爵令嬢に会いに来たんだが、こちらは人違いではないか？」

「いえ、こちらがクロレンス侯爵家のご令嬢のエリーゼ様でございます」

「この少女が……？」

「はい」

「それは確かか？　皇太子殿下との結婚が決まっている、あのクロレンス侯爵令嬢？」

「はい。間違いございません」

「……」

しばしの間、部屋に沈黙が下りた。

いったいどうなっているのか？　この少女がクロレンス侯爵令嬢？　ローゼ嬢ではなく？

だが、困惑したのもつかの間、三人は状況を理解したようだ。そしてふたたびの驚愕——見習いのローゼがクロレンス侯爵令嬢だと!?

（あーあ、バレた）

エリーゼはぎゅっと目を閉じた。さて、どうしよう？

（こんな形でバレるなんて）

いつか話そうとは思っていたが、まさか予想だにしないところで顔を合わせることになろうとは。

なんと説明すべきか。四人は戸惑いと驚きの中、しばらく言葉を失ったまま互いを見つめていた。

「ははは、やはりクロレンス侯爵令嬢だったか！　どうりでおかしいと思っていたのだ」

最初に気を取り直したのはベンだった。大きく笑いながら言った。

「こんなに似ているのに気がつかないとは。すまなかったな、気づいてやれんで」

「い、いえ、ベン先生。こちらこそお話ししておらず申し訳ございませんでした」

そしてエリーゼは慌てて挨拶した。

「改めてご挨拶申し上げます。クロレンス侯爵家の長女エリーゼと申します」

クロレンス侯爵令嬢としての初めての正式な挨拶だった。それを受けて、完全にこの状況を受け入れたゴートが口ごもりながら言った。

「で、では、本当にあなたがクロレンス侯爵家の……？」

「はい。個人的な事情で素性を隠していたこと、まことに申し訳ございません。心よりお詫び申し上げます。何とぞご容赦いただければ幸いに存じます」

「……！」

ゴートの顔が青ざめた。では、先日、クロレンス侯爵と陛下に呼ばれて、ローゼについて訊かれたのも……。

（わしはそんなことも知らずに……！　エリーゼ嬢に対して失礼な態度を取ってはいなかっただろうか？）

ゴートはあたふたと考えを巡らせた。幸い、失礼な態度を取ってはいなかったが、丁寧な対応をしていたわけでもなかった。グレアムに丸投げして、さほど気にかけてもいなかったのだから。

（クロレンス侯爵家の家臣、ケイト子爵の推薦だと聞いたときに気づくべきだった！）

生真面目で地位や権力にあまり関心のないゴートだったが、唯一、気を遣うのがクロレンス侯爵家だった。というのも、テレサ病院はクロレンス侯爵家の支援なしには成り立たないからだ。その侯爵家のご令嬢をほったらかしにしていたとは！

（わしの弟子にして指導すべきだったのに！）

時すでに遅しだ。

そんなゴートの反応を見たエリーゼは、申し訳ない気持ちになった。すべては素性を隠したエリーゼのせいなのだ。

（こうなると思ったから隠していたのに……）

もしエリーゼが最初からクロレンス侯爵令嬢だと明かしていたら、特別待遇されて、通常の見習いとして扱ってはもらえなかっただろう。

「院長先生、すべて私のせいなので、お気になさらないでください。父にも許可を得ていますし、院長先生にはいつも感謝しています」

「そ、そうなのですか？」

エリーゼは、次に師のグレアムの顔色をうかがった。グレアムもまた驚いた表情を浮かべている。たんに驚いたというだけでなく、混乱と衝撃（ショック）の入り交じった面（おも）もちだ。今何を思っているのか、見てとることはできなかった。

（今度きちんと謝（あやま）らなくてはね）

エリーゼは心に決めた。

「ところでベン先生、今日はどのようなご用件でいらしたのですか？　気管切開術についてお訊きになりたいというのはうかがっておりますが……」

エリーゼは、三人の中でも比較的（ひかくてき）平静なベンに訊いた。

「ああ、そのことだが、まず一つ伝えておきたいことがあります。エリーゼ嬢に対する判決が出ました」

「どうなりましたか？」

ベンは答える前ににっこりと笑った。

「おめでとうございます」

「……？」

「当然のことながら無罪です。それだけでなく……」

ベンは少しじらして続けた。

「皇室からエリーゼ嬢に皇室薔薇勲章と騎士爵が授与されることになりました」

「……！」

「女性がこれらを授与されるのは帝国史上初です。おめでとうございます」

ブリチア帝国で騎士爵を与えられた女性は、〝デイム〟という敬称で呼ばれることになる。貴族女性にとって最高の名誉と言えた。

エリーゼに贈られる褒賞はそれだけではなかった。叙勲に伴い、皇室から毎月一定額が支給される。クロレンス侯爵家の令嬢であるエリーゼにとっては、さほど大きなことではないとはいえ、生涯支払われる年金だ。一時金も相当な額で、平民なら一生暮らしに困らないほどだ。

(多すぎだわ。なんでこんなに高額なのかしら？)

おそらく命を救った相手が皇族だったからだろう。褒賞金がこれほど高額なのは、皇室の体面もあってのことと思われた。

(でも思ったより陛下は大きな褒賞を授けてくださったのね。渋るだろうと思っていたけど)

無罪になるだろうとは思っていたが、こんなに大きな褒賞を与えられるとは思ってもみなかった。皇室に貢献した者だけに与えられる皇室薔薇勲章に騎士爵まで。もちろん誰の手にも負えない状況で皇族の命を救ったのだから、叙勲を受けるのは妥当といえた。だが、エリーゼが医者になることに反対している陛下のことを思うと、意外だった。

(なんでだろう？　医者になることを許してくれたということ？)

エリーゼは希望を抱いたが、とんだ思い違いだった。ただたんに、調査団の結果が満場一致だったことと、世論がエリーゼに対して好意的だったからにすぎなかった。

〝次期皇太子妃クロレンス侯爵令嬢、果敢な処置で皇族を救う！〟

〝さすがは次期皇太子妃クロレンス侯爵令嬢、公爵夫人の命を救う〟

エリーゼが百願の宮に幽閉されている間、こうした記事が数多くの新聞で報じられていたのだ。

しかたなく皇帝は苦々しい思いを隠し、エリーゼに大きな褒賞を与えざるをえなかった。

それからしばらくしてエリーゼは無罪放免となり、すぐに叙勲式が決まった。そして屋敷に帰ると、予想もしていなかった客人がエリーゼを待っていた。

「エリーゼ嬢、本当にありがとう。この恩は絶対に忘れないよ」

ウェール地方の大貴族であるハーバー公爵自らがエリーゼを訪ねて来て、妻の命を救ったことに対する感謝の意を表したのだ。

「と、とんでもないことでございます、閣下」

ハーバー公爵家は長い歴史を有する昔からの名門貴族だ。二百八十年前にブリチア島が統一されるまではウェール王国の王家だったのだ。現在もウェール地方の市民たちはロマノフ皇室よりもハーバー公爵家を敬い、忠誠を尽くしている。そんな高貴な身分の彼が、年若いエリーゼのもとまで足を運び、頭を下げて礼を述べたのだ。

「お、畏れ多いお言葉にございます、閣下」

さすがのクロレンス侯爵もこの事態に戸惑い、言葉がつかえてしまった。

「当然のことをしたまでです。ですから、どうかお気遣いなさらないでください」

「何を言うか。エリーゼ嬢のおかげで妻が助かったのだ。もちろん持病が治ったわけではないが、気をつけていれば、もう少し妻との時間を過ごせる。本当に感謝している」

公爵の声には夫人への愛があふれていた。その言葉を聞いてエリーゼは胸が熱くなった。これだから医者の仕事が大好きで、この道を諦められないのだ。公爵は帰り際に贈り物まで渡そうとしてくれた。ダイアモンドが施されたネックレスだったが、気軽に身につけられる装飾品というよりも大切に保管しておく宝石と言ったほうがよさそうな代物だったため、それだけは固辞した。絶対に受け取ってほしいという公爵とひと悶着あったが、エリーゼもそれだけは受け取れないと譲らず、最終的には公爵が折れた形となった。

「ではこの借りは決して忘れまい。もし助けが必要なときにはいつでも私を頼ってくれ。ハーバー公爵家、そしてウェールは神の意に反しない限り、どんなことでも力を貸そう」

ハーバー公爵家とウェールの助け……。とんでもない約束だ。だがエリーゼはただ笑って受け流した。そもそもそんなことを望んで助けたわけではないのだから。

公爵は最後にこう言った。

「エリーゼ嬢は、医者になりたいんだろう？」

「はい、閣下」

公爵は先日発表されたエリーゼと皇太子との婚約を思い出した。皇太子妃に内定した今、医者になれる可能性は低いが、そのことは口にせず、次のように応援した。

「楽しみだ。エリーゼ嬢ならよい医者になれるだろう。ぜひ夢を叶えてほしい。もし本当に医者になれたら一つお願いしてもいいだろうか？」

「なんなりと」

「もしうちの家の者が病にかかることがあったら、ぜひとも治療をお願いしたい」

エリーゼは微笑んだ。

「もちろん、喜んで。わたくしのほうこそ光栄です、閣下」

そうして公爵はひとしきり心からの礼を述べて、クロレンス侯爵家を辞した。

エリーゼの叙勲の知らせは、瞬く間にロレージ市内に広まった。新聞社が競って報じたのだ。

〝次期皇太子妃クロレンス侯爵令嬢に皇室薔薇勲章と騎士爵授与！〟

〝皇室薔薇勲章、帝国史上初の女性受勲者は、次期皇太子妃クロレンス侯爵令嬢！〟

〝クロレンス侯爵令嬢、成人の儀を前に騎士爵授与！〟

エリーゼは久々に見た新聞が自身の名前で埋め尽くされているのを知り、目を剝いた。

（な、何これ……いったいどうなって……なんで私が新聞に？）

本人の知らないうちに、エリーゼは帝国で一躍有名人になっていた。


〝生誕祭パーティーにて発表、次期皇太子妃、内定確実！〟

婚約についてだけでも全帝国民が注目するというのに、翌日には公爵夫人への殺人未遂――。そんな大事件に帝国全土が騒然とした。すると数日も経たないうちに新事実が発覚――。

〝殺人未遂ではなく、果敢な救命処置。勇敢な行動により公爵夫人は一命を取り留める〟


こうした内容が話題にならないわけがない。特ダネを狙う記者たちは、こぞって一連の出来事を報じ、この大どんでん返しに市民たちは熱狂した。

「さすがクロレンス侯爵令嬢。殺人未遂なんてありえないよな。まだ若いのにたいしたもんだ」

「本当に素晴らしいご令嬢だ！　次期皇太子妃だろう？　これからが楽しみだ」

しかも新聞社の情報網は想像以上だった。どこから情報を得たのかわからないが、エリーゼがテレサ病院で見習いとして働いていることまで報じたのだ。

〝次期皇太子妃クロレンス侯爵令嬢、身分を隠してテレサ病院の見習いに！〟

〝クロレンス侯爵令嬢、次期皇太子妃という高貴な身分にもかかわらず、貧民のための病院に従事〟


（――おしまいだわ）

ここ数日の新聞を読み、エリーゼは青ざめた。こっそりテレサ病院で働いていたことを、すでに全帝国民に知られてしまった。しかも記事をよく読むと、なんだかおかしな方向に話が進んでいる。

〝さすがはクロレンス侯爵令嬢！　皇太子妃になる前に、帝国民に奉仕したいとの想いから病院の見習いに！〟

〝善行のために病院で働くクロレンス侯爵令嬢。さすがは侯爵家の愛娘。次期皇太子妃としての期待高まる〟


どの記事も一様に、エリーゼが医者になりたいということよりも、皇太子妃になる前の隠れた善行と奉仕のために病院で働いていると書いていたのだ。そんな優しい女性が皇太子妃になるのだと国民は喜んだ。これまでの悪評もきれいさっぱり消えていた。

しかしエリーゼにとっては喜べることではない。どの記事もエリーゼが皇太子妃になるのは既成事実であるかのように報じていたのだ。

(次期皇太子妃クロレンス侯爵令嬢って……)

各紙の一面に躍るその言葉が気に入らなかった。皇太子妃になどなるつもりはさらさらないというのに。

(でもどうしようもないわね)

生誕祭パーティーでの発表のせいで、皆がエリーゼを次期皇太子妃だと思っている。エリーゼが何を言おうともうどうにもならない。

(陛下との賭けに勝てばいいのよ。それ以外に方法はないわ)

数日後、ついに叙勲式の日がやって来た。

叙勲式は、医師試験のちょうど二日前だった。
(なんでこんなときに……。試験勉強したいのに)
光栄な機会ではあったが、エリーゼは泣き顔だ。叙勲式は、予約しておいたケーキを受け取りに行くような簡単なことではないのだ。予行練習もしなければならず、なんやかんやと多くの時間が割かれた。
そのため試験直前の一番大事な時期にほとんど勉強ができなかった。叙勲式をこの日に決めたのは陛下の陰謀ではないかとすら疑った。それはさほど間違ってはいなかったけれど……。

「こんな大事な時期に叙勲式とはすまないな」

当日、皇帝はそう言ってにっこりと笑ったのだ。わざとそうしたのは明らかだった。とはいえ、エリーゼにはどうすることもできない。

「滅相もありません。わたくしはすべきことをしたまでです。身に余るご褒美までいただき感謝しております」

「何を申す。そなたのおかげで我が一族の命が助かったのだ。皇室としてだけでなく、個人的にも礼を申す」

決してお世辞ではなかった。皇帝は本当に心から感謝していた。公爵夫人とは近しいわけではなかったが、エリーゼがいなければ親戚筋の夫人の死は免れなかっただろう。ただ立場上、手放しで喜べるわけではなかった。エリーゼには医者になってほしくないのだから。

「では式を始めよう」

叙勲式が執り行われた。皇宮の巨大な儀礼場で多くの貴族に見守られ、長い礼拝と祝辞のあと、いくつかの皇室儀礼を経て、ようやくエリーゼに勲章が授けられるときが来た。

「皇室に多大な功績を残したクロレンス侯爵令嬢にこの皇室薔薇勲章を授ける」

「ありがとうございます、陛下」

パチパチパチ！

盛大な拍手が止むと、皇帝がエリーゼに勲章を授与した。授与された勲章をエリーゼは見つめる。十字架を縁取る薔薇の文様の金牌には次のような皇室の文言が刻まれていた。

〝神と我が権利〟

そしてすぐに騎士爵の授与式が続いた。エリーゼがひざまずくと、皇帝が鞘から剣を引き抜き、剣先でエリーゼの両肩に軽く触れる。

「ミンチェスト・ド・ロマノフは、皇室に大きく貢献したエリーゼ・ド・クロレンスに騎士爵を授ける」

そうしてエリーゼは、たんなるクロレンス侯爵令嬢から騎士爵を賜った女性として、〝デイム〟の称号を授かった。その姿を見つめる父のクロレンス侯爵は、感極まっている。

(見ているか、テレサ？ 私たちの娘を……。帝国史上初めて、女性として皇室薔薇勲章を受勲し、騎士爵を授かったのだ。それも君が手がけていた医術の分野で)

皇帝とエリーゼの間でまだ続いている賭けのせいで不安だらけだったが、この瞬間だけは、侯爵も素直に喜んだ。次兄のクリスも、妻も同じように喜んでいる。わがまま放題でクロレンス家の問題児だったエリーゼが、勲章に騎士爵まで授かるなんて……。嬉しくないはずがない。長兄のレンは騎士団の仕事で来られなかったが、もし参加していたら無愛想な顔で祝っただろう。

こうして式は滞りなく終わり、エリーゼと皇帝は短い言葉を交わす。

「エリーゼ、まだ医者は諦めていないのだろう？」

皇帝がエリーゼを静かに見つめながら言った。

「はい。申し訳ございません」

「そうだろうな」

皇帝はうなずく。

「あと四カ月ほどか？」

「……！」

「成人の儀までは」

「……そうですね」

「では、最善を尽くせ。もし賭けの条件を満たしたならば、私はもう何も言うまい。だが、容易(たやす)くはないぞ」

その言葉には皇帝の強い想いが込められていた。エリーゼは硬(かた)い表情でうなずいた。エリーゼとしても決して諦めるつもりはない。必ず勝ってみせる。

「明後日(あさって)は医師試験だな。試験勉強のほうはどうだ？」

「未熟な分、懸命(けんめい)に努力しております」

「そうか。全力を尽くしなさい。合格を祈(いの)っているぞ。難しい問題に太刀打(たちう)ちできずに試験に落ちてしまったら、困るのはそなただからな」

そう言って皇帝はにっこりと笑った。

「……！」

その笑顔(えがお)を見た瞬間、エリーゼは、今年は難易度が相当高く設定されたのだろうと察した。きっと陛下の仕業だろう。

（試験に落ちたら、賭けは負け。絶対に受からなきゃ）

ただ受かるだけでもだめだ。堂々と掲げられるくらい高得点を取らなければならない。

（本領を発揮するわよ）

もう勉強時間はほとんどない。これまでの経験と知識を信じるのみだ。

試験前日。医学研究院では試験問題を準備した委員たちが困惑した表情を浮かべていた。

「委員長、本当にこの問題を使用するのですか？」

「しかたがないだろう」

「ですが、このままでは合格率がとんでもないことになります」

その言葉に皇室医学研究院の主席研究員で今年の試験問題の責任者でもあるエリックはため息をついた。彼自身もわかっている。今年の問題の難易度がありえないほどに高いということは。

（試験は相対評価ではなく絶対評価。最低八十点は取らねば合格できないが……。そんな点数を取れる者が何人いるだろうか？）

難易度を上げるために問題形式を一新した。経験豊富な医者ならまだしも、見習いたちにとってはあまりにも難しすぎる。

「わかっている。しかし他にどうしろと？　我々は命じられたとおりにするだけだ」

幸い、あまりにも合格率が低かった場合には、後日再試験を行うため、そこまで大きな影響はないだろうということだった。

（いずれにしても、今回の試験は陛下のご指示どおり、実力不足の者が合格することはない）

いや、それどころではなかった。この試験で合格する見習いがいたとしたら、それこそ医学界の注目を浴びるだろう。超高難度の試験に受かった秀才として。

（はたして九十点以上取れる者がいるのだろうか？）

通常ならば、首席合格者はだいたい九十点から九十五点の間の点数を取っている。しかし、九十点はおろか最高得点でも八十点を超えないのではないかとエリックは不安の滲んだ面もちでため息をついた。

そして翌日。ついに資格試験が行われた。エリーゼの残りの人生を決定づけるかもしれない試験が。

試験は医学研究院の大講堂で行われた。試験範囲は疾病の基礎、総論、各論、薬学など医学の全分野を含み、受験者たちは計二百問を一日かけて解かなければならない。
（頑張ろう！）

午前八時——試験開始の一時間前。エリーゼはいち早く会場入りして、試験の準備をした。

（——絶対に合格する）

落ちればその時点で陛下との賭けは終わりだ。

（油断は禁物。問題をしっかり読んで、全力で解くわよ）

エリーゼはノートと筆記用具を取り出し、最後の見直しをした。前世で得た知識のおかげで、すでに全部知っていることだったが、この試験には自分の運命がかかっている。最後まで気を抜けない。

（きっとすごく難しいんでしょうね……）

一昨日の陛下の口ぶりからすると、相当な難易度であることは明らかだった。実際に病院内でも今年の試験は今までと比較にならないほど難しいらしいとの噂が広まっている。

同じく試験を受ける予定の見習いたちが死にそうな顔でため息をついていたのを思い出した。終わりだ……受かりっこない、と。出題委員が難易度の調整を間違えたため、再試験も行われるということまでささやかれている。そんな難易度は想像もつかなかった。

（気にしない、気にしない。自分を信じよう）

エリーゼは適度に緊張しながらも、過度に恐れてはいなかった。試験の準備期間は短かったが、葵の時代も合わせれば、エリーゼが医学に捧げてきた時間と密度は他の受験者とは比べものにならない。医学部に入ってから、他人には想像もできないほどの努力をしてきたのだから。

（——私は天才なんかじゃない）

ベンもグレアムも、エリーゼのことを天才だと思っているが、エリーゼ自身はそう思っていなかった。自分は努力の人だ。葵として孤独に生きながら、どれほど血の滲むような努力をしたかわからない。

（今までの自分を信じるのよ）

前世で勉強一辺倒になったのは、生きていくためだった。天涯孤独の身で、生きるために知識を得ようと一心不乱に努力した。

（前世では貧しさを痛いほど感じた。それ以前のエリーゼの人生がどれほど恵まれていたのかも）

幸い、心優しい後見人に出会い、勉強に専念することができた。だが後見人が事業に失敗したため、高校生になってからはその後ろ盾を失ってしまったが、そこまででも十分ありがたかった。その人がいなければ、勉強は早々に諦めていただろう。

（医学部に入ったあとも、生きていくために勉強したわね）

貧しかった彼女が医大に通えたのは奨学金があったからだ。アルバイトだけではとうていまかなえず、奨学金を受給するためには、優秀な成績を修める必要があった。

（おかげで死ぬほど勉強しなきゃいけなかったけど）

周りが恋愛やサークル活動で大学生活を満喫している中、自分は勉強だけに集中した。皆には禁欲主義的だと引かれたが、背に腹は代えられなかった。今思い出しても、本当につらく苦しい時期だった。人知れず何度泣いたことか。それも一日に何度も。

だがその甲斐があったからこそ、今の自分がある——超人外科医、バケモノなどと呼ばれた自分が。

（よしっ、気合いを入れて、エリーゼ！）

そうして試験が始まる直前、エリーゼは鞄から小さな箱を取り出した。綺麗に包装されたその箱には濃い色の飴が入っている。


〝おちびちゃんの合格を祈る！〟


（おちびちゃんって……）

メッセージを読んだエリーゼの顔にわずかに笑みが浮かんだ。これをくれたのは他でもない第三皇子——剣帝のミハイルだった。一度目の人生での唯一の友。

ミハイルは試験日の前日、クロレンス侯爵家の屋敷にこっそり現れてプレゼントをくれたのだ。

「落ちたら怒るからな！　絶対受かるんだぞ！」

冗談めかしてそう言うと、風のように去って行ってしまった。エリーゼは甘い飴を口に含み、思った。

（絶対合格するから。ありがとう、ミル）

ミル。今世でもその愛称で呼べる日が来るだろうか。

そして九時ちょうど。受験者全員が着席し、緊張した面もちで試験用紙が配られるのを待った。

「机の上の物はすべてしまってください。万が一、不正行為が発覚した場合には、受験資格が剝奪され、今後二度と試験を受けられなくなりますのでご注意ください」

気難しそうな試験官が注意事項を述べたあと、試験用紙が配られた。

「それでは始めてください。ご健闘を祈ります」

試験の開始を知らせるベルが鳴り、受験者たちはあたふたと試験用紙を開く。エリーゼもさっそく取りかかった。そして問題を見たエリーゼは目を見開く。

(これは……⁉)

思ってもいない形式の問題が並んでいたのだ。

「なんだ、これ……」

会場のあちこちでうなり声が漏れた。

「どうやって解くんだ？」

戸惑いの声。誰もが問題を読んで意気消沈した。開始から十分も経たないのに、諦めて荷物をまとめて出て行く者までいた。

エリーゼも驚いたのは同じだ。こんな形式の問題が出されるとは予想もしていなかった。だが、エリーゼが驚いた理由は、他の受験者とは異なり、難易度のせいではない。

(これって前の世界での医師国家試験や米国医師免許取得試験の問題形式とほぼ同じだわ。いったいどうして……？)

エリーゼは、もう一度、問題をさっと確かめた。

【問題二】

三十五歳の女性。腹痛を主訴に来院した。三日前から症状が出現したという。三十八度の発熱を認める。腹痛の位置は中央から右下腹部に移動。圧痛を認める。考えられる診断名と最も適切な治療法を答えよ。


前世の医師国家試験と同様に、実際に患者を診察するような問題形式だ。

（本来、このブリチア医学研究院の試験はほとんど短答記述式の問題だったはずだけど？）

エリーゼの知る、帝国の医師試験の問題の多くは次のようなものだ。


虫垂炎の診断法と治療法は？

肺炎の治療法は？

心筋梗塞の心電図検査の所見は？


百科事典で調べるかのように、頭の中の知識を問う短答記述式の問題。だが葵の世界でもほとんどの先進国の医大でこうした形式の問題は見られなくなっていた。

（どうして？　患者の症状だけで診断と治療法を推し測る形式の問題は、これまで一度もなかったはず）

エリーゼは頭を振った。

（こういう問題を初めて解くとなると、今年の受験者にとってはかなり難しいでしょうね）

正確な知識があるのはもちろん、患者を診療する能力も同時に問われる問題形式だ。当然ながら難しい。

（どんなふうに難易度を上げるか気になっていたけど、こういうことだったのね）

こうした問題形式に変えたのは、医学研究院の教授たちが頭を絞りに絞って悩んだ結果だった。

実際、試験の難易度を上げるにも限界がある。存在しない病をでっち上げるわけにもいかなければ、人生で一、二度、出合うか否かの希少疾患ばかりを問題にするわけにもいかない。そんなものは適切な試験とも言えまい。

――国家公認医師試験に見合う内容の問題でありながらも難易度を上げること。

勅命を前に出題委員たちは頭を抱え、その結果、時代を遥かに先行く形式の問題が誕生したのだった。

（すごいわね。前の世界でもこんな形式の問題が導入されてからそんなに経ってなかったのに）

エリーゼは感心した。

（まあたしかにこういう形式のほうが問題としてはいいわよね。難易度も高いし、暗記した知識の量だけじゃなく、実際に患者を診察する能力も測れるんだから）

難易度を上げろと命じた皇帝ですら、こうした結果は想像していなかった。まさか自分の要求で、医師試験の質を上げる結果になろうとは。

（でも問題に慣れてないと、たしかに高難度よね）

葵のいた世界でも試験の問題形式が変わった直後は合格率ががた落ちしたという。おそらくここでも、今回の試験合格率は急落するだろう。

（だけど、あいにく私はこういう問題に慣れているのよね）

前世では臨床講義が始まってからは、ほぼこういう形式の試験ばかり。そのため、知識を問う短答記述式の問題よりずっと気が楽だった。

（でも油断しちゃだめ！）

しかも今回の試験は形式だけでなく、内容自体の難易度も上がっている。

（——問題自体も難しくなっているわ。珍しい病についての問題も多いし、簡単な治療法を問うものでもない）

エリーゼは緊張感を保ったまま問題を解いていく。

（こういう問題は学生じゃ絶対に解けないのに）

前の世界での医者としての経験がなかったら、わからなかったであろう問題も数多かった。

（合格ラインが八十点というのも、かなり高いと思うし）

もちろん前世と単純比較することはできない。それでも百点満点で八十点を取るのは決して容易ではない。しかもわざと難易度を上げられた試験ならなおさら……。

エリーゼはひっかけ問題に足をすくわれないよう、問題文を何度も丁寧に読み、問題を解いていった。だが、エリーゼでも難しいと思う問題があった。

【問題 百二十三】

五十歳の男性。多飲、多尿、口渇を主訴に来院した。慢性的な疲労感と体重減少を認める。診断方法および考えられる診断名と最も適切な治療法を答えよ。

(典型的な糖尿病患者の問題)

皇帝が患っている糖尿病の問題だ。診断法も診断名も簡単で、治療法も明確だ。だが問題なのは――。

(まだ帝国の医学レベルでは確立してないのよね)

そう、前世の知識でなら悩む必要もないのだが、現在の帝国の医学水準を考慮すると、なんと答えるべきかがわからなかった。

(こんな確立していない病気を問題にするのは反則じゃない？)

エリーゼはため息をついた。それも一つや二つではなかったのだ。こうした問題が地雷のようにところどころ埋まっていた。

(これ全部間違えたら、完全に不合格じゃない……)

エリーゼは青ざめる。こうした問題は百パーセント正答を確信することはできない。採点官の主観的な判断で正誤が変わってしまうからだ。

（どうしよう？）

エリーゼは悩んだが、明白な答えはなかった。

（ええい、しかたない。できるだけ平易に、この時代のレベルに合わせた答えを書くしかないわ……）

とりあえず自分の知識を帝国の医学水準に合わせて答えを書いていった。採点官が理解できるように極力易しく、そして十分納得できるよう論理的に。どうかよい結果が出ますようにと祈りながら……。

そうして八時間におよぶ試験があっという間に終わった。エリーゼは、他の受験者同様、満身創痍で試験会場をあとにした。

（終わった……）

試験は終わったが、気分はすっきりしなかった。思った以上に問題が難しかったのだ。それでもほとんどはさほど悩まず解けたけれど、あの反則問題の答えがどう転ぶかわからない。

（あと百年くらい経てば、私の答えが合ってるってわかるんだろうけど……）

なるべくこの世界の医学水準に合わせて論理的に書いたが、採点官にどう受け止められるかわからない。

（全部、不正解にされたらどうしよう？）

考えたくもない。そうなれば不合格だ。

（だめ！　それだけは絶対！）

試験に落ちれば、賭けは負けだ。つまり、なすすべもなく皇太子と結婚しなければならない。

（絶対だめ。そうなったらいっそのこと国を出て、異国の地で医者になろう）

この歳で家を出て国を離れれば、苦労するのは目に見えている。だが、一度目の人生の二の舞になるくらいなら、まだそちらのほうがましだ。

（そりゃあ、私はもう前世の悪女エリーゼじゃないから、同じ悲劇が起きる可能性は低いかもしれないけど……でも嫌だ）

エリーゼは前世でのリンデンとの結婚生活を思い浮かべた。リンデンを愛してはいたが、当時の結婚生活は苦しくてたまらなかった。

（愛してたからこそ、余計つらかったのよね）

愛する人に無視されること、愛されないことは、想像を超えるほどに心が抉られた。今世ではそんな苦痛をもう味わいたくはなかった。

（今世での望みはただ一つ。好きなことをしながら愛する家族と一緒に幸せになること）

そのためには試験に受からねばならないのに、結果を待つ身になると、不安だらけだった。本当に落ちていたらどうしよう？

（はあ……結果発表っていつだったっけ？　それまでどうしよう。あーあ……）

エリーゼはとぼとぼと歩きながら医学研究院を出た。

（ベントル卿は……まだ来てないか）

迎えに来る予定のベントルを探したが、予定より早く試験を終えたため、まだ姿が見えなかった。

エリーゼはベントルを待つため、入り口横のベンチにどさっと腰を下ろした。

（疲れたし、お腹も空いた。なんか甘い物が食べたいなあ……）

気分が沈んでいるせいだろうか？　無性に甘い物が食べたくなった。苺ケーキ、マンゴープリン、バナナタルト、チョコレートムース、フレスガードマカロン……などなど。アフタヌーンティー専用の三段トレイにいっぱいのスイーツを載せて、無心になってほおばったら、どれほど幸せだろう？

（お継母様に怒られちゃうわね。身体によくないって）

エリーゼは口を尖らせた。

（今、ケーキをおごるよって誘われたら、喜んでついていっちゃいそうだわ。あー、歯が痛くなりそうなくらい甘い物が食べたーい）

そのとき。後ろから予想もしない声が聞こえてきた。

「試験は上手くいったのか？」

ほぼ感情のない無愛想な声。聞いたことのある声に、エリーゼは振り返った。

「ロン様？」

エリーゼは驚いて名前を呼んだ。金髪碧眼、冷たくも彫像のように整った顔立ち、それとどことなく見覚えのある雰囲気（ふんいき）。

「――どうしてここに？　医学研究院（こちら）に何か御用（ごよう）でも？」

エリーゼは首を傾（かし）げながら尋（たず）ねた。だがロンは首を振った。

「いや、研究院に特に用事はない」

「え？　ではどうして……？　どなたかお知り合いが？」

エリーゼは周りを見回した。だが、ここは郊外（こうがい）で、医学研究院しかない。立派な邸宅（ていたく）も、店もない。皇室関係者と思われるロンのような高位貴族が訪（おとず）れるような場所ではないのだ。

ロンがそっけなく答えた。

「君に会いに来た」

「え……？」

エリーゼは目を丸くした。私に会いに来た？　なぜ？

「ええと……それはどうして……」

ロンもとい皇太子（リンデン）はその問いに閉口した。なぜと訊かれても、特に理由はないのだ。ただ今日が試験日だということを思い出し、来てみただけだった。

「この前、今日が試験だと言っていたと思い。で、上手くいったのか？」

「……いえ、まあまあです」

エリーゼは、沈んだ声で答えた。上手くいかなかったわけではない。相対的に見れば、自分より高得点を取る者はいないだろう。ただ、試験は絶対評価だ。八割取れなければ即（そく）不合格。理論や治療法が確立していない反則問題のせいで不安が拭えない。最善は尽くしたが、それが全部正解になる保証もないうえ、採点官がエリーゼの意見に同意しなければ、不正解になるだろう。そうなれば受からない。

(こんな機会はもう二度とないのに……)

他の受験者は再試験を受ければいいだろうが、自分にそんな猶予はない。

二人の間に沈黙が流れた。エリーゼは試験の心配であれこれ話す気分ではなかったし、リンデンは落ち込むエリーゼを見て、なんと言えばよいかわからなかった。

(やはり気に入らんな)

当然ながらリンデンは知っている。エリーゼにとってこの試験は皇帝との賭けがかかった重要な試験だということを。だからこそ気に入らなかった。

(私と結婚するのがそんなに嫌なのか?)

どのみち自分の意思で決めた結婚ではない。そのためエリーゼが皇帝と賭けをしたときも気にもかけなかった。エリーゼが勝つとも思わなければ、勝って婚約が取り消されたとしてもどうでもよかった。

(別に候補がエリーゼしかいないわけでもないし)

ブリチア島の北端コットン地方を治めるバッキム公爵家も、フレスガード共和国を牽制できるプロシエン大公家も、今はだいぶ衰退したがかつて西大陸全域を治めていたハプスブルエン王家も、どれも悪くない候補だった。

いずれにせよ、皇族、それも皇帝となる自分にとって結婚相手が誰かというのはまったく重要ではない。だからリンデンは、エリーゼ——クロレンス侯爵家との縁談に執着していなかった。リンデンにとっては、ただ〝あの日〟以降、自分の中に生じた願いを叶えることさえできればそれでよかった。それを叶えるためだけに皇帝になるのだ。しかし、エリーゼの落ち込んだ顔を見ると、なぜか苛ついた。正確には、妙に腹が立った。

(気に入らん)

　エリーゼが自分との結婚を断固として拒否するのも、塞ぎ込んだ顔をするのも、不満だった。だから言った。

「ついてこい」

「え?」

「ついてくるんだ」

「ロン様?」

「食事をおごってやろう。いや、苺ケーキが好きなんだったな? それともマンゴープリンか? バナナタルト? なんでも君の好きなものをおごってやるから、ついてこい」

　元気のない顔は気に入らないから、好きだという甘いスイーツでも思う存分食べさせてやろう。それでエリーゼが元気になるなら、自分の気分も少しは晴れるような気がした。

　そうしてリンデンは味もそっけもなくデートの誘いをしたのだった。

ロンにつれてこられたのは、通りの向かいに停めていた馬車だった。

「乗れ」

エリーゼは面食らいながらもロンについて馬車に乗る。別に彼の言葉に従う必要などまったくないのだが、さも当然のことのように言うので、思わずついてきてしまった。

「どちらに行かれますか、殿……いえ、ロン様？」

馬車で待機していた皇室の侍従が頭を下げたまま尋ねる。それにロン、もといリンデンは、エリーゼが馬車に乗ってから答えた。

「スイーツを食べられるカフェに」

「――はい？　スイ……なんですか？」

「ロレージで一番おいしいと評判のカフェはどこだ？　そこに向かってくれ」

侍従は戸惑った。カフェ？　この皇太子が？　侍従は戸惑いを悟られないよう、恭しく答えた。

「近頃ロレージで最も有名なのはピカデリー街にある〈カフェ・レイ〉でございます。そちらでよろしいでしょうか？」

皇太子はわざわざ訊くな、適当にいい店に案内しろというような顔で侍従を睨んだ。

「では、カフェ・レイまでご案内いたします」

「あ、あの、待ってください」

エリーゼが驚いたように口を挟んできた。

「だ、大丈夫です。カフェ・レイまで行かなくても……」

「嫌なのか？」

エリーゼは首を横に振った。カフェ・レイは、最近ロレージで一番の話題となっているカフェで、エリーゼもいつかは行ってみたいと思っていた。

「そういうわけではないのですが、遠いですし……お忙しいのに、そんなお時間をいただくわけにはまいりません。どこか近くの店で大丈夫です」

「嫌なわけではないのだな」

「嫌ではありません……で、ですが、そこまでしていただかなくても……」

リンデンはエリーゼの言葉をまるっと無視して侍従に言った。

「出発しろ」

「はい、ロン様」

侍従はエリーゼに丁重に言った。

「それでは、出発いたします。移動中にもし何かございましたらすぐにお知らせください」

「あ……はい」

パカラッパカラッ。

蹄が地面を蹴る音が心地よく響き渡り、馬車が動き始めた。一見、シンプルな造りだが、どれも最高級の素材でできている馬車の中を眺めながらエリーゼは考えた。

（いったい何を考えているのかしら？　なんで私を？）

　エリーゼは困惑していたが、ロンはまったく説明する気がなさそうだった。顔をそむけて、エリーゼに気にかける様子もなく、窓の外の風景を眺めている。

（うーん、わからないわね。悪意はなさそうだけど）

　いや、まさかおいしいもので釣って誘拐でもしようとしているのか？　皇室の紋章を持つ高位貴族がそんなことはしないとは思うが。

（それにしても……）

　エリーゼは、窓の外を眺めるロンの横顔を見ながらぼんやりと思った。

（顔は、ほんと、かっこいいわね）

　三度目の人生にして、こんなにも綺麗な顔立ちの男性は一人しか知らない。元夫、リンデンだ。このロンという男も、そのリンデンに劣らぬ美貌の持ち主だった。

（ミルもかっこいいけど、印象が全然違うし……）

　第三皇子のミハイルが豪華な花ならば、リンデンとロンは彫像を思わせる美丈夫だった。それも神の手によって創られたような彫像。

　エリーゼはそうしてぼんやりとロンの顔を見つめていたが、ふと恥ずかしくなり視線を逸らした。

（皇太子殿下の親戚かしら？）

　似たような印象だから、そうなのかもしれない。そうして二人は、ひと言も交わさぬまま馬車に揺られていた。

（でも変ね？　全然、気まずくない）

エリーゼは首を傾げた。人というのは本能的に、見知らぬ他人との沈黙を気まずく感じるものだ。それにロンとは診察で何度か会っただけで、はっきりとした身分も知らない。それなのに、彼との沈黙に居心地の悪さは感じなかった。まるで旧知の間柄のように。

（なんでだろう？）

不思議だ。とりあえず、気づまりに感じることもなく、どちらかといえば穏やかな沈黙の中、二人はピカデリー街のカフェ・レイに到着した。

幸い三階の席が空いており、ピカデリー街の美しい景色を眺めることができた。ロンは、すでに決めていたかのようにたくさんのスイーツを注文する。しかも苺ケーキをひと切れ頼むのではなく、カフェで一番高い三段トレイのアフタヌーンティーセットを頼んでくれたのだ。セットにはもちろん苺ケーキにマンゴープリン、バナナタルトも含まれていた。

「あの……ケーキ一つでよかったんですが……」

「金ならたくさんある」

「え？」

「私はこう見えて財力がある。遠慮するな」

その言葉に目を丸くしたエリーゼは笑みを浮かべた。彼なりの冗談なのだろう。笑えるかどうかは別として。試験のストレスで疲れているうえにお腹も空いていたエリーゼは、ありがたくスイーツを食べ始めた。

(おいしい！)

甘みが口に広がり、エリーゼの顔がぱあっと明るくなった。やっぱりストレスには甘い物が一番だ。

かたやリンデンはスイーツには一切手も付けず、エリーゼをじっと見つめていた。

(よく食べる姿を見るのは悪くないな)

気に食わないことだらけだが、エリーゼの明るい表情を見ていると、イライラしていた気持ちも晴れてくる。

(甘い物ばかり、というわけにもいかないからな。他に何が好きなのか調べなければ。……まさか甘い物しか好きじゃないとは言わないよな？　子どもじゃあるまいし)

こんなことを考えるのはエリーゼに特別な感情があるからでは決してない。ただ、明るい笑顔を見ていると気分がいいからだ。

(――レンなら知っているか？　いや、知らんだろうな)

親友を思い浮かべたリンデンは、顔をしかめた。兄のくせに妹のことを全然知らないとは。

(うーむ、いつも役に立たんな。妹についてまったく知らないとは、いったいこれまであいつは何をしてきたのだ？)

最も頼りになる側近から、一瞬にして役に立たないやつに降格したレンなのであった。

(クリスはどうだ？　うん、やつなら知っているだろう。たしか行政府の官僚だと言っていたか？）

エリーゼのもう一人の兄クリスの、人当たりのよさそうな雰囲気を思い出した。なぜだかクリスのほうがレンよりずっと役に立ちそうな気がした。

（だが、なんと言って呼び立てよう？　特に親しくもないが……）

リンデンはすぐにいい案を思いつく。

（行政府の官僚なら、国政について話し合おうとでも言えばいいだろう）

まだ一介の官僚にすぎないクリスが帝国の皇太子と国政について話し合う必要などあるわけもないのだが、リンデンはそうすることに決めた。クリスが図らずも行政府の次期幹部に浮上した瞬間だった。

そうして二人はあっという間の時間を過ごした。エリーゼはアフタヌーンティーセットを満喫し、完食した。ここ最近のストレスのせいか、いっそうおいしく感じられた。

それからしばらくして二人はカフェを離れた。エリーゼが礼を述べて家に帰ろうとしたとき、ちょうどピカデリー街で人気の演劇が目に留まる。

（有名な文豪、スピアの作品をもとにした演劇だ。観てみたいなあ……）

ようやく大きな試験を終えたのだ。そのまま家に帰るのはもったいない気がした。とはいえ、ロンを誘うこともできず、一人で観ようかどうしようか悩んでいると、ロンが声をかけてきた。

「この演劇が観たいのか？」

「い、いえっ！　大丈夫ですっ」

手を振って否定したが、顔はどうにも「観たい」と言っていたようだ。

「なら、観ていこう」

「いえ、ほんとに、大丈夫ですので」

ロンが今にもチケットを買ってきそうな勢いだったので、エリーゼは慌てて引き止めた。

「観たくないのか？」

「観たいは観たいのですが……でも……」

よく知らない男と演劇鑑賞なんて！　しかも恋愛ものだ。普通なら恋人同士で観るものだろう。

「私のために無理にご覧になる必要はありません」

「誰が無理に観ると言った？」

「え？」

「私も観たいんだ」

エリーゼは胡乱げな表情を浮かべた。こんな冷たそうな男がラブストーリーの演劇を観たいと？

「本当ですか？」

「正確に言うなら……」

ロンがエリーゼの青い目をまっすぐに見つめた。

「君と一緒に観たい」

その突然の言葉にエリーゼは頬を染めた。

「……え、えぇっ？」

「なんだ？　だめなのか？」

「い、いいえ！　そんなことは……それって……？」

戸惑ったエリーゼは、自分でもわけがわからずあたふたとしゃべった。いったい、どういう意味？

(君と一緒に観たい？　なんで？)

ドクンドクン。

もしかして……という思いに胸が高鳴った。

(ま、まさか……私のこと……？)

エリーゼは必死でその考えを打ち消した。

(いやいや、ありえない。病院でしか会ったことないのに。そんなことあるわけないでしょ)

だが、よくよく考えると、今日のロンの行動はおかしかった。理由もなく会いに来たり、スイーツをおごってくれたり……。

(い、いや。まさか……ね？)

どぎまぎするエリーゼの心を知ってか知らずか、ロンは自分がたった今、面映ゆいことを言ったことなどまったく気にしていないかのような表情だった。一緒に観たいと思うこともあるだろう、そんなことくらいで何を？　と言うように平然としている。

「なんだ？　一緒に観たいというのはだめなのか？」

「い、いいえ！」

エリーゼは否定した。だめなことはない。いや、ある？　ない？　もう何がなんだかわからない。

「私とは観たくないのか？」

ロンが不機嫌そうに眉根を寄せて訊いた。これにもまたエリーゼは驚いて慌てて否定した。

「い、いえ！　そうではありません！」

「なら、かまわんだろう」

そう言ってうなずいたロンはチケットを購入した。一番高い特別席を——。

「入ろう」

入り口でロンが手を差し出した。まるで淑女をエスコートする紳士のように。エリーゼは、自分でもよくわからない震えを感じながら、その手を握った。なぜかなじみのある手だった。

演劇が終わり、エリーゼを屋敷まで送った皇太子は、馬車に身体を預けた。最近、超常能力を頻繁に使っているせいか、疲れていた。

「楽しくお過ごしになられましたか、殿下？」

侍従が笑顔で訊いた。

その問いにリンデンは悩んだ。楽しかったか？

「——さあな」

悪くはなかった。いや、素直に言うと楽しかった。エリーゼの朗らかな顔を見るのが、驚いて目が丸くなったところを見るのが、隣を歩いてその声を聞くのが——そのすべてが楽しかった。自分にもこんな感情があったのかと驚くほど。〝あの日〟以降、こんな楽しい気持ちになったのは初めてだった。

「あの……ところで殿下」

「なんだ？」

「少し能力を使いすぎではないでしょうか？　出すぎたことかもしれませんが、お身体に障るのではないかと心配しております」

リンデンは否定しなかった。いくら強い超常能力を保持しているとはいえ、外見を変えるのは容易ではない。いや、リンデンだからこそこうして自由に変身できているだけなのだ。

（たしかにこのところ能力を使いすぎているな）

変身能力の媒体となる装身具に負荷がかかりすぎているのも問題だった。

（少し気をつけないとな）

万一アーティファクトが壊れれば、変身能力が使えなくなる。

（そうなればこうしてエリーゼに会いに来ることもできなくなるな）

そう思ったら、急にむしゃくしゃした。

（よし、ちゃんと気をつけよう）

リンデンはそう心に決めた。

そうしていろいろとあった医師試験の日から数日が過ぎた。

エリーゼは日常生活に戻り、試験結果を待っている。

（落ちてたらどうしよう？）

答えが確かではない問題のせいで不安が拭えなかったが、必死に押し殺した。

（ううん、大丈夫よ。結果を待ちましょう）

試験結果を待っているのはエリーゼだけではなかった。父のクロレンス侯爵も気を揉んでいた。

（はあ……リゼの合格は、やはり難しいよな？）

父は娘が合格する可能性はほぼないだろうと見ていた。もちろんエリーゼが病院の人々から常識を超えた天才だと言われ、いろいろと素晴らしい実績を残しているのは知っている。だが、そうはいっても、医学の道に進み始めてまだ数カ月しか経っていないのだ。受かると思うほうがおかしい。

（そのうえ今回の試験はやたらと難しかったそうじゃないか）

何気なく医学研究院に確かめてみると、合格率が史上最悪を通り越し、ほぼゼロに近いという話だ。そのあまりの高難度ゆえに、数カ月後には再試験を行わなければならないらしい。そんな難しい試験にエリーゼが受かるのか？

（リゼに医者になってほしいわけではないが……）

侯爵はため息をつく。娘が病院で立派に働いている姿を見るのは誇らしいが、だからといって医者になって苦労するのを見るのは嫌だった。よくない伝染病を治療して健康を害してしまわないか心配だ。正直な気持ちとしては、医者になどさせずに、ずっと腕の中で大切にしていたい。

だがエリーゼの意志があまりにも強いため、応援してやりたい気持ちもある。夢に破れて涙する娘を見たくはない。たとえこの帝国の皇帝が、我が娘を皇太子妃に据えたいと切に願ったとしても。

（エリーゼ、もしお前が本当に陛下との賭けに勝ったなら、そのときは私がどんな手を使ってでも皇太子殿下との結婚を止めてやろう。このクロレンス侯爵家のすべてをかけても）

もちろん皇帝がどんな気持ちでエリーゼを皇太子妃にしたいと言っているのかはわかっている。それでも関係ない。皇帝には生涯の忠誠を誓い、未来永劫、忠誠を捧げるつもりでいるが、娘のことだけは譲れない。それほどに大切な娘なのだ。


一方で、のんびりと試験結果を待つ人物もいた。皇帝のミンチェストだ。

「もうすぐ試験結果が発表されるな？」

「はい、陛下」

侍従長のベントが恭しく答えた。

「さて、エリーゼはどのくらいの点を取ったのか……」

幾度も素晴らしい姿を見せてくれた賢い娘だ。点数は低くはないだろう。ある程度の高得点は取るに違いない。だが、合格には至るまい。

(これでこの賭けも終わりだな)

自分はこの国の皇帝だ。私利私欲に溺れることなく、ひたすらに国の発展と民の幸せのために生きてきた。この程度の職権濫用くらい許されるだろう。

「あの……陛下。そのことについて研究院から連絡が来ました」

「うん？　どういうことだ？」

「少々意外な結果が出まして……」

ミンチェストは怪訝そうな表情を浮かべた。

(意外な結果……？)

侍従長は恐る恐る口を開いた。

「それが――」


その頃の医学研究院。十数名の教授が集まり、真剣な面もちで議論している。

「では、再試験は確定ですね」

「はい。そうなりますね。合格率が低すぎます。例年の四分の一にも満たないのです」

「四分の一どころじゃありませんよ。ほとんど不合格です」

「やはりあの問題形式は難しすぎたようだな」

「ですが、形式自体は悪くなかったように思いますよ。既存の問題よりも患者を診察する能力を正確に評価できるのではないですか？」

　委員長のエリックはそう結論づける。

「とりあえず、行政府に報告後、認可が下りたら再試験の日程を詰めよう。詳細が決まり次第、各病院に公示するんだ」

「承知しました」

「――では次の議題に移りましょう」

　その言葉に皆の顔がさらに真剣になる。史上最低の合格率になったことと同じくらい重要な事案だ。医学界に激震が走るかもしれない。

「こちらの事案です」

　そう言いながら委員長のエリックが何かを取り出した。それは意外なものだった。下手な字でびっしりと書かれた数枚の紙。とある受験者の答案だ。

　たかが一人の受験者の答案を、最終決定権のある委員会で議論するとはどういうことなのか？いささか理解しがたいが、教授たちの目は真剣そのものだ。

「皆さん、この答案をご覧になりましたね？」

「はい。すべて読みました」

「この答案の内容についてどう思われますか？」

　部屋に沈黙が下りた。皆、互いの様子をうかがっている。

エリックが深く息を吐いた。

「では、私から申しましょう。正直、この答案を読んだ日の夜は眠れませんでした。なぜだかわかりますか？」

エリックは苦々しく笑った。

「私がこの十年、悩んでいたことの答えが、ここに正確に書き記されていたからです」

そう言って一つの問題を指さした。


——胃切除術後の胆汁の逆流を防ぐ方法を記しなさい。


胃切除術は、最近になって試されるようになった最高難度の手術だった。だが、まだ初期段階のせいか、様々な副作用が多かったのだ。そのため帝国と共和国の医学界ではこの副作用を最小限に抑える方法を考えており、そうした最新医学の知見があるか問うために出した問題だった。

（だが、既存の医者すらも考えたことのない方法がここには書かれている）

当初は、不正解としようと思った。聞いたことも見たこともない内容だったからだ。そのうえ字も汚くて読みにくい。だが、手術の図式まで描かれており、専門用語を使ってびっしりと書かれていたため、字の下手さに辟易しながらも一言一句、真剣に読んでみたら——その内容に驚愕したのだ。

（どうしたらこんな発想を!?）

エリックは帝国内での胃切除術の大家だった。そのため、その答案用紙に書かれたぐちゃぐちゃの文字が何を意味しているのかを理解したのだ。ひと言で言えば、それは革命だった。

（たしかにこの方法で手術すれば胆汁の逆流を防ぐことができる。手術の難易度は遥かに上がるが……）

驚いたのは彼だけではなかった。

「私も同じです。十年も悩んでいたのに、こんなふうに解決策を提示されるとは、虚しくなるほどでしたよ」

委員の一人であり、ローズデール病院の著名な教授、ミックも言った。彼が出した問題は、自身の専門である心不全患者の治療についてだった。

「フレミングが開発した薬をこんなふうに使えばいいなんて、なぜこれまで思いつかなかったのか、自分が情けないです」

出題委員たちは、問題の難易度を上げろという勅命を受け、いろいろな方法を試した。問題形式を変えたり、希少疾患の出題割合を上げたり。

それこそ過去最高難度といえる問題だったのだ。教授たちは各自の専門でまだ治療法が確立されていない、医学界でも話題に上りつつある内容を問題にした。最新医学についての知識を測りつつ、その治療法に対する発想力を問うためだ。

（予想どおり、最新医学についての問題に答えられた受験者はほぼいない）

答案用紙は埋められていても、荒唐無稽な内容ばかりだった。いくつかの問題で正解する者もいたが、それはほんの一部にすぎない。

　だがたった一人――たった一人だけ、すべての問いに答えた者がいた。そしてその答案は出題委員全員を震撼させた。

（ありえない。いったい何者なんだ？）

　エリックは心の中でつぶやいた。その者の答案のいくつかは、最新医学について正確に把握していた。ただ把握しているだけではなく、答案に添えられていた見識は、感嘆を禁じえない内容だったのだ。

　それだけならば、委員たちが集まってこんなに真剣に話し合う必要はない。ただ、とんでもない逸材が現れたと思えばすむのだから。しかし、いくつかの問題の答えが全員を驚愕させた。

（これは……）

　胃切除術の技法
　心不全患者の治療
　手術中の感染症を予防するための効果的な消毒方法

　これらはすべて、帝国とフレスガード共和国の巨匠たちが長年にわたり議論を交わしていたにもかかわらず結論が出ていなかった、医学界の大きな課題だった。
　だがその問題の答案用紙――ただの医師試験において汚い文字で埋め尽くされたその紙には、既存の概念を百八十度覆す仮説と理論が書かれていたのだ。

年若い見習いの意見だと切り捨てることなどできなかった。委員たちは皆、各分野の第一人者だ。全員、この答案用紙に書かれている内容の意味を理解できた。それこそどれも既存の学説を根本から揺るがす革命的な仮説と理論だった。

「私はこの答案内容について学会の医学者たちと話し合おうと思っています」

「私もです。これは私だけが知っていればいい内容ではありませんから」

各分野の教授たちは一様にそう話した。それほどに素晴らしい理論だった。

そのとき一人の委員が言った。

「では、これらの答案はすべて正解としてよろしいですね？」

「そりゃそうじゃ。これが不正解なら何を正解と言うんじゃ？」

「そうなると……」

委員はためらいがちに言った。

「かなりの高得点になりますね」

「こんな素晴らしい答案なのだから、高得点でないほうがおかしいじゃろう？　いったい何点になるのだ？」

「……九十九点です」

信じられないといった沈黙が流れた。

ある委員が口ごもりながら訊いた。

「九十……何点だって？」

「九十九点です」

「計算間違(まちが)いではないのか？　次席はたしか八十二点ではなかったか？」

「間違いではありません。まさかと思い、五回も見直したのですから」

「そ、そんなことが……」

帝国医師試験の歴代最高得点は九十五点だった。それが九十九点とは。こんなに難易度を上げた試験で？　二百問中、二問しか間違えていないということだ。

「い、いくらなんでも、そんな点数は……」

一人の教授が信じがたい様子で訊いた。

「では、間違えた問題というのはなんだね？」

採点を担当した教授が頭をかきながら言った。

「肺炎(はいえん)の症状(しょうじょう)を問う問題と、ただの風邪(かぜ)の治療法についての問題です」

「何？　一番易しいサービス問題ではないか？　他の難しい問題は正解しているのに、なぜだ？」

「答案用紙の字があまりにも雑で、どうしても読めなかったため、やむをえず不正解としました。どうしてこんなに字が汚いのか……採点するのが大変でした」

教授たちは閉口した。それではその一番簡単な問題以外はすべて合っていたと？　本当に？

委員たちの反応に、委員長のエリックは苦笑いした。自分も採点結果を初めて聞いたときは同じような反応をしたのだ。

「話し合いはもう十分だろう。答案内容は私が何度も見直したのだから誤りはない」

「ですが……」

「我がブリチア帝国の医学界にグラハム伯爵を超える天才が現れたようだな」

半ば冗談めかした口調だったが、その言葉は委員長の本心だった。この答案を見れば、天才という言葉すら物足りない。

（しかもこの答案を書いたのは……）

無名の見習いではなかった。少し前から帝都ロレージの医学界で、いや、国中にその名を知られた人物だ。

エリックはその受験者の名をつぶやいた。

「……エリーゼ・ド・クロレンス侯爵令嬢」

デイム・エリーゼ。時代を遥かに先取る脾臓摘出手術でロレージの医学界を震撼させた少女。

そしてその興奮が冷めやらないうちに、大胆な気管切開術でハーバー公爵夫人の命を救い、女性で初めて皇室薔薇勲章と騎士爵を授与された人物。

（しかも、皇太子妃になられるお方でもあるな）

帝国一の名門、クロレンス侯爵家の令嬢である彼女は、今年の生誕祭のときに次期皇太子妃として事実上内定した。つまり、たんなる医師見習いではなく、帝国のファーストレディとなる高貴な女性だ。

（もったいないなあ。こんな能力のある人物が皇太子妃になってしまわれるとは）

委員長は内心思った。皇太子妃になるのがもったいないとは誰かに聞かれたら厄介だが、それが本心だった。

（気管切開術でハーバー公爵夫人を助けたという話を初めて聞いたときは、ただすごい女性が皇太子妃に内定したのだなと思っただけだったが――）

こんな答案を見せられては考えが変わった。

（もし医者になれば医学界の発展にそれはもう大きな貢献をすることだろう）

本当にもったいない、と彼は思った。

エリーゼの首席合格の知らせは、帝国医学界に激震を走らせた。
〝次期皇太子妃のクロレンス侯爵令嬢！　過去最高難度の医師試験で歴代最高得点を獲得し首席合格！〟
今年の試験の合格率は過去最低だ。合格したというだけでも注目を浴びるだろうに、歴代最高得点を獲得するとは。しかもそれだけではない。エリーゼの解答は、すぐに帝国の医学界に報告され、革命的な議論を引き起こした。

「まさか……これらは本当にデイム・エリーゼがお考えになったことなのですか？」

「そうです。私も今回、学会に報告された内容を読んで目を疑いました。これまで悩んでいた問題をこんなふうに解いてしまわれるとは！」

「ですが、デイム・エリーゼといえば皇太子妃に内定しているご令嬢ではありませんか？　あの名門クロレンス侯爵家の？」

「はい、そのとおりです。本当に素晴らしいですよね……皇太子妃になられるお方が、こんなにも医学に長(た)けていらっしゃるとは」

「こんなことを申し上げていいのかわかりませんが……少しもったいないですね。この答案を読んで、ぜひ我が皇室十字病院に、と思っていたのに……」

「まったくです。我がローズデール病院も教授職をご提案しようと思っていたのに」

帝国医学界にある程度影響力(えいきょうりょく)のある医者たちは、互いに会うたびにエリーゼについて話した。それほどまでに今回の出来事は衝撃的(しょうげきてき)だったのだ。さらにエリーゼの首席合格の知らせは、医学界だけにとどまらず、市民たちの間でも話題となる。特ダネの匂(にお)いを感じ取った記者(ハイエナ)たちが、光のような速さで報じたのだ。

〝クロレンス侯爵令嬢、歴代最高得点で医師資格試験に首席合格！　次期皇太子妃としての期待高まる〟

首席での合格と皇太子妃にどんな関係があるのかはわからないが、そんな些末なことは誰も気にしなかった。ただ最近、帝国の話題をかっさらっている有名なエリーゼ嬢が、またしても快挙を成し遂げたというのが重要だった。記者たちはまるで人気女優のゴシップを報じるかのように、連日記事を書いた。おかげで一般市民にまでエリーゼの首席合格が知れ渡ったのだ。

「はあ、本当に素晴らしいな。我が国の皇太子妃は」

「本当にな。よく知らないけど、相当難しい試験だったらしいじゃないか」

「ああ。俺の知り合いのブルジョア家の次男なんか、もう四回も試験に落ちてるらしいぞ。それなのに、エリーゼ様は一発で首席合格だろう？」

「こんな聡明なお方ならば、きっと素晴らしい皇太子妃になられるんだろうな」

「そりゃそうさ！ 心根も天使みたいに優しいと噂だ。貧しい人々を受け入れているテレサ病院で何カ月も奉仕されているそうだ」

「本当にこういう方が皇后になるべきなんだよなあ。それに比べて今の第一皇妃殿下は……」

そう言いかけた男は周りの視線を感じて口をつぐんだ。現皇室の皇后や皇妃、皇女についての話題は、市民の間では禁忌となっているのだ。ロマノフ皇室と稀代の名君ミンチェスト皇帝陛下を尊敬しているがゆえに、口にすることが憚られている。

「ゴホンッ……ところでエリーゼ様はどうして医師試験まで受けたんだ？ たんなる奉仕活動じゃなく、本当に医者になるおつもりなのか？」

「たしかに。いずれ皇太子妃になる方がなぜだろうな？ しかも首席合格までして……」

市民たちは不思議がった。どうにも腑に落ちなかったのだ。

「さあな。きっと意味があるのだろう。とりあえず、我がブリチア帝国の次期皇太子妃、エリーゼ様に乾杯！」


エリーゼの家族も合格を大喜びした。中でも心配でやきもきしていた父の喜びはひとしおだった。

「ガハハハ！　さすがは我が娘！」

かつては〝厳格〟という言葉がぴったりだったが、いつのまにか娘を溺愛する親バカになっていたクロレンス侯爵こと国の名宰相は、品位などそっちのけで大声で笑った。

「皆の者！　今日はクロレンス侯爵家を挙げての宴だ！　倉庫にある酒をすべて開けろ！　ハハハ！　めでたい日だ、皆で一緒に楽しむぞ！」

「わあーい！　エリーゼお嬢様、ばんざーい！」

使用人たちも歓声をあげた。

こうしてクロレンス侯爵家の屋敷で突然の宴が始まった。おいしい料理と良質な酒がすすみ、家の者全員が浮かれ気分でほどよく酔っていった。

ワインで赤らんだ顔をしたクリスがエリーゼを気遣う。

「リゼ、医者になっても身体には気をつけるんだぞ」

「はい。クリス兄様も」

「俺の心配は必要ない。リゼこそ心配なんだ。とにかく、危険な病気の患者には絶対に近づくんじやないぞ」

クリスは、水辺で遊ぶ幼子を見守るようにエリーゼを案じた。止まらない兄の気遣いにエリーゼはふふふと笑う。幸せだった。

（クリス兄様。今世では絶対前世のようにはさせないわ）

エリーゼの勘ではあったが、もうすぐクセフ遠征の規模が拡大する。

（前世では私の過ちの代償としてクリス兄様が出征させられたのよね……）

過去、クロレンス侯爵家の名誉を失墜させる大きな過ちを犯したエリーゼの罪をかぶる形で、次兄のクリスが出征した。そして……二度と帰ってくることはなかった。

（今世ではそんなことはないはずだから、心配しなくても大丈夫よ）

そのとき、久しぶりに帰ってきた長兄のレンが、エリーゼに話しかけた。

「合格おめでとう。何もできないと思っていたが、得意なこともあったんだな」

その言葉にエリーゼは驚いた。いつも無愛想な兄だったため、祝いの言葉をかけてもらえるとは思ってもいなかったのだ。

「ありがとう、レン兄様」

それにしても、今日はなんだか兄の様子がおかしい。なぜかためらいがちに妙なことを尋ねてきたのだ。

「おい、エリーゼ……」

「はい？」

「――お前の好きな食べ物はなんだ？」

「……え？」

「好きな演劇は？　何か趣味とかあるのか？」

エリーゼは聞き間違いかと耳を疑った。だが、きまり悪そうな兄の顔を見る限り、聞き間違いではないようだ。

「なんです？　突然……」

「……」

しーん。

（そんなのは私が訊きたい……）

レン自身もなぜこんなどうでもいいことを訊かねばならないのかわからなかった。

（殿下はなんでこんなことを知りたがるんだ？）

妹が何を好きだろうと自分の知ったことではない。それぞれ好きなことをして、好きなように暮らせばいいではないか。だが、殿下が何度も訊いてくるので、臣下としては厄介極まりない。

（訊くなら、軍事編成の破壊法とか砲兵隊の運営、共和国の軽騎兵対策についてとかにしてくれ……）

レンはため息をつく。

こうしてクロレンス侯爵家の夜は楽しい雰囲気の中、更けていった。

だが、皆が幸せに過ごしている一方で、エリーゼの合格を聞いて肩を落とす人物がいた。帝国民の尊敬を一身に受ける名君ミンチェスト皇帝だった。

(首席合格だと？)

ミンチェストは、力なく笑った。

(しかも歴代最高得点で？　あんなにも試験問題を難しくしたのに？　まったくたいしたものだ)

やれやれと言うようにミンチェストは頭を振った。エリーゼはいったいどれだけ自分を驚かせるのか。もちろんまだ賭けの決着はついていない。エリーゼはただ医師試験に合格しただけだ。首席合格は素晴らしいが、毎年一人は必ずいるものだ。

賭けの条件——皇太子妃、ひいては皇后になることよりも、医者として価値のあることを成し遂げること——にはまだ遠く及ばない。

(だが……)

ミンチェストは心の中でつぶやいた。

(このままエリーゼが賭けの条件を超えるようなことを成し遂げるわけはあるまいな？)

まさかそんなことはないだろう。成人の儀まで残りあと四カ月だ。その間にできることなど、たかが知れている。エリーゼに勝ち目はほぼないのだ。

(しかし……)

この二カ月のエリーゼは常人の想像を遥かに超えていた。

(もしかすると……)

ミンチェストは、賭けに負けるかもしれないと初めて不安がよぎった。急に頭が痛くなってきた気がする。

そうしてエリーゼは医師資格を取得し、正式な医者となった。それも歴代最高得点の首席合格者というだけでなく、史上最年少の合格者という名誉とともに。次期皇太子妃と目されるエリーゼがこれからどうするのか、人々は注目したが、特別なことは何もなかった。

エリーゼはテレサ病院での仕事を粛々と続けている。ただ、以前と一つ違うのは、見習いではなく医者になったことだ。

「クロレンス侯爵令嬢が今もテレサ病院で働いてるって？　皇太子妃に内定している、あのエリーゼ様が？」

「そうらしいよ」

皆、不思議がりながらもエリーゼを見守った。クロレンス侯爵家のような大貴族の出身者が医者になったことなどほぼなく、皇太子妃に内定した女性が医者になったことなどは言うまでもない。

「ご立派だねえ。貧民層の多いテレサ病院での仕事は、すごく大変だろうに」

「そのとおりだよ。男性ですら、きつくてヒーヒー言ってるらしいよ。皇太子妃になられる前に倒れてしまわないか心配だな」

人々の視線は概ね好意的だった。皇太子妃に内定している高貴な女性が貧しい人々の診察をしていることに対して悪く思うはずもない。しかしやっかむ声がまったくないわけではなかった。

「皇太子妃になることが決まってるのに、なぜ医者なんか？　政治的な思惑があるのさ。どうせやらせだろう？」

「そうかもね。庶民受けを狙って、わざとやってるのよ」

こうしたことを言うのは主にクロレンス侯爵家と対立している貴族派の人物たちだった。彼らはエリーゼが皇太子妃になる前に、人気稼ぎのため、わざとそうしているのだと吹聴した。

さもありなん、と思われそうなことではあった。実際にエリーゼはテレサ病院で働きながら、市民たちから絶大な人気を得ていたのだから。


〝未来のファーストレディ、貧民のための病院で患者のために懸命な奉仕活動！〟


少しばかり誤解も混じってはいたが、市民たちは熱狂した。

こんな皇太子妃は、世界のどこを見てもいない。隣国のフレスガード共和国でアント皇后が市民の怒りを買い処刑されてからまだ五十年も経っておらず、ハプスブルエン王家の王女たちの贅沢な生活が市民に糾弾されているというのも有名な話だった。

「偉大な皇帝陛下と皇太子殿下、そしてエリーゼ様に乾杯！」

人々が酒を飲みながら皇室の栄光に乾杯するとき、エリーゼの名前も挙がるようになっていた。まだ正式な婚約もしていないのに、それほどにエリーゼは人々からの支持を集めていたのだ。

皇太子妃がこれほどまでに人気になるのは今までに類がなかったが、エリーゼ本人はさほど気にしていなかった。

(私は皇太子妃にはならないし)

エリーゼはそう誓っていた。あと四カ月。その間に必ず皇帝との賭けに勝つ。そうして皇太子とは関係のない平凡な医者として生きていくのだ。

(できる限りのことをすべてやるのよ、エリーゼ)

そんな思いでエリーゼは懸命に患者たちを診療する。いや、賭けには関係なく、エリーゼは医者としての仕事に誠意と情熱を注ぎ続けた。だって、この仕事が好きだから。夢に見ていた仕事だから。

(あー、楽しい！)

正式な医者となり、とても嬉しかった。見習いのときとは違い、誰の顔色をうかがうことなく、自分の診療ができるのだから。エリーゼは自分に与えられた機会を手放したくなかった。だからこそ、感謝の気持ちで、そして幸せを噛みしめながら、患者の治療にあたった。

そうして時間が流れていった。

一日、二日。

そして一週間、二週間。

一カ月、二カ月。

陛下との賭けにかかわらず、幸せな時間だった。身体が弱いため何度か体調を崩したが、それでも幸せだった。エリーゼはなんの不満もなく、医者の仕事に没頭する。

(──葵って、おかしいわね)

前世で親しい同期に言われた言葉を思い出した。

(なんでそこまで熱中できるの？　医者の仕事がそんなに楽しいなんて。そりゃ、ある程度はやりがいはあるけど、そうは言っても、結局は仕事でしょ。なのに、楽しいの？　やっぱおかしいわ。いいように言っても、仕事中毒ね)

そう。その言葉は合っているかもしれない。自分はおかしいのだ。この仕事が、患者の治療が、理由もなく好きだったから。だが、好きなことに理由がなきゃいけないのか？　画家が絵画を好きだと思うのに、歌手が歌に熱くなるのに、特別な理由なんてない。自分も、この仕事にのめり込んだだけだ。

時間が止まってくれればと思うほどに、幸せな日々だった。

だが運命は、これ以上エリーゼに平穏な幸せを許してはくれなかった。夢のように幸せな三カ月が過ぎ、成人の儀まであとちょうど一カ月となったとき、運命の変わり目となる二つの出来事が起こったのだ。

一つ目は、フレスガード共和国が参戦し、クセフ半島に向かったことだ。長引くだろうとは思っていたが、エリーゼの予想とはまったく違うことも起きていた。

それは参戦を決めたフレスガード共和国軍の規模だ。なんと四十万もの兵力を投じたのだ。前世のときに比べたら倍以上の大軍で、さすがのブリチア帝国も常備軍だけでは相対できず、さらなる徴兵は避けられなかった。そうして突如として戦況に暗雲が立ちこめることとなった。

そして、二つ目は、帝都ロレージでの疫病の流行だ。得体の知れない伝染病がロレージで広がり始めていた。エリーゼは、この出来事により医学史ではなく、世界史に初めて名を刻み始めることとなる。

ブリチア帝国の皇宮。帝国を統べる三人の男が深刻な面もちで話し合っていた。

「あいつらは正気か？　四十万だと？　正確な情報だな、宰相？」

皇帝は舌打ちした。

「はい、陛下。フレスガード共和国の正規軍三十万、黒の大陸のムーア軍七万、スウィセンの傭兵三万。合わせて四十万です」

ものすごい数だった。

「ニコラス総統め、あいつはいったい何を考えているのか」

シモン・ニコラス。フレスガード共和国を三十年もの間治めている、血塗られた独裁者だ。もはや〝共和国〟とは名ばかりの独裁国家だった。

「おそらく、クセフ半島以南の海が我が帝国の勢力圏内に入るのを阻止するために、こんな大軍を投入しようとしているのでしょう」

「それにしても多すぎる。十五万、いや、多くて二十万程度だと思っていたが」

そのとき隣(となり)で静かに聞いていた皇太子(リンデン)が口を開いた。

「危機感を覚えたのでしょう」

「危機感？」

「はい。現在、クセフ半島に遠征中の第二軍団は、大きな被害(ひがい)もなく戦勝を重ねています。クロレンス侯爵令嬢のおかげで、共和国の策略だったモンセル王国の介入(かいにゅう)も、さほどの被害なく阻止し、ちょうど流行していた伝染病も大きくは影響しませんでした。このまま進軍すれば、クセフ半島が我が国の手に落ちるのは明白。並の支援軍(しえんぐん)では戦況を覆すのは難しいと判断し、このような大軍を動かしたのだと思います」

共和国政府内に秘密裏(り)に送り込んだ諜報員(ちょうほういん)からの情報をもとにした推測は正しかった。

「いずれにせよ我々も撤退(てったい)するわけにはいかん。全面戦争になりそうだな」

「はい。大きな戦争となるでしょう」

なんとも皮肉なことだった。エリーゼの語ったことは、戦争の被害を最小限に食い止めるためのものだったのに、それが仇(あだ)となり、さらなる規模の戦争につながるとは。

「金貸しのやつらだけは喜びそうだな。あちこちにわんさか借り手がいるだろうからな。あいつらが一番喜ぶことではないか？　戦時に金を貸して利子を貪(むさぼ)るのは」

「まったくそのとおりですな」

クロレンス侯爵が苦々しく笑った。

金貸し。貴族派のチャイルド侯爵のことだ。いや、正確には彼を長(おさ)とする国際金融財閥(きんゆうざいばつ)のチャイルド侯爵家の一族を指していた。

チャイルド侯爵家は、ブリチア帝国民というだけではなかった。フレスガード共和国でも、スフエナ王国でも、プロシエン公国でも、西大陸の列強各国において異なる家名で根を下ろし、数多くの銀行を経営していた。事実上、西大陸の金の流れを牛耳っている者たちだ。それほど強力な金権を握っているため、ミンチェストも彼らには下手に手を出せずにいたのだった。

「宰相」

「はい、陛下」

「我々が動かせる常備軍はどの程度だ？」

「緊急招集できるのは、西大陸本土北端のロマノフ領から十五万程度です。他の大陸に駐屯させている兵力は動かすのにかなりの時間を要します」

「では、他にはブリチア島から最低でも十五万以上の兵を集めねばならんな」

「おっしゃるとおりです」

ミンチェストがため息をつく。この状況は面白くなかったが、どうしようもなかった。ミンチェストは一人の友として、クロレンス侯爵をしばし見つめた。

「――貴族は一家族につき最低二人を出征させねばならない。大丈夫か、エル？」

その言葉の真意を悟ったクロレンス侯爵は顔をこわばらせた。しかし力強くうなずく。

「ご心配無用です。国のために戦うのは貴族にとって、最高の名誉です」

「そう言ってくれるとありがたい。すまないな。クロレンスに神のご加護があらんことを」

二名の出征。それはつまり、クロレンス侯爵の二人の息子、レンとクリスを参戦させるということを意味していた。最悪の場合、二人ともに戦死すれば家督を継ぐ直系の男子がいなくなる。しかし、どれほどの高位貴族でも国のために戦うことにおいて例外はない。いや、高位貴族だからこそ先頭に立ち、模範を示さねばならないのだ。

貴族たるもの、その身分にふさわしい振る舞いをしなければならない。それがブリチア帝国の長き伝統であり、貴族の名誉だからだ。万が一、直系の男子が絶えた場合には傍系から養子を取り、家を継がせることになる。

（そんなことにはならないでくれ。どうか二人とも無事に帰ってきてくれ）

侯爵は心の中で切に祈った。

複雑な胸の内は、ミンチェストも同じだった。

「リンデン、お前も気をつけろ。いくら超常能力があろうと、銃弾は避けてはくれんからな」

ミンチェストは父としての気持ちを伝えた。皇室も軍役義務に例外はない。いや、誰よりも率先すべき立場にあった。

軍はロマノフのために戦い、ロマノフ皇室は祖国ブリチアのために戦う！

これこそがブリチア帝国の原則だ。

実際に二年前、黒の大陸でのアンジェリー戦争には第一皇子、第二皇子、第三皇子、全員が参戦した。そして第一皇子が共和国の砲弾を受けて命を落とした。遺体をまともに保管することもできず、第一皇子の無残な姿を見たミンチェストは、人前で涙を流すこともできなかった。動揺する姿を見せるわけにはいかなかったからだ。

しかし、人知れず慟哭した。どれほど鉄血の帝王と言われようと一人の父親だ。そして息子の死を胸に深く深く刻んだのだった。

十五年前に起こった皇室の悲劇以来、胸に刻んだ二度目の死だった。もうこれ以上は血族の死を見たくない。だが、どうすることもできない。今回も第二皇子と第三皇子は参戦することになる。皇室の義務を果たすために――。

「……」

ミンチェストは、黙って自分を見つめるリンデンに目を向けた。誰よりも優れているが、〝あの日〟から表情を失ってしまった息子。

(すべて私のせいだ)

ミンチェストは、もの悲しそうに笑った。わかっている。〝あの日〟の出来事がリンデンの心に深く傷をつけてしまったことは。自分自身もまだ立ち直れていないというのに、幼い息子はどれほどつらい思いをしたことだろう。

(やり直せるなら……いや、たとえあの頃に戻ったとして、私は過ちを正せるのか?)

ミンチェストは席を立ち、窓辺に向かった。外を見れば、二百五十万の市民が暮らす帝都ロレージを一望できた。

「――いい天気だ」

愛する帝都の風景。この地を守るため、民のために生涯を捧げてきた。そうして名君と称される君主となったのだ。

(だが、意味のある人生だったのか？　このミンチェスト・ド・ロマノフの人生は……)

「まことにいい天気だ……」

ミンチェストはつぶやいた。空が透きとおるように澄んでいるからだろうか？　突如、一陣の風が吹いた。

(リンデンが出征する前に、エリーゼとの婚約式を挙げられればいいのだが)

だがこのとき、ミンチェストは知らなかった。フレスガード共和国の参戦以外にも、ロレージにもう一つの暗雲が押し寄せていることを。

第二次ロレージ疫病大流行。

エリーゼの一度目の人生において、ロレージ市内だけでも十万人以上の死者を出した伝染病が、忍び寄りつつあった。そしてすでにロレージの病院では、死亡者が発生し始めていたのだった。

「外科医エリーゼ」1巻　終

外科医(げかい)エリーゼ

2024年1月15日　初版発行

著 Yuin(ゆいん)　イラスト mini(みに)　訳 鈴木沙織(すずきさおり)

発行者　山下直久
発行　株式会社KADOKAWA
〒102-8177　東京都千代田区富士見2-13-3
0570-002-301（ナビダイヤル）

デザイン　みぞぐちまいこ（cob design）
印刷・製本　TOPPAN株式会社

【お問い合わせ】
https://www.kadokawa.co.jp/　（「お問い合わせ」へお進みください）
※内容によっては、お答えできない場合があります。
※サポートは日本国内のみとさせていただきます。
※Japanese text only

ISBN978-4-04-737755-4　C0093

シリーズ累計
170万部
突破!
外科医
エリーゼ
Surgeon Elise
漫画 mini
原作 yuin
KIDARI STUDIO
コミックス版
最新⑪巻 2024年2月5日発売!